셀러브리티

셀러브리티

ⓒ 정수현, 2009

초판 1쇄 발행 2009년 11월 17일
초판 6쇄 발행 2011년 4월 8일

지은이   정수현
펴낸이   강병철
주간   정은영
편집   박소이
디자인   김수진
일러스트 meitei
제작   장성준, 김우진
영업   조광진, 안재임, 서상원, 박형문, 강정수
마케팅   원종필

펴낸곳   자음과 모음
         출판등록 2001년 5월 8일 제20-222호
         121-753 서울시 마포구 동교동 165-1 미래프라자빌딩 7층, 11층
         전화 | 편집부 02) 324-2347 | 총무부 02) 325-6047~8
         팩스 | 편집부 02) 324-2348 | 총무부 02) 2648-1311
         이메일 | erum9@hanmail.net

ISBN 978-89-5707-473-2 (03810)

잘못된 책은 교환해드립니다.
저자와의 협의하에 인지는 붙이지 않습니다.

셀러브리티

정수현 장편소설

차례

작가의 말 ✦6

0. Prologue_'Once upon a time I wanted to be a princess' ✦9

1. 린제이 로한처럼 솔직, 화끈하게! ✦21

2. 할리우드에서 가장 팔자 좋은 스타,
   패리스 힐튼처럼 펫 키우기! ✦55

3. 스파이스 걸스의 빅토리아 아담스?
   No! 베컴의 부인, 빅토리아 베컴! ✦117

4. 안젤리나 졸리 vs 제니퍼 애니스톤 ✦195

5. 20세기 마지막 신데렐라, 파파라치의 희생자 다이애나 비! ✦257

6. epilogue_Wanna be Audrey, Wanna be happy! ✦331

# 작가의 말

셀러브리티는…… 영원히 꿈꾸는 것이다.
내 미래를 바라볼 때면 너무 눈이 부셔 바라볼 수조차 없다.
-오프라 윈프리

셀러브리티는…… 독하다.
뚱뚱한 여자는 굶어서라도 살을 빼야 하고, 키가 작은 여자는 하이힐을 신어서라도 키를 높여야 한다.
-빅토리아 베컴

셀러브리티는…… 가면 너머의 얼굴이다.
대중이 알고 있는 내 모습과 실제 모습은 전혀 달라요. 사람들 의식 속에 전 가볍고 재미있는 사람에 불과하죠. 사람들 앞에서는 그냥 생각 없이 웃기만 하니까요. 제가 속으로 어떤 생각을 하는지 아무도 모른다고 생각하면 정말 재미있어요.

-패리스 힐튼

셀러브리티는…… 목표물을 정하고 달려가는 맹수다.
사랑하는 사람을 찾았다면 끝까지 함께하세요. 두 사람의 아이를 낳아 기르면서 좋은 가정을 이루고, 가까운 친구들을 곁에 두고 살기 바랍니다. 그다음으로는 자신이 좋아하는 일을 찾으세요. 일도 사랑도 절대 포기하지 마세요.

-안젤리나 졸리

여자라면 누구나 한 번쯤은 공주가 되어보는 꿈을, 백마 탄 왕자님의 설레는 키스를 꿈꾼다. 하지만 지금은 그런 꿈을 정말 꿈으로만 만족해야 하는 21세기. 그래도 다행히 공주의 꿈을 대체할 수 있는 한 시대를 풍미하는 트렌드 아이콘!인 '셀러브리티'라는 새로운 키워드가 탄생했다. 새로운 스타일을 수용하는 트렌드세터인 이들의 영향력은 점차 커져 셀러브리티 워너비들이 속속 증가하고 있다. 그렇다. 15세기 여자들이 백마 탄 왕자님을 만나게 되는 공주님을 꿈꿨다면, 21세기 여성들은 '셀러브리티'를 꿈꾼다.

이번 소설은 어릴 적 공주님을 꿈꾸었던, 하지만 21세기 한국에는 공주님이 존재하지 않는다는 사실을 깨닫고 자신의 꿈을 '셀러브리티'로 급선회했지만! 결국 셀러브리티들을 취재, 파파라치 하는 기자가 된 스물일곱 여성의 달콤 쌉싸름한 사랑 이야기다.

신데렐라는 자신에게 호박마차를 탈 기회가 올지 몰랐으며, 백설공주는 독이 든 사과를 먹게 된 자신을 근사한 왕자님이 구해줄지 몰랐을 것이다. 소설을 읽을 때 한 번쯤 내가 꿈꿔왔던 '왕자님'을, 한 번쯤 부러워해봤던 '셀러브리티'들을, 그리고 어렸을 때 가장 감명 깊게 읽었던 동화책 속 주인공들을 생각해보며 읽는 것도 좋을 것이다. 물론 조금은 황당하고 유치하고 어이없을지도 모른다. 하지만 유치하다는 것 자체가 앞뒤 가리지 않고 자신의 모든 것을 다 바쳐 덤벼드는 열정과 크게 다르지 않다고 생각한다면 어떨까. 현실과 타협하면서 안 된다고, 되지 않는 이야기라고 덮어둘 수밖에 없었던 21세기에, 오늘날에, 현대에 읽는 새로운 동화라고 한다면 어떨까.

영원영은, 감각민지, 곰돌수민, 여신사강, 토깽태희, 블링선정, 옥양슬기, 애기미라, 이룸소이, 모닝영랑, 꼬마수연, 낭만정혜, 재키지원, 나의 '셀러브리티' 그녀들에게, 이룸 여러분에게, 〈예스24〉 웹진 담당자분들 그리고 항상 웹진을 찾아주셨던 그분들에게, 내게 법률 자문을 아끼지 않는 근배 오빠, 사랑하는 내 가족들과 내 사랑에게 소설 『셀러브리티』를 바친다. 그들이 나와 함께 명랑하게, 달콤하게, 다정하게 이야기를 나눠주는 그 시간들이 '행복'이라는 말로 다 표현될까 싶다.

정수현

0. Prologue
'Once upon a time I wanted to be a princess.'

'고야드' 백

'에르메스' 버킨 백

'마크 제이콥스' 백

'루이비통' 그래피티* 백

그리고, '멋진 남자들'

　이들의 공통점은 여자들로 하여금 키스하고 싶은 강렬한 욕망을 불러일으킨다는 거다. 하지만 여자들에게는 그런 욕망을 모두 충

---

* 루이비통에서 한정판으로 나온 제품. 루이비통 스펠링이 낙서처럼 어지럽게 쓰여 있는데 핑크, 오렌지, 형광 연두색이 있다. 백, 레깅스, 지갑 등 여러 가지 제품으로 출시됐고 이 제품이 한국에 출시되던 날 거의 전쟁터를 방불케 했다. 소수의 VIP 위주로만 예약 판매를 했다는데도 누가 먼저 도착했는지 CCTV 검증까지 할 정도였다. 셀러브리티 협찬으로 사전 마케팅에 완벽히 성공한 케이스다.

족시킬 수 있는, 어떤 여자라도 평생에 단 한 번쯤은 그려봤을 만한 '꿈'이 하나 더 있다.

영어로는 'princess', 일본어로는 '姬様(ひめさま)', 독일어로는 'prinzessin', 중국어로는 '公主', 한글로는…… 바로 공주님이다.

운명인지 필연인지, 더블엑스(XX) 염색체를 가지고 세상에 태어나게 된 나도 마찬가지였다. 아마 태어나서 내가 제일 처음 듣게 된 긴 문장은 "옛날 옛날에 ○○○라는 이름을 가진 아름답고, 마음씨도 고운 공주님이 살고 있었습니다"일 것이다. 밤이면 밤마다 그 이야기를 들으며 꿈속으로 흘러들어가던 어느 날, 졸린 눈을 애써 동그랗게 뜨고 엄마에게 물었다.

"엄마, 내 왕자님은 언제 와?"

"글쎄, 언젠가는 오겠지?"

"오긴 오는 거야?"

"당연하지!"

"그럼 나도 '왕자님과 그 후로도 오래오래 행복하게 살았습니다'가 되는 거야?"

엄마는 이 질문에 살짝 망설였지만 곧 미소를 지으며 대답했다.

"그럼. 어서 자자, 우리 공주님."

지금 생각해보면 엄마는 멈칫했던 그 순간, 속으로 '개뿔'이란 단어를 외쳤을지도 모른다. 한동안 날 공주라고 착각하게 만든 엄마의 '우리 공주님' 발언은 말 그대로 우.리.집.구.석. 공주님이었을 뿐이었다. 멋진 왕자님과 만인의 사랑을 한 몸에 받는 모두의 공주님이 아니라. 어쨌든 그것이 내 스스로를 공주님이라고 착각하며 살았던 세 살 때 일이다.

다섯 살이 되자 어느 정도 세상의 이치를 이해하기 시작하면서 나름 고차원적인 궁금증에 사로잡혔다.

공주=여자이고,
여자=나인데,
공주=나는 왜 아닐까?

대체 무엇이 문제기에 그런 걸까? 지금에 비하면 지극히 얕은 지식과 짧은 경험으로 곰곰이 생각해본 결과, 문제의 원인은 바로 아빠와 엄마에게 있었다. 분명 나는 핑크색 머리띠에 촘촘히 웨이브 진 머리, '샤랄라 원피스'를 입고 동화책에 나오는 공주와 비슷한 모양새를 하고 있었지만 내 눈에 비친 아빠와 엄마는 아무리 뜯어봐도 단 1퍼센트조차 왕과 왕비를 닮지 않았다. 어쩌면 그들은 공주의 시중을 드는 시녀나 하인만도 못해 보였다. 어린 마음에도 휴 하고 한숨이 나올 정도로 말이다.

세월이 흘러 초등학교에 들어갔을 때, 나는 내가 공주가 될 수 있는 단 하나의 방법을 강구해냈다. 그 모티브는 바로 신.데.렐.라! 그렇다. 방법은 간단(?)했다. 내가 왕자와 결혼하면 되는 것이었다. 분명 신데렐라는 어려서 부모님을 잃고 계모와 언니들의 구박을 받았음에도 불구하고, 왕자님과 평생을 함께할 수 있는 단 한 명의 여자로 선택받았고, 그 결과 공주로 신분 상승의 꿈을 이뤘다.

나는 왕자와 결혼한 공주들을 하나씩 분석하기 시작했다. 그런데 이상하게도 공주라는 족속들은 하나같이 아름다움, 우아함, 지혜로움, 고상함 등의 면모를 고루 갖추고 있으면서 살짝 모자란 모습(가시에 찔리지 않나, 패션의 필수 아이템인 구두를 흘리고 다니질 않나, 남이 주는 사과를 덥석 받아 꺆.지.도. 않은 채 함부로 먹질 않나)을 보이기도 했다. 그래서 곧잘 위험에 빠졌지만 진실한 사랑만이 모든 것을 이겨낸다고 믿어서 그 믿음의 힘으로 늘 악의 무리들을 물리치고 왕자님과 달콤한 사랑에 빠지곤 했다.

난 꼭 그런 공주가 되기로 결심했으며, 반드시 될 수 있을 거라고 굳게 믿었다. 그래서 나를 좋아하던 또래의 아이들은 거들떠보지도 않으려 노력했다. 그런 코흘리개 같은 아이가 아니라 반짝반짝 빛나는 왕자님의 공주가 될 텐데, 성급하게 질이 확 떨어지는 연애를 할 수는 없었다. 어린 나이에도 미래의 공주로서 지저분하고 창피한 과거는 만들지 않는 게 좋을 거라는 기특한 생각을 했던 것이다.

그러나 조금 더 나이를 먹자, 공주가 되고 싶다는 꿈이 21세기 현실상, 특히나 입헌군주제도 아닌 대한민국이라는 나라에서는 완전 실현 불가능하다는 것을 드디어 깨달았다. 하지만 비루한 현실과 타협하기 이전에 꿈을 지키기 위해서 내가 할 수 있는 무엇인가를 해보기로 결심했다. 그리고 이리저리 머리를 굴려본 결과, 그 방법을 찾아냈다.

"아저씨, 제일 예쁜 편지지 주세요!"

"제일 예쁜 편지지?"

"네, 제일 예쁜 편지지요. 굉장히 중요한 곳에 보낼 편지거든요!"

평소 애용하던 팬시점을 찾은 나는 주인아저씨를 보며 의기양양하게 말했다. 그리고 아저씨가 추천해준 편지지들을 한 열 개가량 퇴짜 놓고서 가슴 깊이 한숨을 푹 내쉬었다.

"진짜 이런 것밖에 없어요?"

"대체 어디다 보내려는 건데? 이것도 싫다, 저것도 싫다. 응?"

나는 아저씨의 질문에는 대답하지 않고 진열대에 디스플레이된 편지지들을 계속해서 훑어봤다.

"다 별로예요. 일국의 왕자님한테 쓸 편지란 말이에요!"

이 말을 들은 아저씨의 표정은 보지 못했다. 왜냐하면 얼른 다른 팬시점에 가려고 서둘러 그곳을 빠져나왔기 때문이다. 그날 이후 내가 그 팬시점을 다시 찾을 때마다 아저씨는 약간 모자란 아이를 동정하듯, 애정 어린 눈길을 보내며 신경을 써준 것 같기도 하다.

어쨌거나 여러 군데의 팬시점을 전전한 끝에 드디어 마음에 드는 편지지를 구입한 나는 집에 도착하자마자 정성스럽게 편지를 써 내려갔다. 당연히 'FROM'은 '이현'이었고, 'TO'는 왕국 체제를 유지하고 있는 각국의 '왕자님'들이었다. 모나코의 안드레아 왕자, 영국의 윌리엄 왕자, 룩셈부르크의 기욤 왕자 등 순서대로 총 열 명의 왕자님께(아마도 할아버지와 아버지를 꼭 빼닮았으리라고 사료되는 저 평양의 누군가를 제외하고) 편지를 썼다. 어쨌거나, 여기저기 잡지나 고전 러브레터에서 모아놓은 사랑에 관한 애틋한 문장들을 모조리 망라해 편지 내용을 채웠던 것 같다. 물론, 모자란 영어로!

To. 모나코의 안드레아 왕자님

왕자님, 안녕하세요?
저는 한국이라는 나라의 공주는…… 아니지만 왕족의 피를 물려받은 열세 살의 소녀입니다.
복잡한 문제가 많아서 지금은 공주가 아니게 됐어요. 슬프죠? 저도 슬퍼요.ㅠㅠ
텔레비전에서 왕자님의 모습을 보고 전 생각했어요!
이 슬픈 현실에 놓인 저를 구해주실 왕자님을 드디어 만났다고!

지구본으로 모나코를 찾아봤어요. 생각보다 멀었지만, 실망하지 않았어요.
왕자님은 저를 구하러 더 먼 곳에서라도 와주실 거라 믿으니까요. 그렇죠?
당장 구하러 와주시지는 않아도 괜찮아요. 너무 서둘러서 오시다가 왕자님이 다치기라도 한다면 전 너무너무 슬플 테니까요.

한동안은 이렇게 편지를 주고받으면서 알아갔으면 좋겠어요.

제 사진을 함께 보내요. 원래는 더 예쁜 사진이 있었는데, 친구들에게 나눠주었더니 지금은 이 사진밖에 없네요. 사진을 보내는 건, 저는 왕자님의 얼굴을 아는데 왕자님은 제 얼굴을 모르면 불공평하니까요. 그리고 나중에 저를 구하러 와주실 때 제 얼굴을 모르면 못 찾을 거니까요. 잘 보고 기억해주세요.

왕자님을 만나는 그날을 손꼽아 기다리고 있겠어요.
왕자님과 왕자님의 가족인 황제 폐하와 왕비님(제가 아직 모르는 가족분들은 왕자님이 나중에 소개시켜주세요)이 건강하고 행복하기를 기도할게요.
그리움과 사랑을 담아…….

From. 이현

하지만 그날 이후 한 달이 가고, 두 달이 가고, 반년이 가도, 그토록 애가 타게 기다리는 답장은 오지 않았다. 결국 왕족의 피를 이어받은 내 편지를 무시한 왕자들의 거만함을 원망하며, 드디어 공주가 되기를 포기할 수밖에 없는 상황에 처하고 만 것이다.

그로부터 또 반년 후, 학교에서 돌아오는 내게 엄마가 편지 두 장을 건넸다. 편지 봉투에 적혀 있는 글은 분명 한글이 아니었다. 나는 왜 이제야 집에 들어오느냐는 엄마의 잔소리에 "엄마! 앞으로 나한테 잘 보여야 힐길? 어찜 내게 존댓밀을 씨아 힐지도 플라"라는 정신 나간 발언을 한 후 방으로 들어와 문을 걸어 잠갔다. 서둘러 오디오 전원을 켜고 평소 즐겨 듣던 음악을 들으면서 마음을 진정시키며 조심스럽게 봉투를 뜯었다. 그러고는 편지를 쓸 때 사용했던 두

꺼운 영어 사전을 다시 펴고 답장의 내용을 해석하기 시작했다. 그렇게 몇 시간씩 머리를 쥐어뜯으며 해석한 결과는 다음과 같았다.

하나의 편지는 아랍의 밀리어네트 왕자에게 온 것이었는데 내용인즉, "사진을 보니 당신이 마음에 든다. 그리하여 나의 열두번째 왕비의 자리가 비었으니 당신이 나의 열두번째 왕비가 돼주었으면 한다"라는 내용이었고, 또 한 통의 편지는 "당신을 만나보고 싶다. 하지만 나에게 왕자님이라 했는데 나는 당신이 생각하는 왕자가 아니다. 우리나라는 호주에 붙어 있다. 언어는 왕 자신이 만든 이상한 문자를 쓰며, 땅 면적은 집과 안뜰이 국가 전토인 나라다. 총인구가 일곱 명으로 육군과 해군이 있으며, 공군은 조직되어 있지 않다. 육군은 병력 두 명(대통령과 그 아들), 해군도 단 두 명뿐이다. 한마디로 가족과 친척들로만 구성된 나라다. 이런 나라의 왕자라도 좋다면 난 충분히 당신을 받아들일 준비가 되어 있다"라는 내용이었다.

나는 총 다섯 시간의 독해 끝에 해석한 편지의 내용이 겨우 이따위라는 것에 대해 적잖은 충격을 받았다. 그렇게 눈물을 머금고, 이런 나라의 공주가 되느니 차라리 그 꿈을 포기하기로 마음먹었다.

그리고 약 삼 년 후, 시대가 변하면서 공주가 되고픈 나의 오래된 꿈을 대체할 수 있는, 한 시대를 풍미하는 트렌드 아이콘인 셀러브리티라는 새로운 키워드가 탄생했다. 새로운 스타일을 수용하는 트렌드 세터*인 이들의 영향력은 점차 커져서 셀러브리티 워너비**들이 속속 증가하고 있는 추세다.

셀러브리티. 한마디로 그녀들은 21세기 공주였다.

난 결심했다. 제니퍼 로페즈, 패리스 힐튼, 린제이 로한, 안젤리나 졸리, 그리고 빅토리아 베컴과 같은 셀러브리티가 되자고! 그녀들은 명품 백을 사들이고, 근사한 남자들을 모조리 사로잡고, 자국의 여자들뿐만 아니라 전 세계의 주목을 받고 있지 않은가!

그런 결심을 한 후, 십여 년이 지난 지금. 내 나이 벌써 스물일곱. 셀러브리티……가 되기는커녕 셀러브리티를 취재하거나 파파라치 짓을 해서 먹고 사는 매거진 〈플러스 텐〉의 '기자'가 되어버렸다.

하지만! 왕자님의 공주가 되어 근사한 삶을 살고야 말겠다는 그 허영의 거품은 조금도 사라지지 않았다. 그래서 성숙한 여자들이라면 한 달에 한 번 겪는다는 카드값의 공포를 느끼고, 끊임없이 다이어트에 매진하며 트렌드에 민감하게 반응하고 있다. 그렇게 날 공주로 만들어줄 수 있는 최고의 남자를 찾는 꿈을 계속해서 꾸고 있다.

---

*트렌드세터 하면 『하멜른의 피리 부는 사나이』가 떠오른다. 물론 본질은 서로 전혀 다르지만. 말하자면 트렌드세터는 유행을 따르려는 무리를 진두지휘할 수 있는 보이지 않는 권력자인 셈이다. 그들이 입고 나온 옷은 다음 날 매장에서 품절 사태를 이루고, 제품을 만든 디자이너의 이름 대신 'OOO 스타일 자켓', 'OOO이 선글라스' 등으로 통용될 만큼 대중에게 영향력이 크다.

**셀러브리티들은 사람의 마음을 흔드는 '매력'을 가지고 있다. 그 매력은 모든 사람들에게 '사랑받는 존재'가 되는 가장 중요한 요소다. 요즘에는 그 매력을 본받으려고 노력하는 셀러브리티 워너비들이 늘고 있다. 셀러브리티가 하고 나온 아이템이나, 그 셀러브리티의 캐릭터를 소유하면서 그들과 보다 비슷해지려고 노력한다. 셀러브리티처럼 예뻐지길 혹은 멋있어지길 바라는 와중에도 자기만의 매력을 발산하는 법을 터득하지 않으면 '짝퉁'으로 끝날 수 있으니 주의해야 한다.

1. 린제이 로한처럼 솔직, 화끈하게!

린제이 로한 (Lindsay Dee Lohan)

파티 걸, 남자 킬러, 워커홀릭, 동성애, 거식증, 마약, 가정 폭력, 싸움닭 등 린제이 로한을 나타낼 수 있는 키워드는 무수히 많다. 빨간 머리에 주근깨 많은 이웃집 소녀 같은 이미지였던 린제이는 하이틴 영화를 통해 미국 소녀들이 가장 닮고 싶은 아이돌 스타로 부상했고 혹독한 다이어트를 통해 날씬한 숙녀로 변신했다. 파티 장소 대여료와 쇼핑으로 몇억 원씩 쓰고, 패리스 힐튼의 전 남자친구를 당당히 빼앗지 않나, 최대 서른 살 이상 차이나는 브루스 윌리스와 스캔들을 내더니, 다음 남자친구는 어떤 사람일까 궁금해하는 대중들에게 당당히 '여자애인'을 대동하고 나서는 심하게 화끈한 언니다.

『보그』,『GQ』,『마리끌레르』,『NYLON』,『엘르』,『얼루어』,『코스모폴리탄』 등등.

애당초 내가 입사지원서를 낸 잡지사들은 바로 이런 곳이었다. 하지만 멍청한 그곳에서 재능 있는 인재를 바로 코앞에 두고도 인턴으로밖에 활용하지 않는 실수를 범하고야 말았다.

잡지사 인턴 사원의 월급은 고작 한 달에 오십만 원. 스타벅스 커피 몇 잔, 스파게티 몇 접시, 슈에무라 자외선 차단제, 네일 케어 10회 쿠폰, 장마 대비용 젤리슈즈*를 사면 얼마 남지도 않는, 한창

---

*말랑말랑 젤리 느낌의 (한마디로 고무) 슈즈. 비가 내리는 날에도 전혀 문제가 없다. 개인적으로는 YSL의 하트 모양 발고리가 달린 젤리슈즈가 제일 마음에 든다.

가꾸기에 심혈을 기울여야 할 스물일곱의 여자에게는 치명적으로 작디작은 금액이었다.

　나도 다른 여자들처럼 미래의 주거지를 위해 청약통장을 마련하고 결혼을 위한 적금도 들 수 있는, 가끔은 큰마음 먹고 몇 개월 할부로 명품 신상 백을 질러도 신용불량자가 되지 않을 만큼의 월급이 꼬박꼬박 나오는 그런 안정적인 직장을 원했다. 그래서 과감히 인턴을 때려치우고 취직한 곳이 바로, 청약통장은 비록 못 만들었지만 지금 들고 있는 '백'과 '구두'를 살 수 있게 만들어준 매거진 〈플러스 텐〉이다.

　매거진 〈플러스 텐〉. 프랑스 유학파 출신인 대표님이 나름 고민해서 되도록 의미 있게 지은 이름이라고 생각하고 있다. '플러스 텐'을 다르게 쓰면 '+10'이다. 그대로 읽으면 더할 '가'에 숫자 '십'. 다시 말해 가십이다.

　그렇다. 우리 잡지사는 대놓고 스타의 가십들로 먹고산다. 스타가 누구와 데이트하는지, 주로 가는 데이트 장소는 어딘지, 누가 누구와 함께 몰래 동거하고 있는지, 그 동거 상대가 동성인지 이성인지, 왜 갑작스럽게 살이 쪘는지 빠졌는지 등 심지어 주변인들의 루머까지 모조리 모아 하나의 기사로 엮어버린다. 어찌 보면 '타블로이드지와 비슷해'라

고 할 수도 있지만, 내 생각에는 타블로이드지보다 약…… 2.5퍼센트 정도의 신빙성을 보장할 수 있다고 본다. 내 생각에는 말이다.

    잡지사 한쪽 귀퉁이에 위치한 열세 평 남짓되는 기획편집실 안. 15인치짜리 내 데스크톱 모니터 속에는 빨간 곱슬머리에 주근깨투성이 얼굴, 예쁘지는 않지만 사랑스러워서 친구 삼고 싶은 '빨간 머리 앤' 가사에서 '예쁘지는 않지만'을 빼고, 귀엽고 섹시한 외모를 더하면 되는 린제이 로한의 가십거리 기사들이 빼곡히 떠 있다.
    나는 지금 매거진 〈플러스 텐〉 7월호에 특집으로 개재할 Gossip girl 린지라는 기획 기사를 만드는 중이다. 기획 기사라고 해서 내가 직접 린제이 로한의 인터뷰를 하러 해외 출장을 떠난다거나, 이슈 메이커로서 그녀가 어떤 불안한 심리 상태에 놓여 있는지에 대한 심층 분석 따위는 절.대. 하지 않는다. 그저 모니터 쪽으로 목을 쭉 빼고 웹사이트에 떠돌아다니는 그녀의 루머, 가십 들 중 가장 핫(hot)한 것들만 추려내 짜깁기할 뿐이다. 문제는 그놈의 가십, 루머, 염문설이 막 스물을 넘긴 여자가 소유할 수 있는 양이 아니라는 거다.

    ―린제이 로한, 마약은 열다섯 살 때부터?
    이런, 내가 추잉껌을 씹으며 각 나라의 왕자님께 편지를 쓰던 그 나이다.

―데이비드 베컴을 침대로 끌어들이겠다는 친구들과의 내기? 그 내기 액수가 자그마치 4만 4천 달러(한화 약 4천만 원)로 밝혀져!

고백컨대, 2002월드컵 당시 나는 베컴과 말 한 번만 섞어봐도 소원이 없겠다고 친구들에게 말했다.

―패리스 힐튼의 옛 애인을 의도적으로 만나면서 패리스 힐튼 괴롭히기?

감히 힐튼의 상속녀를? 한 벌에 1천 달러를 가뿐히 넘는 드레스를 한 번 착용 후 버린다는 그 패리스 힐튼을? 나 같으면 적당히, 아니 무조건 패리스의 비위를 맞춰주면서 버림받은 그 가련한 드레스들이나 얌전히 내 것으로 만들 텐데.

그리고 모니터의 정중앙을 차지하고 있는, 얼마 전 뜬 린제이 로한이 직접 만들었다는 화제의 동영상! '린제이 로한의 e하모니 프로필'이라는 제목의 동영상에서 린제이는 '내 이름은 린제이고 최근에 혼자가 되었다. 난 괜찮은 여자다'를 시작으로 공개적으로 애인을 구하고 있었다. 이곳에서 그녀는 자신이 가수이자 배우이며 일 중독자이지만, 캘리포니아 주 정부에서는 알코올중독자라고도 부른다며 스스로 악동 이미지를 강조하는 센스를 잊지 않았다. 그런데 가장 중요한 대목을 빼먹은 것 같았다. 남자 애인을 구한다는 건지, 여자 애인을 구한다는 건지…….

어쨌거나 이 기사도 '정말?', 저 기사도 '맙소사!', 또 다른 기사도 '말도 안 돼'라는 감탄사들을 연발시키는데 대체 어떤 기사를, 어떤 기준으로, 어떻게 선정해서 특집 기사를 만들어야 하는지 막막할 따름이다. 뭐, 셀러브리티를 꿈꾸던 나이기에 살짝, 아니 꽤나 그녀가 부러운 마음이 들긴 하지만. 나는 다시 한 번 동영상 재생 버튼을 누르고 린제이의 얼굴에 나를 대입시켜봤다.

'내 이름은 백이현. 나로 말할 것 같으면 일단 현재 패션계에서 승승장구 중인 디자이너인 애인이 있다. 하지만.'

"백 기자! 특집 기사 마무리됐어?"

"……."

"백 기자!"

"네?"

날카로운 목소리에 놀란 나는 재빠르게 모니터를 끄고 목소리가 들리는 쪽을 바라봤다. 역시나 그녀였다. 편집장 나지수. 살이 없어 뼈만 앙상한 그녀는 팔짱을 낀 채 내 쪽을 쳐다보고 있었다. 나재수, 나까칠이라는 별명으로 통하고 있는 편집장은 본인이 정확한 나이를 밝히길 꺼려서 전신 성형을 받은 것 아니냐는 의혹을 받고 있었다. 게다가 한때 『보그』의 편집장이었다', 『엘르』의 부사장이었다', '그런데 패션지 편집장치고는 촌스럽다는 이유로 잘렸다' 등 숱한 루머의 주인공이기도 했다. 그 와중에 본명은 순박하게도 '나지순'이라는 얘기도 나돌고 있었다.

"린.제.이. 로.한. 특집 기사 마무리됐냐고!"

"아직 덜 됐는데, 근데 곧 끝날 것…….'

"됐고. 그럼 타블로이드지에서 쓸 만한 가십들은 봐둔 거 있어?"

편집장이 내 말을 싹둑 자르더니 다른 질문을 던졌다. 음, 있긴 하다. 톱스타 A 양이 결혼을 발표하자 그녀와 친분이 있는 기자가 '연애에서 결혼까지 그들의 러브스토리'라는 제목의 기사를 냈다가 바로 내렸던 것? 이유인즉슨, 그녀의 가치관은 연애 따로, 결혼 따로였기 때문에 실질적 결혼 상대는 기자가 모르는 영 뜬금없는 사람이었다나 뭐라나. 또 현재 대표 아이돌 그룹의 멤버 중 한 명이 '묻지마 모텔'의 구조를 모르고 운동화를 놓고 나왔는데 나가자마자 청소를 하는 바람에 운동화를 잃어버렸다는 이야기도 있었다. 마지막으로는 한류 스타 유상현이 할리우드 여배우 캐리 팍스와 호텔에서 밀회를 즐기고 있다는 이야기도 있었다.

하지만 나는 고개를 절레절레 흔들었다. 편집장이라면 분명 마지막 루머를 듣는 순간 내게 당장 현장을 덮치라고 할 게 뻔했다. 말 그대로 현장 습격! 즉, 파파라치를 해서 루머가 사실이든 아니든 세간을 시끄럽게 만들 사진을 찍어오라는 것이었다.

"요즘은 한국도 파파라치가 대세인 거 알지? 특히 우리 잡지는 파파라치를 해야 먹고사는 데 지장이 없다는 걸 잊어선 안 돼."

"네……."

나는 그녀가 눈치 채지 못할 만큼만 건성으로 대답했다.

"린제이 로한 기사는 되는 대로 올리고. 다들 사무실에서 시간 죽일 생각 말고 가십 몰고 다니는 연예인을 부지런히 쫓아다니란 말이야! 알아들었어? 아, 다들 들었지?"

나재수는 박수를 두 번 쳐서 그녀의 잔소리를 듣는 둥 마는 둥 하는 편집실 모두의 시선을 자신에게 집중시켰다.

"톱스타용으로 큰 건 하나 물고 오면 대표님이 인센티브 300퍼센트를 주신다는 소식!"

다들 고개를 건성으로 끄덕인 후 다시 자신의 일에 집중하기 시작했다. 인센티브 300퍼센트라. 지금껏 밀린 카드값을 청산할 수 있는 좋은 기회였다. 하지만 그런 기회가 쉽사리 오지 않는다는 것을 너무나 잘 알고 있는 나였다. 아니, 모두였다.

우리나라 톱스타는 절대 가십을 흘리고 다니지 않는다. 아마도 그들은 엄마의 자궁 속에서부터 톱스타의 오라, 또 그 자리를 지킬 수 있는 영악함, 영민함 등을 손에 꼭 쥐고 있었을 거다.

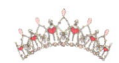

"이현 씨, 아직 멀었어? 나 먼저 가. 수고!"

모두가 퇴근해버린 후 적막감이 바닥에 흥건한 이 공간의 마지막 동지였던 강윤지가 형식적인 인사말을 남긴 채 사라져버렸다.

강윤지. '명(名)파파라치'라는 별명을 가진 그녀는 〈플러스 텐〉

의 일등 공신이다. 한 달 전, 그녀는 한때 시대를 풍미하던 여가수 A가 자신보다 무려 열 살이나 어린 남자와 프랑스 니스로 밀월여행을 다녀온 사진을 찍어왔다. 그리고 이 주 전에는 요즘 한창 주가를 올리고 있는 소녀 그룹의 멤버 중 한 명이 미성년자임에도 불구하고 청담동에 위치한 일본식 선술집에서 사케를 마시는 장면도 사진에 담아왔다. 물론 '빅 프레임 선글라스 매칭술'로 정확히 '그녀'라고 단언할 수는 없었지만. 어쨌든 그녀에게는 스타의 가십을 찾는 촉수가 남다르게 발달되어 있다고 볼 수밖에 없었다. 아니면, 명탐정 김전일이 가는 곳곳마다 '살인 사건'이 터지는 것처럼 명 파파라치 강윤지가 가는 곳마다 '가십거리'가 발생하는 것일지도…….

세상은 아직 과학의 힘으로 설명할 수 없는 경이로운 일들로 가득 차 있다. 그녀가 부러웠던 나는 그녀가 가진 행운이 내게도 와주길 바라며, 그녀가 부재중일 때 그녀의 책상을 종종 몰래 훔쳐보고는 했다. 하지만 그녀는 자신의 흔적 따윈 어디에도 남기지 않았다. 책상, 데스크톱 안의 바탕화면, 인터넷 익스플로러의 즐겨찾기도 그녀의 얼굴, 스타일, 성격처럼 깔끔했다. 한마디로 그녀는 자기관리, 자기방어가 확실한 여자였다. 내 모니터 안에 가득 떠 있는 린제이 로한과는 전혀 다르게 말이다.

홀로 남은 지 약 한 시간 정도 흐른 후에야 '환경이 너무 열악해'라는 변명으로 급하게 마무리 지은 특집 기사를 첨부시킨 메일을 편집장에게 보내고 드디어 갑갑한 사무실 밖으로 나왔다. 그리고 특급

지인으로부터 오 년 할부라는 파격적인 조건으로 구입한(그러니까 한 달에 35만 7,500원씩 갚아나가는 중인) 노란색 풍뎅이차에 지친 몸을 실었다. 굽이 8센티미터나 되는 샌들을 벗어 뒷좌석에 아무렇게나 던져놓은 나는 맨발로 액셀러레이터를 밟고 장시간의 타자질로 끝부분이 살짝 벗겨진 네일이 도드라지는 손으로 핸들을 돌렸다. 문득 계기판의 시계를 보니 어느덧 자정이 훌쩍 넘어 있었다.

출근 시간 아홉시. 제길, 한마디로 나는 하루 종일 린제이의 가십들과 씨름 아닌 씨름을 하고 있었던 것이다. 이 정도쯤이면 꿈에 린제이가 나와 '이봐, 넌 내 비밀을 너무 많이 알고 있어. 그러니⋯⋯ 죽어줘야겠어'라며, 난장판인 파티장 구석으로 날 끌고 가 손발을 묶어놓은 채 입속으로 뭔가를 대책 없이 밀어 넣을 것이다. 그리고 그것은 분명 엑.스.터.시.일 것이다.

파티걸에, 대마초 흡연 혐의로 사회적인 물의를 빚었던 그녀가 한국의 일개 잡지 기자에게 배짱 있게 군다고 해서 그 누가 말릴쏘냐. 특히 편집장은 깔깔 웃으며 린제이가 더 자극적이고 돌발적인 행동을 취하도록 열심히 부추길 것이다. 그리고 〈플러스 텐〉의 명파파라치 강윤지는 그 장면들을 이 각도 저 각도에서 찍겠지? 그러는 동안에 나는 엑스터시 과다 복용으로 해롱해롱대며 내 눈에만 보이는 형형색색의 풍선과 무지개를 손에 쥐어보려 뜀박질을 할 테고, 그렇게 미쳐 뛰어다니다가 온몸에 힘을 잃은 채 서서히 시름시름 앓다 죽어갈 것이다. 아마도 죽어가면서 나는 이루지 못한 내 꿈과, 열심히 찍어대는 강윤지의 저 사진기 안에 담긴 내 모습을 확인하지 못한 것을 한스러워하며.

이게 무슨 헛소리람. 역시 수면 중이 아닌 상태로 말랑말랑한 꿈을 꾸는 것은, 게다가 운전 중이라는 것은 절대적으로 위험한 일이다. 하지만 잠시 잊고 있었던 망상 속의 졸음운전보다도 더 큰 '두' 가지 문제들을 떠올리자마자 거짓말처럼 풍선도, 무지개도, 린제이도 사라져버렸다.

하나는 세 시간 전에 베스트 프렌드 수민에게서 온 장문의 문자였다.

'가방 빌린 거 가져다놓으러 잠깐 들렀어. 근데 너 카드 고지서 왔더라. 열어보지는 않았지만 면밀히 투시해본 결과…… 꽤 심각해, 친구.'

투시는 개뿔. 수민은 고지서를 본 순간 궁금증을 참지 못하고, 떨리는 손으로 고지서가 든 봉투를 최대한 티가 나지 않게 뜯어봤을 게 분명했다. 그러고는 풀로 다시 봉투를 붙여놨을 것이고, '입 다물어야지'라고 다짐한 지 딱 십 초 만에 내게 그런 문자를 보냈을 것이다.

'대체 어떤 숫자들의 조합으로 이루어져 있기에?', '절대적으로 내가 감당치 못할 만큼의 금액이면 어쩌지?'라는 불안감이 문자를 받은 후 온몸 곳곳, 심지어 내장기관까지 가득 채워졌지만 회사에서 청구서를 볼 용기 따윈 내게 존재하지 않았다. 가슴을 졸이며 열어

보다가 이성을 잃을 만한 숫자에 나도 모르게 비명이라도 내지른다면? 윽, 생각만 해도 끔찍하다. 솔직히 고백하자면, 집에서 청구서를 본 후 나도 모르게 내지른 비명 소리에 놀란 옆집 누군가의 '혹시 무슨 일 있어요? 강도라도 들었어요? 만일 강도가 옆에 있다면, 아무 일 없다고 말해봐요'라는 뒷부분이 살짝 이해가 안 가는 내용의 인터폰을 받은 적이 딱 한 번 있다.

어쨌든 그건 일단 뒤로 미룬다 치고, 또 하나의 문제. 그것은 바로 애인의 연락 부재였다. 그것도 심지어 반나절이나 긴 시간 동안! 내가 정확히 문자 두 통과 전화 세 통을 했지만 단 한 번의 답문이나 콜백도 없었다.

여전히 소식 없는 핸드폰을 보니 머리가 지끈거렸다. 마침 도로 우측에 편의점이 보였고, 나는 핸들을 오른쪽으로 힘차게 돌려 차를 세웠다. 내 차 앞에는 눈에 띄는 무광택 아우디 한 대가 건방진 느낌으로 세워져 있었다. 아마도 나처럼 편의점에 들를 목적인 듯했다. 비상등을 켜고 밖으로 나온 나는 뒷좌석에 던져놓은 샌들을 찾았다. 하지만 어찌된 영문인지 보이지 않았다. '제길'을 연발하며 차에 기댄 나는 핸드폰을 꺼내 들고 단축번호 1번을 눌렀다. 항상 들리던 발랄한 통화연결음이 약 삼십 초 후 음성메시지를 남기라고 요구하는 여자의 목소리로 바뀌었다.

이런 상황을 설명한다면 여자 친구들은 백이면 백, '바람이야, 바람. 지금쯤 딴 여자랑 즐기고 있을걸?'이라는 '염장성' 멘트를 마음 껏 날린 다음에, '괜찮아. 남자가 어디 걔 하나니? 야, 즐기고 분명히 다시 돌아와. 중요한 건 그때 너의 태도야!'라며 위로 아닌 위로를 해줄 것이 뻔하다. 그리고 자기들끼리의 공방이 펼쳐질 것이다. 바로 앞에서 고민과 좌절에 빠진 나는 안중에도 없이, 나와 그를 안주 삼아, 자신들의 경험담을 반주 삼아 질겅질겅. 해결책은 물론 뒷전이다. 그렇지만 고백하건데 그에게서 다른 여자의 흔적은 여태껏 단 한 번도 찾을 수가 없었다.

취재를 하러 간 패션쇼에서 만나 사귄 지 약 일 년 되는 남자친구. 이름은 태지. 성은 하필이면 변. 합하면 변.태.지. 하지만 대중적으로는 디자이너 TJ(사실 나는 노래방회사 기계 이름 같아서 그의 닉네임이 영 마음에 들지 않는다). 그는 자신의 이름으로 된 스타일북을 두 권 출간했고, 내가 입사하길 원했던 잡지사에 「style of style」이라는 칼럼을 연재한다. 그리고 가끔은 케이블에서 연예인들에게 스타일에 대한 조언을 하는 리얼리티쇼의 게스트로, 혹은 보조 MC로 출연하기도 한다. 그러니 인터넷에 '디자이너 TJ'라고 치면 그의 약력과 기사들이 주르륵 뜨는 것은 당연하다.

난 그를 90퍼센트 모자란 셀러브리티라고 생각한다. 그래서 내가 찾는 왕자님과 꽤나 멀지만, 적당히는 내게 어울리는 남자라고 생각했다. 그것은 그가 가끔 협찬받은 백이나 구두, 티셔츠 등을 선물하기 때문만은 절대 아니다. 절.대. 그의 섬세함과 다정함, 스타일리시함 그리고 다른 여자를 바라보지 않는 왕자님 같은 곧은 절개가 나로 하여금 그를 사랑하게 만들었다.

그런데 왜 연락 두절이람! 정말 바람이라도 난 걸까? 아니다. 부정적인 생각은 피부의 적이다. 분명 감기에 걸려 약을 먹은 채 정신없이 자고 있거나, 갑작스럽게 촬영이 생겨 촬영 중일지도 모른다. 그것도 아니면, 핸드폰을 변기에 떨어뜨려 드라이기로 다섯 시간째 말리고 있을지도. 그런 긍정적인 마인드로 스스로를 무장한 후, 다시 한 번 샌들을 찾아보려 하는 찰나! 내 시야에 커피 캔을 양손에 하나씩 들고 오는 남자가 들어왔다.

185센티미터 정도 되는 훤칠한 키. D&G 마릴린 먼로 티셔츠 안에 숨겨져 있지만 속속들이 비쳐지는 '잔' 근육들. 빛바랜 오리지널 빈티지 선글라스 안에 가려진 외모. 아니, 몸 전체에서 뿜어져 나오는 거부할 수 없는 아우라. 일반인은 결코 저런 아우라를 낼 수 없다. 연예인들을 상대하는 기자 생활을 하면서 제일 처음 느낀 것이, '그들은 일반인과 다른 무언가를 가지고 있다'가 아닌가! 나는 순간적으로 그의 정체를 감지했다.

'최고의 한류 스타 유상현!'

그가 내 차 앞에 세워져 있는 무광택 아우디로 걸어갔다. 그러던 중 그 차의 조수석 문이 열리며 한 여자가 팔을 내밀었고, 남자는 운전석으로 가던 도중 여자의 팔에 커피 캔을 쥐여줬다. 유독 흰 그 여자의 팔을 보는 그 순간 머릿속에 여러 가지 생각들이 연쇄적으로 떠올랐다.

―한류 스타 유상현이 할리우드 여배우 캐리 팍스와 호텔에서 밀회를 즐기고 있다는 루머.
―'사진작가인 갈로 라미레즈는 지난 31일 오후, 곧 개봉을 앞두고 있는 〈허비-폴리 로디드〉의 여주인공이자 십대의 우상인 린제이 로한이 타고 가던 스포츠카를 일부러 들이박았다'라는 린제이 로한과 관련된 기사.
―그리고 특종을 잡으면 준다는 인센티브!

바로 그거였다. 이것은 어쩌면 내게 행운, 아니 기회였다. 신데렐라가 '비비디바비디부'를 외치는 마법사를 만나 호박마차 탈 기회를 얻은 것처럼, 백설공주가 자신과 왕자를 만나게 해줄 매개체인 사과를 덥석 받게 된 것처럼!
하지만 모든 '기회'에는 위험부담이 따른다. 신데렐라는 마법사의 선과 악을 완벽하게 판단하지 못한 채 언제 폭삭 무너질지 모를 호박마차를 탔으며, 백설공주는 사과를 먹고 영원히 죽을 수 있는 가능성과 기절해 있는 자신에게 키스를 할 왕자가 '근사' 쪽과는 영 거리가 멀 수도 있다는 위험을 과감히 무시해버렸다.
태지에 대한 생각은 잠시 미루기로 했다. 내가 지금 이 자리에서 해야 할 일은 단 하나였다. 저들이 탄 차를 있는 힘껏 박아버리는 것! 난 재빠르게 다시 차에 탔다. 그리고 찾지 못한 샌들의 주인인 오른발로 액셀러레이터를 힘껏 밟을 준비를 했다. 맨발에 액셀러레이터의 감촉이 느껴지자마자 엄지발가락과 발바닥에 온몸의 무게를 실어 힘껏 중력을 가했다. 부웅, 놀란 엔진 소리와 함께 계기판의 RPM 수치가 순식간에 올라갔다. 나는 두 눈을 질끈 감고 속으로 외쳤다.

'만일 유상현의 차가 아니면 차라리 죽어버리자!'

쿵! 할부가 무려 이십오 개월이나 남은 내 차가, 그런 내 차의 다섯 배(?)나 되는 가격의 외제차 뒤꽁무니를 들이받는 소리가 들렸다. 동시에 안전벨트를 맨 내 몸이 차 앞 유리를 뚫고 나갈 듯 빠르게 앞으로 쏠렸다가 다시 제자리로 돌아왔다. 욱신, 어깨에 통증이 느껴졌지만 차 유리에 머리를 박지 않아 얼굴이 피범벅이 되지 않은 게 그나마 다행이었다. 그래도 둔탁한 뭔가로 온몸을 두들겨 맞은 듯 적잖은 충격이 전신을 강타했고, 정신이 없는 가운데 조수석에 놓아뒀던 백이 바닥으로 떨어졌다. 백이 떨어지면서 와르르르, 가방 안에 있던 물건들도 바닥으로 내팽개쳐졌다. 맥 립스틱, 록시땅 핸드크림, 지갑, 선글라스 등. 그리고 가장 중요한 '카메라'까지! 방금 낙하한 그 가방 안에는 지금 내게 그 무엇보다 중요한 카메라가 들어 있었다. 난 아찔거리는 몸 상태를 무시한 채 안전벨트를 풀고 손을 쭉 뻗어 바닥에 떨어진 카메라를 주워들었다. 그리고 재빨리 카메라 상태를 확인했다.

맙소사! 카메라 전원이 들어오지 않았다. 당황한 채 여러 번 재차 눌러봤지만 여전히 먹통이었다. 이유를 알 수 없어 여기저기 카메라를 어르고 달래보다가, 바닥에 떨어지는 순간 배터리 뚜껑이 열리며 배터리가 사라져버린 것을 깨달았다. 의자를 뒤로 쭈욱 밀고 어딘가 숨어 있을 배터리를 어수선하게 찾는 동안, 방금 내가 들이박은 차에서는 아무런 미동이 없었다. 지금 이 상황이라면 벌써 누군가가 뒷목을 잡고 나와 "아니, 당신 뭐 하는 사람이야? 돈 좀 있어? 이게 얼마짜리 찬 줄 알아?"라며 윽박질렀어야 했다. 죽지 않은 이상 말이다. 하지만 겨우 이 정도 사고 가지고 사람이 죽을 리는 없다. 인간의 목숨이 그리 쉽게 끊어진다면 인류가 무려 2천 년 넘게 이렇듯 문명을 유지하며 살아왔을 리가 없다. 그 말은, 즉 저 차 안에 몸을 싣고 있는 인물들은 분명 내가 생각한 두 명이 확실하다는 이야기다. 지금쯤 저들은 충격받은 몸을 추스르는 것을 뒤로한 채, 이 상황에 대한 해결책을 찾느라 애 좀 쓰고 있을 것이다. 아마 이런 말이 나오고 있을지도.

'사고를 당한 사람이 도망가는 건 뺑소니가 아니지?'

물론 아니다. 그러니 그들은 이 상태로 나를 내버려두고 홀연히 사라져버릴 수도 있다. 그렇게 따지면 지금 내게는 카메라 배터리를 찾을 여유 따윈 없었다. 나는 주머니에 안전하게 숨어 있던 핸드폰을 꺼내 들었다. 3백만 화소. 분명 그들의 모습을 담기에 충분한 화질은 될 것이다. 핸드폰이 무사함을 감사해하며 운전석 문을 열고 왼발을 디디는 순간, 또 하나의 문제가 떠올랐다. 지금 내 발에 샌들이 한쪽밖에 신겨져 있지 않다는 것. 왼발은 굽 8센티미터인 샌들, 오른발은 제로 굽인 맨발. 이 상태라면 분명 이상한 각도로 뒤뚱거리며 걷게 될 것이다. 나는 과감히 왼발에 걸려 있던 샌들을 뒷좌석으로 던져버렸다. 그러고는 맨발로 한 발짝씩 걸으며, 양손에서 계속해서 샘솟는 땀 때문에 느껴지는 축축 찝찝한 느낌을 여름 저녁 시원한 시멘트 바닥의 감촉으로 애써 진정시켰다. 그리고 자기암시를 걸었다.

'지금 난 내 직업에 충실할 뿐이야. 다들 선과 악은 한 끝 차이라고 하잖아? 또 모든 일에는 양면성이 있기 나름이라고. 내가 찍게 될 이들의 사진을 보고 즐거워하는 사람들이 분명히 있을 거야. 안 그러면 우리 잡지는 벌써 폐간됐게? 결정적으로, 대한민국 국민들에게는 알 권리가 있어! 난 그들의 알 권리를 충족시켜준 대가로 감당할 수 없는 카드값을 막을 만한 인센티브를 받는 거고. 그래, 이게 자본주의 사회지!'

자기암시가 말도 안 되는 자기 합리화가 되어가는 순간, 나는 이미 짙게 선팅된 운전석 창문을 똑똑 두드리고 있었다. 굳게 닫힌 창문은 열리지 않았다. 대신, 그 안에 있는 누군가가 곤란해하고 있음이 느껴졌다.

똑똑, 나는 다시 한 번 창문을 두드렸다. 꼴깍, 두번째 마른침이 넘어가는 순간, 드르륵 창문 열리는 소리가 들렸다. 하지만 창문은 정확히 3분의 1만 열렸다. 그 좁은 틈 사이로 다시 한 번 그의 모습이 보였다. 30센티미터 정도의 가까운 거리를 두고 본 결과, 유상현 그가 200퍼센트 확실했다. 나는 속으로 쾌재를 부르며 허리를 굽혀 창문 틈 사이로 얼굴을 빼꼼히 들이밀고는 말했다. 물론 시선은 이미 확인을 마친 유상현이 아니라, 그의 옆에 있는 여자에게 향하며.

"저, 괜찮으세요?"

트레이드마크인 갈색의 긴 생머리, 또 그에 어울리는 오버사이즈 보잉 선글라스, 내추럴한 느낌의 상의. 맙소사, 그녀가 맞았다! 이제 내가 할 일은 이들이 어스름 짙은 새벽 시간을 함께 보내고 있다는 증거를 사진으로 남기는 것이다. 나도 모르게 흘러나오는 흐뭇한 웃음을 애써 참으며 그의 반응을 기다렸다. 그가 눈짓만으로 쓰윽 나를 한번 훑더니 드디어 입을 열었다.

"괜찮습니다. 그.러.니.까. 그냥 가세요."

살짝 열린 창문 틈을 통해 옅은 짜증, 차가운 깍듯함이 배어 있는 그의 목소리가 흘러나왔다. 그의 시선은 이미 나를 떠나 있었고, 그의 오른손은 기어의 위치를 P에서 D로 옮기고 있었다. 그냥 가라니…… 말도 안 된다! 만일 이 사고가 정말 나의 실수로부터 발생된 일이라면 쾌재를 부르고 그에게 90도로 절을 하며 서둘러 그를 이 자리에서 떠나보낼 것이다. 하지만 애당초 이건 그런 종류의 사고가 아니지 않은가?

목적을 이루기 위한 필연적 사고. 내게는 이 특종을 잡아 기자로서의 이름도 드높이고, 인센티브도 받아 카드값을 갚고, 어마한 견적이 나왔을 내 차의 수리비도 마련해야만 하는 사명이 있었다. 그러므로 그의 배려를 적극 만류해야만 했다. 나는 출발 직전인 차를 볼썽사납게 붙잡으며 말했다.

"마…… 말도 안 돼요. 이렇게 그냥 가면 뺑소니인걸요?"

"신고하지 않겠습니다. 그냥 가세요."

"그, 그걸 어떻게 믿어요?"

"왜 못 믿습니까?"

그의 목소리에서 묻어나는 짜증의 농도는 더욱 짙어졌다.

"요즘은…… 그러니까…… 그래요! 사고가 난 후 괜찮다고 그냥 돌려보내 놓고서 뺑소니로 신고한다고 그러더라고요!"

어디선가 이런 사건의 기사를 본 적이 있다. 흉흉한 세상이다. 그가 창문 사이로 나를 쓱 올려다봤다. 선글라스를 끼고 있어서 눈을 볼 수는 없었지만 '뭐 이런 여자가 있나'라고 생각하는 게 분명했다. 그가 이렇게 그냥 가버리기 전에 무슨 수를 내야만 했다. 그는 몇 초간 침묵하더니 다시 말했다.

"절.대. 그럴 리 없으니까 이만 가시죠?"

"저도 절.대. 그럴 수는 없다니까요!"

그는 어이없다는 표정과 함께 액셀러레이터를 밟았다. 난 두 눈을 질끈 감고 그의 차 앞에 뛰어들었다. 끼익. 차가 급정거하는 소리가 들렸고, 나는 질끈 감았던 두 눈을 떴다. 그와 동시에 운전석 문이 열리며 그가 나왔다.

"당신 미쳤어?"

그가 저벅저벅 내게 다가오며 말했다. 나 역시 순간 내가 미쳤다는 것을 알았다. 어디서 그런 용기가 솟아났는지. 직업 정신? 엄청난 카드값으로부터 오는 압박? 그것도 아니면…….

"너 대체 뭐야?"

내 앞에 우뚝 선 그가 말했다. 나는 그의 포스에 눌려 한 걸음 뒤로 물러났다.

"저요?"

"그래, 너!"

"가…… 가해자요."

"해자? 누가 당신 이름 궁금하대?"

'가'라는 말이 조그맣게 새어 나왔는지 그는 내 이름을 해자라고 알아들었나 보다.

"아, 아니요. 가해자라고요. 이 사건의 가해자. 당신은 피해자고요."

그가 어이없다는 듯 피식 웃었다.

"어디 기자, 아니 파파라치 아냐? 아님 누가 시키셨나? 그쪽인가?"

"……."

나는 아무 대답도 할 수 없었다. 이 심각한 상황에서 '아, 네. 저는 〈플러스 텐〉의 백이현 기자라고 합니다'라며 명함을 주고 '당신을 파파라치 하려고 일부러 박은 거예요'라고 넉살 좋게 말할 수는 없지 않은가. 그건 자살행위나 다름없었다. 그가 대답 없는 나를 위아래로 한번 쓱 훑더니 나의 발 아래에서 시선이 멈춰버렸다. 나도 그를 따라 시선을 나의 발 아래로 이동했다. 그제야 잠시 잊고 있었던 사실을 깨달았다.

맨.발. 맙소사! 아마 그의 눈에 비친 나는 영락없이 머리에 꽃을 꽂은 미.친.년.일 것이다. 그는 이런 내 모습을 본 후 자기가 생각한 대로 나를 단정 짓기로 했는지, 뒷주머니에서 지갑을 꺼냈다. 그리고 수표 몇 장을 꺼내 내게 들이밀었다.

"이거면 돼?"

슬쩍 봐도 열 장은 족히 넘어 보였다.

"이게 뭐죠?"

"먹고 떨어져."

역시나 업계에서 '싸가지'로 소문난 그였다. 하지만 그건 소문일 뿐, 실제로 그런 '싸가지'를 봤다는 사람은 드물었다. 소문의 형태가 대부분 그러하듯, '내 친구의 친구가 유상현 코디인데……' 혹은 '내 친구의 사돈이 그러는데……'처럼 당사자가 아닌 사람들이 퍼뜨리고 다니는 게 대부분이었다. 재벌가와 결혼했다는 톱 여배우의 루머처럼. 정말이지, 그 결혼식에 당사자가 다녀왔다는 이야기를 단

한 번도 들은 적이 없다. 모조리 지인의 지인, 지인의 지인의 지인이었다! 하지만 확실치 않은 증거들로 조합된 추리는 곧 진실의 가면을 쓰고 여기저기 떠돌아다닌다. 마치 자신이 진짜인 것마냥. 이것이 풍문, 루머의 여러 가지 속성 중 하나다. 하지만 나는 이제 친구들과 사돈의 팔촌까지 모두에게 떳떳이 말할 수 있을 것 같다. 내가 직.접. 겪었는데 유상현 걔 진짜 '싸가지' 없어, 라고.

"부족해? 더 줘? 그쪽에서는 얼마 준다고 했는데?"

그가 소리를 지르며 내게 다시 한 번 물었다. 그쪽? 대체 그가 전부터 말하는 그쪽의 정체가 뭔지 궁금했지만, 차마 이 상황에서 나의 궁금증을 해소하기 위한 질문을 던질 수는 없었다. 그때 그의 차 조수석 문이 열리더니 늘씬하게 쭉 뻗은 다리가 삐죽, 모습을 드러냈다.

그녀였다. 캐.리. 팍.스. 차에서 나와 한 걸음 한 걸음 걸어오는 그녀는 마치 영화 속에서 막 스크린을 뚫고 튀어나온 것 같았다. 고백하자면, '기자'라는 타이틀을 달았음에도 불구하고 할리우드의 '핫'한 여배우를 모니터나 브라운관이 아닌, 실제로 보는 건 처음이었다. 완벽한 '핏'을 자랑하는 인디고 컬러의 데님 스키니를 입고 킬힐을 신은 그녀의 다리는 아찔할 정도였다. 만일 내가 남자라면 그녀의 발 밑에 무릎을 꿇고 신이 직접 하사하신 것 같

은 저 다리에 끊임없는 찬사와 입맞춤을 했을 것이다.

그런 그녀가 점점 더 가까이 다가와 드디어 그의 옆에 섰다. 그리고 흘끔 나를 바라봤다. 아니, 위아래 건성으로 쓱 훑어봤다는 게 맞는 표현일 것이다. 여자가 여자를 훔쳐보며 자신과 비교하는 그 묘한 시선. 사실 그 순간이 남자가 자신을 볼 때보다 열 배 정도는 더 긴장된다는 것을 모든 여자들은 경험으로 알고 있을 것이다.

나는 내 다리를 훑고 얼굴로 온 그녀의 시선과 마주치자 일부러 고개를 빳빳이 들었다. 뭐, 나도 그녀만큼은 아니지만 늘씬한 다리, 살짝 올라온 힙, 그리고 창피하지 않을 만큼의 가슴 정도는 소유하고 있었다. 그리고 근본적으로 그녀와 나는 유전적으로 달랐다! 서양인과 동양인이 어찌 같은 신체 구조를 가질 수 있으랴!

우리는 대부분 눈 크고, 코 높고, 볼록한 가슴과 엉덩이, 잘록한 허리, 길게 쭉 뻗은 다리를 지닌 여성들을 보면 '바비인형' 같다며 찬사를 보내곤 한다. 하지만 바비인형은 원래 서양, 특히나 미국의 산물이다. 그러니 미국 여자들은 모두 바비인형 같을 수밖에 없는 것이다. 지금 저 캐리 팍스처럼 말이다.

나는 힙과 허리에 최대한 굴곡을 줘 'S' 라인이라는 걸 만들고 싶었지만 맨발로 그 자세를 유지하기란 영 쉽지 않았다. 그녀가 그런 날 보더니 피식 웃으며 고개를 돌려 그에게 말을 걸었다. 물론 영어였고, 나는 중간 중간 그들의 말을 못 알아들었……, 아니 중간 중간 그들의 말을 알아들었다. 대충 해석하자면 나의 존재와 이 사건에 대해 이야기하는 것 같았다. 그녀가 다시 한 번 나를 바라보더니 도발적인 포즈로 그에게 팔짱을 끼며 그만 가자고 재촉했다. 그 순간, 내가 이렇게 넋 놓고 그들의 대화를 해석할 상황이 아니라는 것을 깨달았다. 내가 지금 해야 할 일은 이 둘이 함께 있는 사진을 찍는 게 아니던가? 그리고 지금 그 기회가 완벽히 찾아왔다! 자연스레 팔짱을 끼고 있는 저 둘. 한류 스타 유상현과 할리우드 여배우 캐리 팍스. 한마디로 특.종!

나는 주머니에 손을 넣어 핸드폰을 꺼내 들었다. 그리고 그들이 듣지 못하게 핸드폰을 진동모드로 돌려놓고 버튼을 눌러 '촬영모드'로 맞춰놓았다.

"저기요……."

그가 홱 나를 돌아봤다. 그리고 찬찬히 입을 열었다.

"왜? 얼마 받을지 생각해봤어? 진작 그럴 것이지."

그의 말투에는 냉소와 비웃음이 적절이 섞여 있었다.

"너도 참 한심하다. 이깟 돈 받으려고 이런 고생까지 하고. 왜 그렇게 사는데? 하긴, 이런 주제밖에 안 되니 이런 짓을 하는 건가?"

순간 화가 밀려왔다. 물론 그가 나에 대해 나쁘게 생각할 수밖에 없다는 것은 백번 이해한다. 하지만 그는 스타가 아니던가. 대중의 인기를 먹고사는. 물론 스타도 같은 인간이기에 사생활이 존중되어야 하지만! 이런 모든 사건들이 싫고, 귀찮고, 한.심.하.기.만. 하다면 그는 애당초 스타라는 직업을 선택하면 안 되는 것이었다.

그의 경멸에 찬 말투와 눈빛, 그런 그 옆에서 그의 팔짱을 끼고 한심하다는 듯 나를 보고 있는 캐리 팍스를 보고 있자니 팬스레 몸 여기저기에 퍼져 있는 자존심이 스멀스멀 올라왔다. 나는 오른손을 이용해 그가 들고 있던 수표들을 재빨리 낚아챘다. 그리고 그가 "그래, 그거면 되겠어?"라고 말하며 만족스러운 듯한 웃음을 보낼 때 핸드폰을 들어 팔짱을 끼고 있는 그들의 사진을 찍어버렸다. 그들은 순식간에 일어난 일에 당황했고, 난 그 틈을 타 재빨리 몇 걸음 뒤로 물러났다.

"야, 너 뭐 하는 짓이야?"

"보면 몰라요? 사진 찍었잖아요. 왜요? '김치 치즈 스마일' 안 하고 찍어서 섭섭해요? 다시 한 번 찍을까요?"

이상하게도 한 치의 떨림 없이 술술 말이 흘러나왔다.

"뭐? 야! 당장 핸드폰 안 내놔?"

"전 '야'가 아니라 〈플러스 텐〉의 기자 백.이.현.이라고 합니다!"

"플러스 텐? …… 아, 남들 사생활로 연명해나가는 그 허접한 잡지?"

그가 내게 한 발짝 다가오면서 물었다. 당장이라도 날 잡아서 핸드폰을 빼앗아 던져버릴 기세였다. 난 한 걸음 더 뒤로 물러났다. 어쩌지? 어쩌지? 하며 머리를 굴리는데 그때, 그가 한 말이 생각났다.

'부족해? 더 줘? 그쪽에선 얼마 준다고 했는데?'

그래. 아까 유상현이 말했던 그쪽!

"그런데, 오늘은 〈플러스 텐〉 기자로 온 게 아니에요. 당신이 말하는 그쪽, 그쪽의 부탁이에요."

모험이었다. 하지만 모든 모험은 해볼 만한 가치가 있는 것. 그가 그쪽이라는 말을 듣자마자 멈칫했다. 오호라, 난 그 순간을 놓치지 않았다.

"그러니까 한 발짝도 움직이지 말아요. 움직이면! 바로 그쪽으로 전송할 거예요."

"너 지금 나랑 딜(deal)하자는 거야?"

나는 고개만 끄덕였다. 이런 상황에서는 말을 아끼는 게 최고일 거라는 생각에.

"뭘 원하는데?"

"새…… 생각해볼게요."

"그럼 지금 당장 생각해."

"아니요. 집에 가서 천천히 생각할래요."

나는 조금씩, 조금씩 뒷걸음을 쳐 내 차 앞에 다다랐다. 그러고는 꿀꺽, 침을 삼키고 서둘러 내 차에 탔다. 그가 뒤늦게 쫓아왔지만 이미 창문을 올리고 자동 문 잠금 장치를 해놓은 상태였다. 그가 내 차를 쾅쾅 두드렸다. 지갑에서 명함 한 장을 꺼냈다. 그리고 창문을 조금만 열고 그에게 명함을 건넸다.

"연락하세요. 그럼."

그 말을 마지막으로 그의 차를 박기 전처럼 힘 있게 액셀러레이터를 밟아버렸다. 차가 달리면서 백미러로 보이는 그들의 모습이 점점 작아졌다.

한참을 달리고 나서야 내가 무슨 짓을 저질렀는지 알았다. 우리나라 최고의 한류 스타 유상현을 적으로 만든 것이다. 그리고 힘껏 핸들을 움켜쥔 손에서 발견한 그것! 수표뭉치.

'제길, 왜 하필 이건 손에 들고 있던 거야.'

이제야 다리에 힘이 풀리고 손이 부들부들 떨려왔다. 넋을 놓은 채, 신호등의 적신호를 보지 못하고 속력을 냈던 나는 뒤늦게 횡단보도를 건너는 사람을 발견하고는 급히 브레이크를 밟았다. 끼익, 하고 멈춰 선 차는 유상현의 차를 박았을 때보다 심한 반동을 보였고, 그 바람에 좌석 밑 어딘가에 끼어 있었을 샌들 한쪽이 튕겨져 나왔다. 나는 구두를 보며 혼자 중얼거렸다.

'이거라도 신고 있었으면 조금은 덜 정신 나간 여자 같아 보였을까?'

"미쳤구나?"

"그치."

"돈 게 분명해!"

"그런 것 같지?"

"건드릴 사람이 따로 있지!"

"역시 그렇지?"

"그래서! 어떻게 할 거야?"

"그건 당연히! …… 모르지."

얼토당토않은 일을 저질렀을 때, 그래서 숨을 쉴 때마다 그 순간 순간의 기억들이 눈앞에 팟! 하고 선명하게 떠오르며 스스로 생을 마감하고 싶은 충동을 느낄 때. 그럴 때 나는 알코올을 체내에 흡수시켜 되도록 말짱한 정신에서 벗어나거나(알딸딸해져서 기분이 좋아짐과 동시에 '똘기'도 충만해져 더 어마어마하고 생뚱맞은 일을 저지를 위험이 있음) 백화점을 돌면서 쇼핑을 하거나(카드 고지서를 봤으니 더 이상은 무리) 가까운 친구에게 오롯이 내 입장에서의 '편파적 하소연'을 하거나, 하는 세 가지 대안 중 가장 적절한 것을 선택한다. 그래서 지금 나는 수민이네 집에 와 있다.

"너 이 사진, 정말 터뜨릴 거야? 흠, 유상현이 연예 TV에서 그랬잖아. 자긴 캐리 팍스랑 인사도 해본 적 없다고!"

한 손으론 내 핸드폰을 들어 사진을 보며 미간을 찌푸리고, 다른 한 손으로는 입고 있던 원피스의 옆 지퍼를 내리던 수민이 말했다.

"그렇지. 그러니까 특종이지. 그러고 보면 나 오늘 대단한 일을 한 거 같긴 해."

"그런 건 저.질.렀.다.고. 하는 거야."

툭툭 내뱉듯 말하는 얄미운 입술을 가진 수민의 얼굴이 밉상스러워 보였지만, 굳이 그걸 따지고 들 생각은 없었다. 곧 블루컬러의 실크 드레스가 주르륵 수민의 몸통에서 다리로 흘러내렸다. 나는 수민이 들고 나갔을 것으로 추정되는 빅 백(big bag)으로 시선이 갔다. 실크드레스와 빅 백. 절대 '믹스 앤 매치'를 할 수 없는 두 가지 아이템이었다.

"야, 그건 그렇고 그 드레스에 이 빅 백이 말이 된다고 생각해? 더군다나 너 패션쇼 뒤풀이 갔다 온 거 아니야? 국내 최고 스타일리스트 보조가 뭐 그래?"

"어쩔 수 없었어. 난 어디 가서 앉을 때 배를 가려야 되기 때문에 빅 백을 고수해야 해. 안타깝지만, 이건 예의야. 내 맞은편에 앉을 사람에 대한."

난 무의식적으로 '아, 그렇네'라고 소리를 내며 고개를 끄덕였다. 그나저나, 캐리 팍스 같은 여자는 평생 저런 안타까운 이유로 빅 백을 들 일은 없겠지? 이상하게도, 할리우드 셀러브리티들의 몸은 쉽게 중력에 굴복하지 않는다. 아니, 잠깐 굴복한다 하더라도 강력한 식이요법과 값비싼 퍼스널 트레이너의 도움 아래 서둘러 중력을 정복하고 만다.

"연락이 올까?"

금세 편안한 트레이닝복으로 갈아입은 수민은 내 옆에 털썩 주저앉으며 물었다.

"글쎄? 근데……."

"근데 뭐?"

나는 유상현이 발언한 '그쪽'의 의미를 다시 한 번 떠올렸다. 대체 '그쪽'은 누구를 지칭하는 걸까? 유상현이 몸담고 있는 기획사 스타디움? 아니, 그 둘은 별다른 문제가 없다는 신빙성 있는 정보를 최근에 들었다. 그렇다면 베일에 가려져 있다는 유상현의 실제 애인? 에이, 헤어지고 싶으면 유상현이 먼저 차버리겠지. 게다가 (싸가지 없는) 유상현이 그런 사소한 일로 신경 쓸 위인은 아닌 것 같다. 그렇다면?

"근데 뭐냐니까?" 수민이 재차 물었다.

"아니, 그냥. 화질이 너무 안 좋은 건 아닌가 해서."

"뭐, 좀 어둡긴 해도 누가 누군지는 한눈에 알아볼 수 있는데 왜? 근데 이거 진짜 특종이긴 하다. 인센티브가 얼마라고?"

수민은 그들이 찍힌 사진을 이런저런 각도에서 보며 의미심장하게 웃었다. 뭐, 그러니까 그런 위험천만한 일을 행한 게 아닌가. 하지만 자꾸 찝찝한 마음이 드는 건 왜인지, 그 찝찝함의 원천이 무엇인지 얼른 밝혀내고 싶어 관자놀이에 손가락을 갖다 대고 꾹꾹 눌러봤다. 그때, 수민의 손에 들려 있는 내 핸드폰이 불빛을 반짝이며 벨 소리를 울려댔다. 그리고 그 순간, 수민과 내 시선이 마주쳤다. 동그랗게 뜬 수민의 큰 눈동자에 놀람, 긴장, 떨림, 궁금, 두려움 등으로 가득한 내 모습이 비치는 듯했다.

"누, 누구야?"

떨리는 손을 애써 진정시키며 그녀의 손에서 빠르게 핸드폰을 낚아챘다. 그리고 핸드폰 액정에 뜬 글자를 바라봤다.

"누구야? 유상현이야?"

이번에는 수민이 물었고, 나는 고개를 절레절레 흔들었다. 핸드폰 액정에 뜬 번호는 유상현이 아니라 내가 저녁부터 그토록 기다렸던, 장시간 부재중이었던 내 애인 '태지'의 번호였다. 맙소사, 그러고 보니 지금껏 그의 존재를 새까맣게 잊고 있었던 것이었다. 그리고 그의 번호를 확인했을 때도 적잖게 실망의 한숨을 쉬었다. 지금 걸려온 전화의 주인공이 유상현이 아니라는 이유로. 나는 수민에게 '태지'라고 입 모양으로 중얼거린 후, "여보세요?"라고 말했다. 핸드폰 너머에서 살짝 지친 것 같은 그의 목소리가 들려왔다.

"이현아, 미안. 일이 좀 있어서."

"…… 응, 괜찮아."

정말로 난 괜찮았다. 아니, 괜찮았었다. '너 시간 될 때, 우리 잠깐 볼까?'라고 그가 말끝을 흐리며 묻기 전까지는.

누군가 말했다. '여자의 직감은 위대하다'고. 왜 하필 이런 상황에서 내가 여자라는 것을 새삼 깨닫게 되는 걸까? 인정하기는 싫지만 지금 이 순간 내 귀에 들리는 그의 말투는 평소와 확연히 달랐다. 그리고 '잠깐!'이라는 단어 또한 문맥상, 아니 연인끼리 만나자는 문장에 썩 어울리지 않는 단어였다.

2. 할리우드에서 가장 팔자 좋은 스타, 패리스 힐튼처럼 펫 키우기!

패리스 힐튼(Paris Whitney Hilton)
세상에서 가장 로맨틱한 이름과 죽기 전에 다 쓰지도 못할 재산의 상속녀 패리스 힐튼이야말로 뼛속까지 공주님인 게 아닐까? 가수, 영화배우, MC, 사업가, 디자이너 등 다양한 분야에서 활약해도 딱히 내세울 직업이 없지만, 그럼에도 불구하고 자산만 2천억 원이 넘는다. 한 번 입은 옷은 다시 안 입는 걸로 유명하고 밍크로 된 트레이닝복이 좋다고 말하는 럭셔리 걸 패리스 힐튼은 금발 미녀 특유의 백치미와 앞뒤를 생각하지 않는 돌출 행동, 무개념 발언을 일삼는다는 치명적인 단점도 가지고 있다. 특히, 자신의 애완견인 팅커벨을 목숨같이 아낀다며 이것저것 잘도 해 먹이더니 살이 좀 쪘다고 외면해버린 일은 유명하다. 뭐, 그래도 좋다. 무개념 소리 들어도 좋으니까 패리스 힐튼만큼 상속받을 재산이 있었으면!

시작하는 사랑은 반짝반짝 빛난다. 그러나 그 마법같이 신비로운 시간은 어찌된 일인지 금방 끝나버리고 만다. '회식'도 마찬가지다. 시작할 때는 모두가 멀쩡한 얼굴과 정신을 가지고 있다. 하지만 어느 정도 시간이 흐르면 하나같이 고주망태, 인사불성이라는 사자성어를 온몸으로 보여준다.

    하.지.만. 사랑의 마법이 풀리는 것도, 회식 자리에서 사람들이 변하는 것도 모두 당사자들의 잘못은 아니다. 사랑은 시간이 흐름에 따라 점차 부식하게 되는 습성을 가지고 있고, 회식의 필수조건인 술의 주성분, 알코올은 사람들을 멜랑콜리하게 만드는 재주가 있다. 그렇게 흘러가기 때문이지, 처음부터 그렇게 되려고 시작하는 건 아니라는 얘기다. 둘 다.

나는 지금 〈플러스 텐〉의 회식 자리에서 알코올을 섭취하며 만 일주일간 내게 있었던 일들을 떠올리고 있다. 유상현에게서는 연락이 없다. 유상현이 말하던 '그쪽'의 정보를 캐내어 먼저 연락을 시도해보려던 내 계획도 실패했다. 그리고 인센티브를 위해 핸드폰에 저장된 그 특종 사진을 '초특종'이란 제목으로 메시지 보관함에 안전히 첨부해뒀지만 전송 버튼을 누르지는 못했다. 그건 내가 가지고 있는 알량한 죄책감이나 윤리, 양심 그런 것들 때문만은 아니었다. 그렇게 어마어마한 대형 사고를 터뜨린 후 정리를 할 만한 마음의 여유, 용기, 객기를 가질 수 있는 상태가 아니었기 때문이다. 불행하게도 여자인 나의 위대한 직감은 소름이 돋을 정도로 정확했고, 그 결과 나는 실연 아닌 실연에 맞닥뜨릴 수밖에 없었다.

태지, 그는 대부분의 남자처럼 여자 입에서 먼저 이별을 말하게끔 하는 비겁한 행동을 하지는 않았다. 언젠가, 수민이 애인의 변심에 홀로 힘들어하며 결국 이별을 통보하던 날 했던 말이 생각난다.

"헤어지자고 먼저 말해도 차인 것 같은 그 엿 같은 기분 알아? 눈물 날 것 같아."

그 말을 하는 그녀는 이미 닭똥 같은 눈물을 뚝뚝 흘리고 있었다. 하지만 나는 상상조차 하지 못했던 그의 엉뚱한 발언에 눈물은 커녕 한마디 말조차 입 밖으로 꺼낼 수 없었다. 차라리 대놓고 이별을 요구하는 편이 내 정신 건강에 훨씬 더 이로웠을지도 모른다. 커피 두 잔이 놓인 스타벅스의 나무 테이블을 사이에 두고 잠잠한 정적 속에서 툭 튀어나온, 아직도 꿈에서조차 잊을 수 없는 그의 말.

"나…… 커밍아웃하려고. 그래도 너랑은 계속 친구로 잘 지내고 싶어. 그리고 커밍아웃은 일단 비밀로 해주라."

그렇게 일 년 동안 내 연인이었던 남자가 돌연 커밍아웃을 선언하면서 더 이상 연인이 아닌 친구로 지내자는 제안을 했다.

Coming out. 번역하면 '벽장 속에서 나오다', 즉 동성애자들이 더 이상 벽장 속에 숨어 있지 않고 밝은 세상으로 나와 공개적으로 사회에 자신의 동성애적 취향을 드러낸다는 것을 의미한다. 다시 말해 그는 앞으로 여자가 아닌 남자를 사랑하겠다고 고백한 것이었고, 그것은 이별을 요구하는 것을 떠나 지난날 그와 내가 나누었던 사랑의 정체성에 혼란을 주는 명백한 배신 행위였던 것이다!

첫눈에 사랑에 빠진 남자가 공교롭게도 '게이'였다는 이야기를 접한 적은 있어도, 사랑을 나누었던 상대가 갑작스레 커밍아웃을 선언한 이야기는 듣도 보도 못 했다. 역시나 동화 속, 아니 모든 사랑 이야기는 마지막이 돼봐야 해피엔드인지, 배드엔드인지 알 수 있다. 아마 '동화 속 공주들의 뒷이야기'에 지금 내 심리 상태를 적용해 생각해보면, 백설공주에게 질린 왕자는 일곱 난쟁이 중 하나에게 독특한 매력을 느껴 사랑에 빠졌을 거고, 라푼젤의 그 탐스러운 머리는 왕자가 매달려 올라왔을 때의 후유증으로 인한 탈모로 대머리가 되었을 것이다. 당연히 왕자는 대머리 라푼젤에게 더 이상 매력을 느끼지 못하고 라푼젤보다 더 탐스러운 긴 머리를 지닌 그를 찾아갔을지도 모른다. 그러고는 자신의 커밍아웃을 온 나라에 선포했을지도.

"이현 씨는 핑크를 좋아하나 봐."

옆자리에 앉아 있던 강윤지가 불쑥 내게 말을 걸었다. 살짝 붉어진 얼굴의 그녀는 입술을 샐쭉거리며 내 핑크색 스카프를 만지작거렸다. 뭐, 그런 편인가? 확실히 검정은 지루하고 회색은 우울하다. 대부분의 셀러브리티들은 핑크를 사랑한다고 들었다. 특히나 핑크를 사랑한 누군가 있었는데. 누구더라?

"아, 린제이 로한 기사 반응 좋았죠? 이번에는 패리스 힐튼으로 가보는 게 어때요?"

그녀의 말에 '아, 맞다! 핑크 공주 패리스 힐튼!'이라고 생각하는데 강윤지가 갑작스레 시선을 편집장에게 돌리며 폭탄발언을 했다.

"아예 셀러브리티 특집을 매달 내보내는 게 어때요? 이현 씨가 잘할 것 같아요."

"네?"

하마터면 들고 있던 술잔을 떨어뜨릴 뻔했다. 얘가 지금 무슨 말을 하는 거야? 내가 원하던 것들을 모조리 소유한 그녀의 수많은 기삿거리들을 보며 시기와 질투에 휩싸여 쓰는 기사를 다시, 아니 계속 쓰라고? 셀러브리티 이름표를 달지 못한 채 신용불량자 꼬리표를 피해보기 위해 하는 힘겨운 내 일들을 더욱 힘들게 만들겠다? 나는 유상현과 캐리 팍스의 사진으로 인센티브와 신임을 얻은 후 다른 종류의 기획을 잡아서 기사를 써보려고 했다. 최대한 나의 정신 건

강을 해치지 않을 만한 것. 예를 들면 한방 정보나, 재테크 정보, 생활 건강 등. 내가 최대한 관심 없는, 그렇기에 사심 없이 쓸 수 있는 그런 종류의 것들 말이다.

내가 애써 웃으며 의견을 말하려던 순간, "그럴까? 좋은 생각이네!"라며 편집장이 맞장구쳤다. 도미 지느러미 한 점을 입에 쏙 넣으며 정말 별 생각 없이. 아마 도미의 맛을 느끼는 것보다 덜했을 것이고, 젓가락을 움직여 다음에는 뭘 집을까를 고민하는 시간보다도 짧았을 것이고, 오늘 회식비에 대해 계산기를 굴리는 것보다 뇌의 주름이 덜 잡혔을 것이 분명했다.

"다음 주 월요일까지 기사 틀 한번 만들어봐."

질겅질겅 그녀의 입속에서 도미 지느러미가 조각조각 찢기고 있었다. 마치 그것이 나인 듯한 끔찍한 느낌이 들었다. 린제이 로한만으로도 힘들었던 내가, 달마다 셀러브리티들과 씨름 아닌 씨름을 해야 하다니. 정말 너덜너덜 찢겨서 나풀나풀 날아다니는 사무실의 먼지가 되어버릴지도 모른다.

나는 강윤지를 얄미운 듯 쏘아보며 서둘러 그 기사에서 빠져나올 방법을 생각했다. 하지만 그때, 하루 종일 벙어리 흉내를 내던 몹쓸 핸드폰이 몸을 떨기 시작했다. 반사적으로 액정을 바라본 나는 자그마하게 액정에 떠 있는 번호를 읊조렸다.

"011. 357. ****."

낯선 번호였다. 그 순간, 내 머릿속에 유상현이 떠올랐다. 저절로 꿀꺽, 하고 침이 넘어갔다. 나는 핸드폰을 움켜쥐고 벌떡 일어났다.

"어? 이현 씨 어디 가요?"

강윤지가 고개를 쏙 들어 물끄러미 나를 바라보며 물었다. 그때, 그녀의 입가가 설핏 위로 올라가 보이는 건 내 체내에 흡수된 알코올로 인해 시력에 문제가 생긴 것 때문만은 아닌 듯했다. 혹시 그녀가 날 싫어하나? 라는 생각이 뇌 속에 푹 파고들었지만 곧 '뭐, 아무렴 어때'라고 결론지었다.

"네, 전화가 와서요."

심드렁하게 대답한 나는 어서 빨리 몸을 움직일 태세를 했다.

"애인 전화? 이현 씨 디자이너 애인 있잖아요. 꽤 유명하지 않아요? 아, 은우 선배도 알죠?"

이번에는 편집장이 아니라, 맞은편에 있는 은우 선배에게 슬며시 말을 걸었다.

'뭐야, 이 여자.'

난 분명 전화를 받기 위해 일어났다고 말했고, 그녀는 그 말을 그새 까먹을 만큼 머리가 나쁘지 않았다. 그녀가 취하는 나에 대한 태도가 '뭐, 아무렴 어때'로 끝나지 않을지도 모른다는 생각이 막연히 들었다. '그럼 대체 왜?'라는 생각을 하는데 은우 선배가 말했다.

"응, 알지. 나 인터뷰 몇 번 한 적 있잖아. 이현 씨, 아직 잘 만나고 있지? 결혼은 안 해?"

결혼이라는 두 단어가 가지는 파워는 우리 팀 내 사람들의 시선을 모조리 집중시켰다. 제길. 나는 다행히 아직 울리고 있는 핸드폰을 꼭 움켜쥐었다. 하지만 그 울림이 언제까지고 날 기다려주지는 않을 게 분명했다.

"뭐야? 혹시 헤어졌어?"

"에이, 설마. 태지 씨 여자한테 관심 없잖아."

"또 책 쓴다는데 이현 씨는 좋겠어?"

이렇게 내 이름을 꺼내면서도 날 바라보는 이는 없었다. 그들은 이미 날 버린 후 자기들끼리 대화를 주고받았다. 유독 나를 물끄러미 바라보는 인간은 강윤지 단 하나였다. 어쨌든 다행인 건 이들 중 아직 태지의 '커밍아웃'을 아는 이가 없다는 사실이었다. 편집장은 이번에는 도미가 아닌 애처롭게 꿈틀대고 있는 산낙지를 꾹꾹 눌러대며 자신의 입속으로 들어갈 목표물을 찾고 있었다. 아마도 제일 거세게 저항하는 놈을 고르리라. 인간이라는 존재가 가지고 있는 잔혹성은 때로 산낙지를 먹는 모습에서 불쑥 나타나곤 한다. 내가 만일 여기서 태지의 '커밍아웃'을 입 밖에 낸다면 이들은 나와 태지를 저 낙지 꼴로 만들 것이다.

"이현 씨, 왜 아무 말 안 해? 정말 헤어진 거야?"

강윤지가 물었다. 다시 한 번 시선이 내게 집중됐고, 난 가식적으로 '씨익' 웃었다. 그리고 시금털털한 말투로 말했다.

"결혼하기엔 아직 아까운 나이잖아요? 때가 되면 말씀드릴게요."

다들 실망한 표정으로 다시 술잔을 들었다. 나는 서둘러 가방을 들쳐 멨다. 비키니를 입을 수 있는 완벽한 몸매가 될 때까지 여름은 기다려주지 않는 것처럼, 이 핸드폰의 울림도 내가 모든 것을 정리하고 나갈 때까지 인내심을 보일 것 같지 않았다.

"백 기자, 가려고?"

여전히 낙지들을 괴롭히던 편집장이 물었다.

"아······."

무슨 핑계를 대지? 순간, 떠오르는 건 단 하나밖에 없었다. 회식 자리에서 빠져나올 수 있는 최고의 무기, 일. 패리스 힐튼 특집 기사!

"셀러브리티 기획 정리해보게요. 게다가 패리스 힐튼 기사 쓰려면 엄청난 자료 조사를 해야 하잖아요."

젠장. 내 무덤을 내가 팠고, 열등감과 질투심 키우는 길을 스스로 열었다. 하지만 모든 일에 우선순위가 있고 지금 나에게는 그 우선순위가 이 전화를 받는 것이다. 편집장은 고개를 까닥거리며 한 손으로 가보라는 손짓을 했다. 나는 모두에게 꾸벅 인사를 했다. 하지만 그들은 이미 나에게 관심이 없었다. 이제는 패리스 힐튼의 가십에 대해 탁상공론을 벌이고 있었다. 크리스티아누 호날두*와 데이트를 했느니 어쩌느니, 섹스 비디오에 대한 대처는 정말 현명했다느니, 공개된 패리스 힐튼 뇌 구조를 보았냐느니, 그녀가 스물다섯이

---

*유명한 축구 선수. 맨체스터 유나이티드에서 레알 마드리드로 이적함과 동시에 패리스 힐튼과의 데이트로 화제가 되었다(약 두 달 전?). 여성 편력이 화려한 것으로 알려져 있다.

란 젊은 나이에 상속받은 재산이 무려 4천억 원이라느니.

계속되는 주제의 전환. 누군가를 잘근잘근 씹는 것. 회식 자리의 통속적인 풍경이다. 갑자기 주제넘게 아주 살짝 패리스 힐튼이 측은해졌다. 자신이 전혀 모르는 전 세계 몇 억의 인간들에게 요리조리 씹힐 게 아닌가. 하지만 그래도 나와 그녀의 삶 중 하나를 내 멋대로 택할 수 있는 기회가 온다면 단 일 초의 망설임도 없이 그녀를 택할 것이다. 그녀는 누가 뭐래도 21세기 공주님이 아니던가.

어쨌든 나를 빤히 바라보는 강윤지를 뒤로하고 밖으로 나왔다. 뒤통수가 스멀스멀했다. 하지만 지금의 내게는 그것에 연연해할 시간이 없었다. 참을성 있게 울려대는 핸드폰이 언제 멈춰버릴지 모른다. 하지만 우리 팀 직원들이 여기저기서 술에 취해 배회하고 있는 이곳에서 유상현의 전화를 받을 수는 없는 일이다. 봐라. 지금도 화장실에 다녀온 강 기자가 휘청대며 이리로 걸어오고 있지 않은가. 또 그렇다고 해서 폴더를 연 후, "잠시만 기다리세요"라고 할 수도 없는 일이다. 아니, 그럴 수 있었다. 나는 샌들을 신으며 폴더를 열었다. 그리고 급하게 말했다.

"딱, 딱, 십 초만 기다려주세요."

나는 강 기자의 "어디 가?"라는 질문을 뒤로한 채 서둘러 밖으로 나왔다. 그리고 인적이 드문 곳을 찾았다. 홀로 불빛을 비추고 있는 가로등 앞에 선 나는 주위를 두리번거려 나 외에는 아무도 없다는 것을 확인한 후 열려져 있던 핸드폰을 귀에 갖다 댔다. 그리고 떨리는 목소리를 애써 가다듬으며 입을 열었다.

"네, 백이현 기자입니다."

제발 택배 회사나 잘못 걸려온 전화가 아니길 간절히 바라며 전화기 건너편에서 들려올 목소리를 기다렸다.

"지금 장난합니까?"

전화기 저편에서 짜증과 차가움이 골고루 섞인 목소리가 들려왔다. 확실히 그였다. 풋, 하고 웃음이 터져 나오려는 것을 애써 오른손으로 급하게 막았다.

"장난한 적 없는데요?"

"십 초 기다리라는 게 장난이지 뭡니까! 내가 십 초면 얼마를 버는지 잘 알 텐데?"

재수바가지! 그럼 넌 화장실 갈 때도 잘 때도 만날 '$-10 \times 60 \times ??? = ?????$' 이렇게 돈 계산하고 다니냐, 라고 목구멍까지 차오르는 말들을 꾹꾹 압축해 눌러담아 몸속 어딘가에 일단 담아두었다.

"미안해요. 회식 자리여서. 그런데 무슨 용건인데요?"

나는 최대한 차분함을 유지하며 말했다. 그도 밀려오는 짜증을 우그러뜨리기 위한 한숨을 두어 번 내쉰 뒤 말했다.

"우리 만납시다."

만나자고? 이 말이 바로 나올 거라고는 예상하지 못했다.

"그, 그래요. 우리 만나요."

온 정신을 그와의 대화에 집중한 후 애써 침착하게 대답했다.

"사진, 아직 '그쪽'한테 넘어간 건 아니죠?"

"네? 네. 아.직.은. 아니에요."

그는 '그쪽'에, 나는 '아직은'에 힘을 줬다.

"그럼, 다음 주 토요일 저녁 열시. 하얏트호텔 10002호에서 봅시다."

"하얏트호텔이요? 룸이요? 아, 그리고 내일이 아니라 다음 주요?"

하지만 나의 이 마지막 말은 그에게 전달되지 않았다. 그는 자신이 할 말만을 전한 후 홀로 통화를 마무리 지어버렸다. 누가 봐도 건방이 하늘을 찌르는 일방적인 통보였다. 그에 급하게 기분이 상해 예민한 자존심이 또 꿈틀거린 나는 다시 한 번 통화 버튼을 눌렀다. 하지만 첫 신호음이 울리기도 전에 폴더를 닫아버렸다. 지금은 감성을 배제하고 이성만으로 생각해야 할 때다. 단지 이 전화를 받기 위해 애꿎은 기획을 맡았단 말이다. 보상을 받아야만 한다. 나는 가방 안에 아무렇게나 자리 잡고 있는 메모지를 꺼내 가로등에 기대 쪼그리고 앉아 메모를 했다.

'다음 주 토요일 저녁 열시. 하얏트. 10002호.'

메모가 끝난 후 자리에서 일어나, 집에 갈 요량으로 횟집 근처에 불법 주차를 해놓은 내 차로 향했다.

하이힐을 또각거리며 오 분 정도 어둡고 으슥한 골목길을 걸어 들어가자, 서투른 윙크처럼 깜박깜박 비상등을 켜고 있는 내 차가 보였다. 정확히 말하자면, 무참히 찌그러진 앞 범퍼를 수리 중인 노란색 풍뎅이차 대신에 잠시 빌린 구식 검정 그랜저였다. 자동차 리모컨 키를 들고 열림 버튼을 '꾸욱' 누르니 삑 하는 소리와 함께 덜컥 차 문 열리는 소리가 들렸다.

  차와 나 사이의 거리 약 5미터. 나는 내가 마신 술의 양을 계산하며 천천히 차 쪽으로 다가갔다. 맥주 두 잔, 소주 한 잔. 그렇다 해도 핑크빛으로 살짝 물들었던 내 얼굴은 시간의 흐름으로 인해 이미 취기가 많이 가신 상태였다. 이 정도면 운전을 해도 될 것 같다는 생각이 들었다. 그리고 우연히도, 다행히 회식을 했던 횟집과 집까지는 2킬로미터도 채 안 되는 거리였다. 뭐, 만일 음주 검사를 한다 해도 내 혈중 알코올 농도는 되도록 숨을 깊게 들이마신 후 내뱉으면 걸리지 않을 정도였다. 그것도 정 불안하면 골목으로 가면 된다. 문득 태지가 내게 했던 말이 떠올랐다.

  "비밀인데…… 난 차 안에 꼭 케로로 돈*뭉치를 넣고 다닌다."

  왜? 라고 묻는 내 앞에서 그는 장난기 가득한 미소를 짓고 그 이유를 찬찬히 설명했다.

  "만약 술 먹고 걸리면 케로로 돈뭉치를 손에 들고서는 살짝 경찰한테 건네는 거야. 음주 검문은 대부분 밤에 하잖아? 그럼 경찰은

---

* 장난감 돈. 하지만 꼭 진짜 같다.

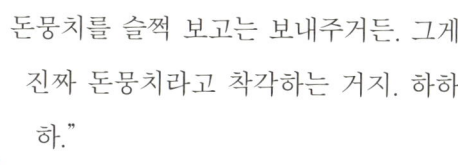

돈뭉치를 슬쩍 보고는 보내주거든. 그게 진짜 돈뭉치라고 착각하는 거지. 하하하."

고백건대, 태지에게서 그 얘기를 들을 때 정말이지 그가 천재라고 생각했다. 그래서 다음 날, 사촌 조카의 만 원짜리 케로로 돈뭉치를 살짝 훔쳐와 조수석 앞 콘솔박스에 넣어두었다. 그다음 날에는 '어른이 케로로 돈을 사용하는 법'을 알려준 그와 키스를 했고, 우리는 연인 사이가 되었다. 그리고 정확히 일 년 후! 그는 남자가 좋다고 커밍아웃을 하면서 그래도 나와는 좋은 친구로 남고 싶다고 제안했다. 아마도 지금쯤 나와 키스했던 그 입술로, 나를 만졌던 섬세하고 가느다란 손가락으로 다른 남자를…… 아, 여기까지다. 더 이상 가면 위험해! 그래도 자꾸만 대책 없이 뭉게뭉게 피어오르는 그 엄청난 상상의 이미지들을 흐트러뜨리기 위해, 손을 머리 위로 뻗어 휘휘 내젓던 나는 눈앞에 드러난 광경을 보고 소스라치게 놀랐다. 내 차, 아니 이 차 루프(차 천장) 위에 어떤 남자가 몸을 조그맣게 웅크린 채 잠들어 있는 것이 아닌가? 마치 침대에 누워 있는 것처럼. 나는 놀라서 커진 두 눈을 두세 번 크게 깜빡인 후에, 종종걸음으로 차에 가까이 다가갔다. 그리고 힘껏 발꿈치를 들어 잠든 남자의 얼굴을 확인했다.

잡티 하나 없이 뽀얗고 앳된 피부, 감은 두 눈 위로 보이는 옅은 쌍꺼풀 라인, 살짝 구불구불한 갈색 머리칼, 적당히 도톰하고 앙증맞은 입술……. 남자라기보다는 소년에 가까웠다. 얼추 열여섯이나 많아 봐야 열일곱쯤 되어 보이는. 나는 조심스럽게 손을 뻗어 여기저기 많이도 찢어진 청바지를 입은 그 애의 다리를 붙잡고 흔들었다. 하지만 미동조차 없었다. 다시 한 번 힘을 주어 다리를 흔들었다. 심지어 손으로 다리를 툭툭 치면서, 입으로는 좀 일어나 보라고 하소연까지 했다. 그럼에도 불구하고 그 애는 여전히 꼼짝도 하지 않았다. 그나마 다행이라면, 새근새근 숨소리가 들리는 걸로 보아 죽지는 않았다는 것이었다.

하지만 이 애를 차 루프에서 길바닥으로 끌어내려 외진 골목에 혼자 두고 갈 수는 없는 노릇이었다. 이렇게 흔들어도 일어나지 않으니, 내가 길바닥에 버리고 간다고 해도 그 애는 지금처럼 쿨쿨, 잠만 잘 것이고 그러면 먹이를 찾아 밤길을 헤매던 변태의 습격(게다가 그게 남자라면!)을 받아 평생 씻을 수 없는 치욕적인 일을 당할지도 모른다. 그 애는 이 모든 게 그때 자기를 골목에 버리고 갔던 차 주인 때문이라며 날 저주할 테고, 그러면 앞으로 만날 모든 남자들이 내게 커밍아웃을 해올지도 모를 일이었다!

그나저나 나 말고 누군가가 이 꼴을 본다면? 아니, 많고 많은 차 중에 이 애가 왜 하필 당신 차 위에서 자고 있느냐고, 당신이 무슨 나쁜 짓이라도 한 게 아니냐고, 오히려 내가 수상한 사람 취급받을지도 모른다. 경찰을 부를까? 불러서 뭐라고 하지? 이상한 애가 차 위에서 자고 있으니 내려달라고 할까? 그럼 경찰들이 이 애와 내 관계를 묻지는 않을까? 잘 알지 못한다고 솔직히 말해도 그걸 그들이 곧이곧대로 믿어줄까? 괜히 이 아이와 이상하게 엮여서 경찰서를 들락날락하게 되지는 않을까?

어쩌지, 어쩌지 하며 고민하는데 골목에서 시시껄렁한 농담을 나누며 걷는 남자들의 목소리가 들렸다. 점점 목소리가 가까워지는 것으로 보아 이쪽으로 걸어오는 게 틀림없었다. 나는 다시 한 번 그 애의 다리를 붙잡고 흔들었다. 여전히 요지부동이었다. 끌어내려 차에 태워보려고도 했으나 아이는 꿈쩍도 하지 않았다. 겨우 식었던 얼굴의 열이 확 오를 만큼 잠든 아이와 씨름하던 나는 더 크게 들려오는 남자들의 목소리에 입술을 살짝 깨물었다.

'에라, 모르겠다.'

난 그 애를 차 위에 그대로 내버려둔 채 재빨리 차에 탔다. 그리고 마른침을 꼴깍 삼키며 시동을 걸었다. 다행히 지금 몰고 있는 차는 가로세로가 넓은 루프를 소유하고 있기에 내가 조심스럽게 운전한다면 그 애가 떨어지는 불상사가 발생하지는 않을 것이다. 천천히 액셀러레이터를 밟고, 손으로는 조심조심 핸들을 돌리면서, 눈으로는 집으로 가는 골목길을 찾기 위해 부지런히 주위를 살폈다. 분명 잘 아는 길인데, 자꾸만 어디가 어딘지 헷갈렸다. 등골을 타고 식은땀이 쫙 흘렀다. 일단 주차장에 차를 세운 후 남자애를 이대로 두고 나는 집으로 올라가자. 새벽이슬 좀 맞으면 추워서라도 깨겠지.

최근 차와 인연이 깊은 것 같다고 생각하면서 집에 거의 도착했을 때였다. 다른 골목길에서 튀어나온 새파란 동그라미 두 개가 순식간에 내 차 앞으로 끼어들었고 드디어 집에 가서 쉴 수 있다고 방심했던 나는 본능적으로 브레이크를 밟았다. 눈이 질끈 감겼다. 끼익, 하고 차가 급정거하는 순간 쿵, 하는 소리가 들렸다. 고양이는 날쌔게 피한 것 같았는데. 아, 그 아이가 떨어진 건가? 설마, 죽은 건 아니겠지?

"안 돼!"

비명에 가까운 소리를 지르며 두 눈을 크게 떴다. 그러자 앞 유리창을 사이에 두고 보닛에 엎어져 있는 그 아이의 갈색 눈과 내 눈이 떡하니 마주쳤다. 이번에는 정확히 비명을 질렀다.

세상에는 도저히 말로 설명할 수 없는 상황과 사람의 감정, 미스터리한 현상이 있다. 당하는 순간(혹은 보는 순간), '당황스럽다'라는 다섯 글자로도 감당이 안 되는 그런 일들 말이다. 지금이 딱 그렇다. 하지만 그 아이는 나와 달랐다. 그 아이는 입꼬리를 올리며 씨익, 웃더니 폴짝 보닛에서 내려와 아무렇지 않게 자신의 청바지를 툭툭 털었다. 바람에 쓸려 헝클어진 머리칼도 매만져주는 저 센스. 방금 전에 죽을 뻔했다는 걸 금세 깡그리 잊은 모양이다. 제 볼일을 다 마친 그 아이는 성큼성큼 걸어와 내 차 문을 똑똑 두드렸다. 교통사고에 임하는 자세가 남다르다. 혹시, 신종 보험사기단인가? 어쩌면 내가 유상현에게 한 짓도 사기나 다름없지만. 어쨌든 나는 유상현이 열었던 만큼만 창문을 열었다. 마치 데자뷰 같다고 생각하고 있는데, 그 아이의 입에서 의외의 말이 튀어나왔다.

"나 배고파요."

다른 사람들이 믿거나 말거나, 고백하건대 처음이었다. 낯.선.남.자. 그것도 으슥하고 후미진 골목에 불법으로 주차해놨던 내 차 루프 위에서 나 몰라라 단잠의 세계에 빠져 있던 이상한 남자. 아니, 아이를 여자 혼자 사는 집에 끌어들이게 될 줄은 정말이지 꿈에도 몰랐다. 끌어들인 것뿐인가? '이름도 몰라요, 성도 몰라요, 나이도 몰라요!'인 그 아이는 내가 너무 고심해서 고른 나머지 조그만 얼룩도 용납할 수 없는 '예쁜 식탁' 앞에 떡하니 자리를 차지하고 앉아 있다. 바로 코앞에 자기를 지켜보는 사람이 있다는 걸 아는지 모르는지, 볼이 미어지도록 입안 가득 음식을 밀어 넣고 있다. 하긴, 차 루프에서 보닛으로 굴러떨어졌는데도 내게 제일 먼저 한 말이 배고프단 것이었으니. 내가 차려준 보잘것없는 음식들을 게걸스럽게 해치우고 있는 그 아이에게 물어보고 싶은 것이 산더미였다.

첫째는 어쩜 그렇게 예쁘게 생겼니?
둘째도 어쩜 그렇게 예쁘게 생겼니?

아, 질문이 중복됐나?

그럼 세번째는…… 어쩜 그렇게 귀엽게 생겼니?

그랬다. 정말 그 아이는 예쁘게 생겼다. 생채기 하나 없는 뽀얀 얼굴에 앳된 얼굴선, 자연스럽게 쌍꺼풀이 진 동그란 눈, 그리고 얼굴에서 단연 돋보이는 붉은 입술. 그 아이도 남들은 립스틱을 바르거나 틴트를 면봉에 묻혀 꾹꾹 입술 전체에 눌러대야만 생기 있게, 붉게 물드는 입술을 엄마 뱃속에서부터 소유하고 나온 부류 중 하나임에 틀림없었다. 순정만화에서나 등장할 법한 꽃미남들이 현실에서도 종종 발견된다는 것이 얼마나 감사한 일인지. 맞다. 그러고 보니 싸가지 유상현도 딱 이런 입술을 가지고 있었다.

"밥 더 있어요?"

"어?"

짧게, 그 아이와 눈이 마주쳤다.

"아, 햇반이 어디 또 있을지도 모르는데. 잠깐 기다려봐."

나는 자리에서 벌떡 일어나 냉장고 옆에 있는 수납장을 열었다. 지금 저 아이에게 준 스팸, 김 모두 이곳에서 나온 것이었다. 다행히도 유통기한이 지나지 않은 햇반이 딱 하나 남아 있었다. 전자레인지에서 햇반이 돌아가는 동안 냉장고에 매니큐어처럼 색색별로 진열되어 있는 비타민 워터* 중 오렌지 맛을 꺼내 들었다.

그 아이는 또 아무 말 없이 새로운 햇반을 먹어

치웠고, 나는 그 앞자리에 뻘쭘하게 앉아 비타민 워터를 여러 번 나눠 마셨다. 갈증이 해소되면서 그 아이에 대한 궁금증은 더 쌓여만 갔다. 하지만 저렇게 열심히 먹고 있는 누군가에게 말을 걸기가 쉽지 않다는 것을 오늘 처음 깨달았다.

예전에는 '밥 먹을 때는 개도 안 건드린다'는 말이 가진 의미를 이해하지 못했다. 사람이 밥을 먹을 때 '개'가 자신의 주인을 건드리지 않는다는 건지, 아니면 '개'가 밥을 먹을 때 사람이 '개'를 건드리지 않는다는 건지. 아니면 '개'와 '주인'이 같이 밥을 먹을 때 서로 건드리지 않는다는 건지. 하지만 지금 보니, 셋 다인 것 같다.

난 자리에서 슬쩍 일어나 거실로 갔다. 그리고 소파에 몸을 깊숙이 묻은 채 노트북을 켰다. 인터넷 익스플로러 창을 띄우고 검색창에 '유상현'을 입력했다. 연관 검색어에 유상현 루머, 유상현 꽃미남 조카, 유상현 여자관계, 유상현 성선설 성악설, 캐리 팍스, 유상현 정체 등이 떴다. 그에 관한 기사들은 패리스 힐튼이나 린제이 로한만큼은 아니었지만 그녀들이 사건 사고를 일으키고 다니는 것만큼 그가 설치고 다니지 않는다는 걸 감안하면 결코 적은 것도 아니었다.

대체 어디서부터 '그쪽'의 정체를 찾는단 말인가. 불확실한 정보

---

*요즘은 음료수도 스타일을 완성하는 액세서리가 될 수 있다. '원색의 화려함을 자랑하는 패션 음료'인 '비타민 워터'가 바로 그 증거다. 〈섹스 앤 더 시티〉와 〈가십걸〉에 등장해 스타일 음료로 인정받은 비타민 워터. 패셔니스타가 한 가지 스타일을 고수하는 법이 있던가. 그날의 의상과 액세서리에 맞게 '깔 맞춤' 할 수 있도록 비타민 워터도 '파워C(빨강)', '에센셜(주황)', '에너지(노랑)', '멀티V(하양)', '리스토어(자주)', '트리플 엑스(진빨강)' 등 다양한 색을 구비하고 있다. 단, 마시다가 옷에 흘리면 색깔 있는 얼룩 때문에 망신살 뻗칠 수도 있으니 주의할 것!

70퍼센트, 확실한 가능성이 존재하는 정보 20퍼센트, 정확한 정보 10퍼센트들로 구성된, 객관성보다 오락성에 치중된! 인터넷 정보의 망망대해를 하염없이 떠돌다 뭔가 써먹을 만한 단서를 건진다 하더라도 그것은 네티즌들의 이니셜 놀이, 'K 군이 어땠더라, J 양이 어땠더라' 하는 카더라 통신뿐이었다. 뫼비우스의 띠처럼, 결코 소문의 진원지를 찾을 수 없을 텐데 그 속에서 '그쪽'을 찾는다는 것은 애초부터 무리였다.

한숨이 나왔다. 그때 갑자기 털썩하고 누군가 소파에 앉는 소리가 들렸다. 옆을 보니 그 아이였다. 만족한 표정으로 입가를 쓰윽 닦은 그 아이가 "잘 먹었어요, 누나!"라고 말했고, 누나라는 말 한마디에 그 아이와 한층 가까워진 느낌이 든 나는 이때 재빨리 내가 궁금한 것들을 물어봐야겠다는 생각이 들었다. 머릿속으로 질문의 우선순위를 정하고 있는데 노트북 쪽으로 고개를 기울였던 그 아이가 툭, 한마디 던졌다.

"나 이 사람 아는데."

"당연하겠지! 유명한 한류 스타잖아. 대한민국에, 아니 일본에서까지 이 인간을 모르는 사람이 어디 있어?"

맺힌 게 있었는지 살짝 비꼬는 듯한 말투가 나오는 건 어쩔 수 없었다.

"그런 유상현 말고, 집에서 파자마 입고 맥주 캔 따놓고 19금 영화를 보는 그 유상현, 누나는 그런 유상현 알아요? 모르잖아요."

그럼, 난 모르지, 모르고 말고……. 잠깐! 그건 유상현의 최측근이 아니면 모를 수밖에 없는 일이 아니던가. 아니, 반대로 말하자면 '그 아이=유상현의 최측근'이란 말인가? 나는 두 눈을 동그랗게 뜨고 그 아이를 쳐다봤다. 그의 옅은 갈색 눈동자에 비치는 내 모습은 순수해 보이는 그와는 사뭇 달랐다. 아무렴 어떤가? 여자 나이 스물일곱. 순수의 시대는 이미 멀리 떠나갔다. 사회에 발을 디디고 한 해 한 해 세상에 물이 들면 들수록 계략과 술수를 연마하는 게 죄는 아니라는 것을 받아들이고 수긍하게 된다. 그러니 이 어린아이처럼 순수한 눈동자를 소유하고 있지 않은 것은 당연한 일이란 말이다!

"아, 늦게 물어봐서 미안한데 혹시 다친 덴 없는 거지? 아까는 정말 미안했어! 고양이 때문에 급정거를 했지 뭐니. 내가 이래 봬도 동물 애호가거든. 그러고 보니 넌 고양이파니? 강아지파니?

뭐 더 먹고 싶은 거 없어? 떡볶이, 족발, 보쌈, 치킨……. 지금이라도 시켜줄 테니까 말만 해! 한국은 야식의 나라라고들 하잖아. 아, 먹는 게 싫으면 다른 건 어때? 내가 정말 미안해서 그래."

나는 그 아이와 유상현과의 관계를 단.도.직.입.적.으로 묻기 전에 대체, 어떻게, 무슨 말로 이 아이의 호감을 살 수 있을까 재빨리 머리를 굴리기 시작했다.

우리는 누군가에게 얻고자 하는 것이 있을 때(특히나 그것이 간절히 원하는 것일 때) 상대방에게 먼저 사탕을 쥐여주는 방법을 택한다. 사탕의 새콤달콤함은 이 사람이 나에게 좋은 사람이라는 것을 깨닫게 해줌과 동시에 경계심을 해제시키고 더 나아가 받은 만큼 해줘야 한다는 책임감을 불러일으키기 마련인 것이다! 참고로 사탕의 종류는 사람이 나이를 먹어감에 따라 그 모습이 달라진다. 유치원에 다닐 때 내게 사탕은 말 그대로 '사탕'이었고, 초등학교 때는 '바비인형', '공주 레이스가 달린 드레스', 그리고 지금은 뭐니 뭐니 해도 백(Bag, 여자들의 로망)과 남자(게이가 아닌)다. 앞으로 시간이 더 흐른다면 '돈'이 최고가 될지도 모르겠지만.

그러니까 대체 이 아이에게 있어 '사탕'은 무엇일까? 제발 그 '사탕'이 내 능력으로 해줄 수 있는 것이기를 간절히 바라며 노심초사하고 있는데, 그가 배 위에 손을 올린 채 미간을 찌푸리며 말했다.

"저…… 사이다 없어요? 아님 탄산음료 아무거나. 급하게 먹었더니 체했나 봐요."

고맙게도 그 아이는 자신이 원하는 것을 스스로 말해줬다! 하지만 애석하게도 탄산음료는 집에 비치되어 있지 않았다. 나는 자리에서 벌떡 일어났다. 없으면 있게 하면 되는 거 아닌가? 얼른 뛰어갔다 오면 적어도 오 분 뒤에는 그 아이에게 '사탕'을 쥐어줄 수 있다! 그렇지만 얼굴 표정은 마치 슈퍼에 갔다 올 일이 있었다는 듯 태연하게 지어 보였고, 천천히 지갑을 챙기며 뭘 신고 나갈까 잠시 망설인 다음에 현관 밖으로 나왔다. 그리고 현관 밖으로 나오자마자 냅다 달리기 시작했다. 동네 편의점을 향해 마음만은 빛의 속도로 달려가는 동안 문득 '혹시 그 아이가 신종 사기단?'이라는 생각이 들었지만 초미소년을, 그리고 순수해 보이는 그 아이의 투명한 갈색 눈동자를 믿기로 했다.

하지만 금세 '날 이렇게 자연스럽게 밖으로 내보내고 도둑질이라도 해서 달아나는 건 아니겠지'라는 생각이 일어나며, 유상현 때문에 잠시 타인을 집에 들여놓는다는 것이 얼마나 위험한 일인지 잊고 있었던 나를 질책했다. 나는 콜라, 사이다, 환타와 갖가지 주전부리용 과자들을 재빨리 낚아채 계산하고는 또다시 집을 향해 냅다 달려갔다. 현관 앞에서 헐떡거리던 숨을 고르고 집 안으로 들어갔다. 다행히 그 아이는 아직 있었다. 소파에 누워 양손을 베개처럼 베고 또다시 잠이 들어버린 채로. 피어올랐던 의심들이 거품처럼 스르륵 사라져버렸다.

순간, 그 아이의 '히스토리'가 궁금해졌다. 대체 저 아이에게 무슨 일이 있었기에 남의 차 루프 위에서 그토록 곤하게 단잠을 자고, 몸은 여리한데 식성은 거인 같고, 또 이렇게 무방비 상태로 남의 집에서 잠이 든 것일까. 그리고 나로 하여금 그 아이에게 어떤 경계심도 가지지 않게 만든 능력이 도대체 무엇인지 궁금했다. 심지어 그 아이는 내 소파 위에서 늘 저 자세로 잠을 자던 누군가인 것 같았다. 어쩌면 그것은 일종의 초능력이라고도 볼 수 있었다. 조용히 소파 곁으로 다가가서 그 아이의 자는 모습을 멀뚱히 바라보고 있자니 이런 말이 떠올랐다.

'결핍이 존재하는 아름다운 남자(특히 소년)는 여자의 보호본능을 자극한다.'

비록 비좁은 소파지만 이대로 가만히, 지친 몸과 마음을 잠시라도 쉬어가도록 내버려두고 싶었다. 아마도 휴식이 필요해서 낯선 곳에서도 잘 자는 것일 거라고, 그렇게 이해해주고 싶었다. 아, 그렇다. 그 아이는 나도 몰랐던, 내 안에 숨겨져 있는 보호본능을 자극하고 있었다. 나는 가만히 그 아이의 얼굴을 감상하다 어느새 같이 잠들어버렸다.

토요일 오후 내내 우리, 그러니까 그 아이와 나는 소파에 나란히 기대 앉아 콜라를 마시고, 감자칩을 바스락거리며 텔레비전을 시청했다. 모르는 사람이 우리 둘을 봤으면 한집에서 같이 사는, 나이 차가 꽤 있는 누나와 남동생쯤으로 여겼을 것이다. 텔레비전에서는 최근 시청률 30퍼센트를 너끈히 넘기고 종영한 〈찬란한 유산〉 마지막 회가 재방송되고 있었다.

"궁금한 게 있는데요. 왜 여자는 저렇게 잘해주던 준세(배수빈)를 버리고 싸가지가 바가지였던 환(이승기)을 택하는 거예요?"

"글쎄, 캔디가 안소니보다 테리우스를 더 사랑하게 되는 것과 같지 않을까?"

"에? 안소니는 죽었잖아요. 낙마로. 그러니까 테리우스를 사랑하게 된 거 아닐까요?"

"그런가? 내 생각엔……."

그러다 문득, 그럴 수도 있겠구나, 라는 생각과 동시에 내가 이 어린아이와 나름 심도 깊은 대화를 하고 있다는 생각이 들었다.

"근데, 너 몇 살이야?"라고 물어본 나는 혼자 피식 웃었다. 그가 우리 집에 온지 정확히 열다섯 시간이 지나고서야 이런 중요한 질문을 하다니.

"열아홉 살이요."

생각보다 두세 살이나 더 많았다.

"이름은?"

"환이요. 이환."

"아, 드라마 속 이승기랑 이름이 같구나!"

순간, 드라마 〈찬란한 유산〉의 명장면인 한효주와 이승기의 키스신이 텔레비전 화면 가득 들어찼다. 다시 봐도 설레는 장면이었다. 사랑을 확인하는 키스라니. 보는 것만으로도 아름다운데, 입술과 입술이 맞닿으면서 느낄 수 있는 그 촉감과 상승하는 심박수는 키스하는 두 사람의 몸을 한껏 뜨겁게 해줄 것이다. 밥을 먹지 않아도 배부른, 묘한 흥분감이 하루 종일 지속되겠지. 나도 모르게 꿀꺽, 침을 삼켰다. 그 소리가 그 아이에게 들렸는지 옆에서 피식, 하고 웃는 소리가 들렸다.

어쩐지 민망하기도 해서 그러면 좀 어떠냐는 의미를 담아 새침한 표정을 날려줬더니, 별안간 그 아이가 살짝 엉덩이를 들어 내 곁으로 천천히, 바싹 다가왔다. 당황하자 귀가 밝아졌는지 소파에 옷이 쓸려 바스락거리는 미세한 소리까지 들렸다. 서로의 어깨가 맞부딪히자 나는 새삼 느끼는 당황스러움에 몸을 움직여 그 아이의 반대편으로 이동했다. 그러자 다시 한 번 그 아이가 내 쪽으로 다가왔다.

그때까지도 이승기와 한효주의 키스는 계속되었다. 저 키스신이 유난히 긴 건지, 내가 지금 이 상황을 슬로우 모션처럼 느끼고 있는 건지 알 수가 없었다. 확실한 건, 불과 몇 초 전에는 텔레비전 화면에 시선이 가 있었는데 지금은 너무 바짝 긴장한 나머지 어디다 눈을 둬야 할지 모르겠다는 것이었다. 발가락에서 리모컨으로, 책장으로, 가방으로 시선을 옮기고 있는데, 갑자기 그 아이가 쓰윽, 하고 내 얼굴 앞에 자신의 얼굴을 갖다 댔다. 우리의 얼굴과 얼굴은, 불과 5센티미터도 되지 않을 거다. 미미하게 그 아이의 체온이 느껴졌다. 숨을 들이쉬고 내쉴 때마다 솜털이 다 움직이는 것 같았다.

'얘가 대체 왜 이래!'

다시 한 번 꿀꺽, 하고 내 침이 목젖을 타고 흘러 내려가는 소리가 들렸다. 머릿속에는 최근 '네이트 톡'이나 '억울해요' 채널에서 본 '남자친구가 찜질방에서 성추행을 당했습니다'라는 글이 반짝하고 떠올랐다. 붉은빛이 감도는 입술, 바로 코앞에서 전해져오는 숨결. 내가 이성이 존재치 않은 인간이었다면 그냥 두 눈 꼭 감고 그 아이의 입술에 내 입술을 포갰을지도 모른다. 하지만 잊으면 안 된다. 그 아이는 미성년자라는 것을! 물론, 이렇게 가까이 다가온 건 그 아이지만 이대로 신고당한다면 경찰이 누구 편을 들어주겠는가.

'이 년간 만난 애인이 게이라는 사실에 슬퍼하되, 성추행자는 되지 말지어다.'

또 한 번 침을 꿀꺽 삼키며 내 욕망도 같이 삼켜버렸다. 그런 나의 속마음을 눈치 챘는지 어쨌는지 그 아이는 씨익, 웃으며 짐짓 진지한 목소리로 물어왔다.

"남자 배우들 저렇게 키스할 때 무슨 생각 하는지 알아요?"

"모…… 모르긴 몰라도 행복하다는 생각 하지 않을까?"

"그럼 퀴즈! 유상현은 저런 신 찍을 때 무슨 생각 할까요?"

그때 다시 정신이 번뜩 들었다. 그제야 깨달았다. 난 이 아이의 달콤함에 빠져 중요한 사실을 잠시 깜빡 잊고 있었던 것이다. 바로 이 아이와 유상현과의 관계.

"궁금하죠?"

"어? 어, 유, 유상현은 키스신 찍을 때 무슨 생각 한대?"

"아니, 그거 말고 나와 유상현과의 관계."

이런! 그 아이의 눈이 반달루 휘어지며 나를 향해 보란 듯이 웃고 있었다. 지금 나는 나보다 무려 '팔' 년이나 덜 산 아이에게 낚시질을 당한 듯했다.

"삼촌이에요. 유상현, 그 인간."

온라인상이 아닌 얼굴과 얼굴을 마주한 근거리 낚시(?)에 어찌할 바를 모르고 있는데, 그 아이는 또 아무렇지도 않게 툭, 유상현이 자기 삼촌이라고 말했다. 삼촌? 그 아이와 유상현이 친척이라고? 그게 사실이라면 난 정말 행운을 넝쿨째 손에 얻은 셈이었다. 물론 양손 가득 거머쥔 행운을 어떻게 잘 사용할 것인가는 이제부터지만. 그리고 세 글자. 딱 세 글자. 유상현의 조카라는 '환' 그 아이가 말한 '그 인간'이라는 단어에서 이미 그들의 관계가 그다지 좋지는 않을 거라고 쉽게 짐작할 수 있었다.

"안 믿겨요? 진짠데……."

　그러더니 그 아이는 계속 열려 있던 내 노트북 자판 중 하나를 검지로 툭! 건드렸다. 그러자 대기모드였던 노트북이 부르르, 마치 비행기가 이륙하는 소리를 내며 윈도 모드로 돌아왔다. 그 아이는 능숙하게 터치패드를 만져서 모니터에 인터넷 창을 띄웠다. 포털 사이트 검색창에 '유상현의 꽃미남 조카'를 치자, 검색창 자동완성기능에 의해서 바로 검색되었다.

"보이죠? 유상현의 꽃미남 조카. 바로 그 조카가 나라고요!"

　그 아이는 지금보다 훨씬 어렸을 때 찍힌 사진을 가리키며 자신의 가슴팍을 쿡쿡 눌렀다.

"정말이네?"

　그는 힘차게 고개를 끄덕이더니 다시 내 옆으로 자리를 옮겼다.

"이제 누나가 말해봐요."

"뭘?"

"누난 팬이에요, 아님 적?"

'적'이라고 한 음절을 발음할 때에 약간 힘이 들어갔음을 느낄 수 있었다. 그 아이의 갈색 눈동자가 반짝반짝 빛났다. 일단 기자라는 직업을 가진 내 직감으로 보건데 그 아이는 유상현에게 쌓인 것이 많은 게 틀림없었다.

"일단 팬은 아니고……."

"그럼 역시 적?"

나는 대답 대신 알 수 없는 미소를 지었다. 그의 싸가지에 질려 버린 건 확실하지만, 콕 집어 '나의 적'이라고 단언할 수는 없었다. 물론 아군도 아니다. 그와 만나기로 한 하얏트호텔에 가봐야 유상현이 나의 적인지 아군인지를 알 수 있게 될 것이다. 어쨌든 지금으로서 그는 '적'도 '아군'도 아니면서 나에게 도움이 될 수 있는 아이러니한 존재였다.

어른이 되면 이런 모순된 이해관계들이 생긴다. 사실 '잠자는 숲 속의 공주'에서 마녀는 공주에게 저주를 퍼붓는 사악한 존재였지만 결국 그녀(마녀) 때문에 공주는 왕자를 만나게 되고 백 년이라는 시간을 더 살게 된 것 아닌가? 요즘은 자기 몸을 냉동해서라도 미래로 가고 싶어 하는 세상 아닌가? 결과론적으로 악이 선의 결과를 낳을 수도 또 선이 악의 결과를 낳을 수도 있는 게 인간 사는 세상이다.

"누나, 우리 거래할까요? 원하는 거 하나씩 들어주기."

"거래?"

"네. 팬은 아닌데 이렇게 형 기사를 찾는 거 보니까 누나가 알고 싶어 하는 것을 내가 말해줄 수 있을 것 같은데……."

빙고! 손발이 척척 맞는 걸 보니 역시 그 아이와 뭔가 통하는 게 있는 거다. 그래도 나는 좀 머뭇거리는 목소리로 말했다.

"그렇긴 한데…… 그럼 난 뭘 해주지?"

"숙.식. 제.공."

"숙식 제공?"

전혀 생각지 못한 발언에 놀란 나는 그 아이의 말을 큰 소리로 반복했다.

"응. 숙식 제공. 한류 스타 유상현의 비밀을 알려준다는 데 그 정도는 괜찮지 않아요?"

그가 천연덕스럽게 그리고 천진난만하게 말했다.

"근데…… 여긴 나 혼자 사는데? 방도 하나고."

그 아이가 턱으로 옷 방을 가리켰다. 이미 다 둘러봤다는 듯이.

"저긴 완전 작아. 옷들로 꽉 차 있고. 원래 사람이 잘 만한 방이 아닌데?"

"나랑 거래하기 싫구나?"

그가 급격히 시무룩해진 표정으로 말했다.

"아, 아니, 그런 게 아니라 난 네가 불편할까 봐."

"하나도 안 불편해요. 자는 건 소파에서 자면 되고! 밥은 많이 먹지만 뭐, 그만한 대가를 지불할 거예요. 유상현에 대한 비밀!"

그래, 유상현에 대한 비밀. 어쩌면 그쪽에 대한 것을 알아낼 수도 있다.

"얼마…… 동안?"

"두 달. 두 달이면 돼요. 그래. 그냥 펫 키운다고 생각해요, 펫."

"펫?"

"응, 펫. 애완동물. 왜 일본 만화 중에 『너는 펫』 있잖아요."

너는 펫? 물론, 그 일본 만화와 드라마를 보며 나도 무척이나 그 안의 여자 주인공 '스미레'를 부러워했다. 일류대 출신인 엘리트에다, 〈플러스 텐〉과는 격이 다른 잘나가는 신문사의 커리어 우먼. 거기다 귀엽고 사랑스런 '펫'을 소유하기까지. 특히나 드라마에서 '마츠 준'은 여심(특히 누나)을 흔들기에 제격이었다. 뭐, 왕자님에게 나이 제한은 없다. 날 공주로만 만들어줄 수 있다면 말이다.

그나저나 펫이라……. 내가 퇴근하고 돌아왔을 때 그 아이가 현관 앞에서 나를 맞아준다면? 하루 종일 밖에서 일과 사람에 치인 마음을 조금이나마 위안받을 수 있을 것 같았다. 게다가 이 아이, 마츠 준에게 뒤지지 않을 만큼 귀엽고 사랑스럽단 말이다. 또 제일 중요한 것! 바로 유상현의 조카라는 사실! 나는 나쁘지는 않겠다고 생각하며 가만히 고개를 끄덕였다.

"고개 끄덕였어요? 그럼 계약 성립이죠?"

나는 다시 한 번 천천히 고개를 끄덕였다. 그날 밤 침대에 누운

나는 말똥한 눈으로 어두컴컴한 천장을 바라보면서 '펫'이라는 단어를 주기적으로 읊조렸다.

'펫.'

사실 '펫'이라고 하면 제일 먼저 떠오르는 것이 일본 드라마 〈너는 펫〉의 마츠 준보다는, 패리스 힐튼의 애완견인 치와와 '팅커벨'과 한국에서 구입한 포메라니안 '김치'다. 힐튼의 강아지는 350만 원짜리 루이비통 가방을 '이동 집'으로 소유하고 있고, 250만 원짜리 다이아몬드 목줄을 차고 있다. 그리고 한국에서 미국으로 건너간 '김치'는 김치라는 이름을 버리고 마릴린 먼로로 개명했으며 현재 할리우드 파파라치의 집중적인 관심을 한 몸에 받고 있다. 강아지…… 강아지가 말이다! 그리고 얼마 전 패리스 힐튼은 약 30억 원짜리(강아지용 보석과 향수, 게다가 AV시스템까지 갖춰진) 애완견 저택을 구입했다고 한다. 그만큼 패리스 힐튼이 자신의 애완견들을 위한다는 것이다. 뭐, 애완견이 살이 쪘다는 이유로 몰래 버려 동물보호협회에서 비난을 받은 적도 있다지만.

갑자기 십오 평 남짓 되는 나의 집이 '팅커벨'과 '김치'가 살고 있는 집보다 못한 것에 한숨이 절로 나왔다. 그렇게 치면 '환', 나의 펫이 되기로 한 환은 주인을 잘못 만나도 한참을 잘못 만난 게 아닌가? 자고로 옛날부터 여자는 남자를 그리고 개나 고양이는 주인을 잘 만나야 호강한다고 했다. 분명히.

강윤지의 돌발 제안에 어쩔 수 없이 맡게 된 셀러브리티 특집 기사와, 로맨틱코미디 드라마나 순정만화에서나 있을 법한 우연으로 맡게 된 환과의 동거 아닌 동거(?)로 인해 일주일이 모터 단 시계처럼 빠르게 흘러갔다.

결국 토요일은 다가왔고, 나는 지금 하얏트호텔 리젠시 로비 라운지에 앉아 있다. 울렁증을 다소 진정시켜준다는 캐모마일을 주문해 홀짝홀짝 마시면서 마인드 컨트롤을 했다.

'백이현! 괜찮다니까. 괜찮아!'

하지만 자꾸만 심장이 두근두근 떨리고, 입천장의 수분이 증발해 바싹바싹 마르는 걸 보면 나는 지금 유상현과의 만남에 대해 굉장한 심적 부담을 느끼고 있는 것이다. 어쨌든 내가 지금 가져야 할 것은 당당함, 똘끼, 무대포 정신, 임기응변 등등! 다음 달 기사로 써야 할 패리스 힐튼의 뇌와 온몸에 그득히 분포되어 있는 뭐, 그런 류의 것들이다. 사실 그녀의 똘끼와 당당함, 무대포 정신, 임.기.응.변.을 그리 간단한 것으로 생각지는 않는다. 최근에 실제로 있었던 그녀의 유명한 일화가 있지 않았던가.

패리스 힐튼이 영화 흥행 참패의 책임 여부를 둘러싼 재판을 받았을 때, 재판관은 그녀가 출연하는 프로그램 〈패리스 힐튼의 My New BFF〉에서 'BFF'가 무슨 뜻인지 물었고 패리스 힐튼은 즉각 "내 생애 최고의 친구(Best Friends Forever)"라고 대답했다. 재판관은 곧바로 "이 재판이 내 생애 최고의 소송(My Best Case Ever)"이라고 말했고 패리스 힐튼도 즉각, "당신은 내 생애 최고의 재판관(You Are My Best Judge Ever)"이라고 응했다. 그렇다. 이 재치 있는 임기응변과 당당한 '똘끼'는 재판 분위기를 그녀 쪽으로 가져오게 하는 역할을 했고, 결과 역시 패리스 힐튼에게 유리하게 돌아갔음은 두말할 것도 없었다. 그래, 오늘 난 그녀를 롤모델로 삼아야 한다. 오늘밤 유상현과의 거래에서 내가 유리한 고지를 선점할 수 있도록.

드르륵, 바로 옆에 놓아둔 가방 안에서 진동 소리가 들렸다. 가방 안으로 손을 휘휘 저어 핸드폰을 꺼냈다. 컬러메일 도착을 알리는 불빛이 깜박거렸고 발신자는 '환'이었다.

'누나, 형에 대해 제가 말한 것들, 잊지 말아요. 그리고 올 때 꼭! 콜라와 초콜릿 사와야 해요. 콜라는 제로 말고 오리지널. 초콜릿도 화이트 말고 진한 블랙! 파이팅!'

그래, 내게는 환이 유상현에 대해 말해준 것들이 있잖아? 잊으면 안 되지. 절대! 나는 환과의 대화를 다시 한 번 상기했다.

"누나, 유상현 그 인간. 약혼자 있었던 거 알아요?"

당연히 모른다. 타블로이드지에서조차 한 줄도 실리지 않았던 얘기다. 나는 놀라서 먹고 있던 피자 조각을 땅바닥에 팽개쳐놓곤 "정말?", "누군데?", "둘이 진심으로 사랑해?", "근데 캐리 팍스와는 무슨 관계야?", "아니, 아니. 있었던 건 뭐야? 파혼한 거야 그럼?"이라는 질문을 한여름 낮 소나기 퍼붓듯 퍼부었다.

"정말이에요! 그런데 누군지는 나중에 말해줄래. 뭐, 재벌집 딸 정도로만 알아둬요. 그리고 음…… 세번째 질문이 뭐였지?"

"아, 둘이 진심으로 사랑하느냐, 였을걸?'

신기하게도 입이 뇌를 거치지 않은 채 스스로 재빠르게 행동을 했다.

"에이, 아니지. 그 인간이 누구를 진심으로 사랑할 리 없잖아? 그러니까 캐리 팍스도 하루 알바? 아니 그 여자는 수습사원 기간 정도는 됐겠다. 아무튼 뭐, 그런 상대였고. 파혼은 이미 했을걸?"

환은 그 말을 끝으로 졸린다며 소파에 가서 시체 쓰러지듯 픽, 쓰러져버렸다. 나는 이런 일급정보를 내게 발설해도 되냐고 넌지시 물었다. 그 질문에 그는 눈을 감은 채, "응. 거래잖아요. 아, 그리고……"라며 뭔가 말을 더 꺼내려다가 졸린다며 다시 눈을 감았다. 금세 새근새근 규칙적인 숨소리가 들려왔다. 뭐, 그 정도로도 족했다. 그가 당황해하던 그.쪽.은 분명 약혼녀 쪽을 말하는 것일 테니까.

다시 한 번 핸드폰이 울렸다. 이번에는 환이 아니라 유상현이었다. 메시지를 확인하기도 전에 꼴깍하고 침이 넘어갔다.

'설마 스위트룸 오는 방법을 모르는 건 아니겠지? 일 분 초과.'

시계를 보니 일곱시가 딱 일 분째 지나고 있었다. 까탈스러운 놈. 나는 식은 캐모마일을 벌컥벌컥 들이켠 후 가방을 오른쪽 어깨에 메며 자리에서 일어났다. 그리고 삼십 분이라는 시간을 고심한 끝에 선정한 11센티미터의 굽을 자랑하는 레오파드 무늬 구두에 내 체중을 실은 채 한 걸음 내딛었다.

휘청, 11센티미터나 되는 굽이 살짝 휘청거리더니 금세 꼿꼿이 자리를 잡았다. 여자에게 구두의 굽은 자존심이다. 그러니까, 오늘 내 자존심은 구두로 따지자면 최고치인 것이다! 나는 고개를 빳빳이 들고 가슴은 앞으로, 엉덩이는 뒤로 쭉 뺀 채 패리스 힐튼보다 도도한 걸음으로 엘리베이터 앞까지 걸었다. 그때, 누군가가 헐떡이며 내 뒤를 따라왔다. 살짝 머리를 넘기며 뒤를 돌아보니 라운지의 매니저처럼 보이는 여자가 날 보며 곤란한 표정을 짓고 있었다. 뭐지? 엉덩이에 뭐라도 묻었나? 아니면…….

"손님, 계산을 깜빡하셨나 봐요."

그녀는 영업용 스마일을 지으며 내게 계산서를 건넸다. 얼굴이 화끈 달아올랐다. 애써 침착함을 유지하며 깜빡했다는 쿨한 제스처를 취한 후 백에서 지갑을 꺼냈다. 그녀가 내 카드를 가지고 계산을 하러 간 도중 또 한 통의 문자가 도착했다.

'기자라면 알 텐데? 내 일 분이 얼마짜린지?'

누군가 말해주지 않아도 어림짐작으로 상상되는 것들이 있다. 꼭 기자가 아니라도, 꼭 그의 팬이 아니어도, 알려고 노력하지 않아도 알아지는 그런 것들, 그런 스케일, 그런 사람. 그리고 하나 더. 그가 말한 그 일 분이 내가 방금 마신 이 캐모마일 한 잔 값보다 비싸다는 것. 나는 멈춰 선 엘리베이터에 빠르게 올라서 십층을 누른 후, 빠르게 엘리베이터로 걸어오는 연인을 외면한 채 닫힘 버튼을 연속으로 눌렀다.

응접실, 베스룸, 베드룸으로 나뉘져 눈이 휘둥그레질 정도의 크기와 고급스러운 가구들을 자랑하는 10002호 룸 안 응접실 한쪽에 11센티미터 굽으로 몸을 지탱하며 서 있던 나는 기죽지 않기 위해 두 눈을 부릅뜨고 유상현을 바라봤다. 소파에는 한쪽 다리를 꼰 유상현이 도도하게 앉아 있었고, 소파 앞에 놓인 티 테이블 위에는 고급스러운 세공이 들어간 티포트 세트가 가지런히 놓여 있었다. 솔직히 저 무심하고 시크한 자세로 본다면 버번이나 보드카를 마시고 있는 유상현을 상상하는 게 더 그럴듯했지만, 맨 정신에도 싸가지가 내 통장 잔고 수준인 그가 술까지 마신다면 얼마나 더 오만불손해질까 하는 생각에 차라리 차(tea)가 내 정신 건강에는 더 좋겠다는 생각도 들었다.

"앉지 그래?"

유상현이 우두커니 서 있는 나를 힐끗 보더니 자신의 소파 옆자리를 톡톡 치며 말했다. 그러고는 티포트를 들어 찻잔을 향해 각도를 기울였다. 쪼르르, 투명한 녹색 액체가 찻잔 안으로 흘러 들어갔다. 짐작컨대 내가 아까 마시던 캐.모.마.일.이 분명했다. 이상한 동질감과 함께 이질감이 들었다. 라운지에서 마시는 캐모마일과 스위트룸에서 마시는 캐모마일. 그리고 같은 차를 마시고 있으면서도 안절부절못했던 나와 지극히 유유자적한 저 사람.

그나저나 어디에 앉으라는 거야? 혹시 자신의 옆자리에 앉으라는 건가? 분명 저 남자, 자신의 소파 옆자리를 툭툭 치며 이야기했다. '그래, 옆자리에 앉는 게 좋을 수도 있겠구나'라는 생각이 문득 들었다. 굳이 얼굴을 마주 보지 않아도 좋고, 그러니 표정 하나하나를 들키지 않아서 좋다. 더군다나 거래와 협상을 떠나서 유상현이라는 톱스타 옆에 앉아보는 것도 나쁘지는 않을 것 같았다. 아니, 나쁘지 않은 게 아니라 자랑삼아 떠들어대도 여자들은 질투와 시기로 귓구멍을 틀어막고 못 들은 체할 게 뻔할 만큼 좋은 일이 분명했다. 다정다감한 분위기 따위는 존재치 않겠지만.

그렇게 나는 내가 서 있던 곳에서 자리를 성큼성큼 옮겨 유상현이 있는 소파로 향했고, 곧 유상현 앞에 섰다. 침을 꿀꺽 넘기고 최대한 도도한 표정으로 "실례"라고 말한 뒤 힘을 주어 소파에 앉아버렸다. 털썩, 하는 소리와 동시에 나의 반동으로 소파가 출렁였다. 문제는…… 그다음이었다. 그 출렁임으로 인해 유상현이 들고 있던 찻잔이 일렁였고, 적어도 70도는 될 것 같은 찻물이 찻잔을 타고 유상현의 손으로 주르르 흘러내렸다.

"앗! 뜨……."

소리를 내뱉으려던 유상현이 슬쩍 나를 보고 얼굴을 찌푸리며 고통을 애써 참았다. 나는 당황함과 동시에 신속, 정확하게 테이블 위에 놓여 있던 티슈를 뽑아서 유상현에게 건넸다.

"미, 미안해요."

내 말을 듣는 둥 마는 둥 유상현은 티슈를 확 낚아채듯 가져가 자신의 손이며 옷에 묻은 물들을 닦아냈다. 살짝 덴 듯 붉어진 그의 오른손보다도 더 붉었던 건 당황한 심장의 펌프질로 올라간 내 얼굴, 그리고 그보다 더 붉었던 건 겨우 열을 식히고 있는 유상현의 머릿속인 듯했다.

"야! 너 왜 여기 앉아?"

유상현이 손을 만지작거리며 신경질적으로 말했다.

"아까 여기 앉으라면서요."

"내가 언제?"

"아까요. 여기 탕탕 치면서 앉으라고 했잖아요."

나는 소파를 툭툭 두드리며 말했다. 그 말에 유상현은 날 완전 바보 취급하듯 바라봤다.

"그게 여기 앉으라는 뜻이야? 여기저기 아무 데나 앉으라는 뜻이지?"

"여…… 여기저기니까 여기도 되는 거잖아요?"

"…… 너 기자 맞아?"

"마, 맞거든요? 그럼 그쪽은 한류 스타 유상현 맞아요? 왜 이렇게 쪼잔하게 굴어요?"

나는 미안함을 애써 숨긴 채 유상현에게 투덜댔다. 내 말에 다시 대꾸하려던 유상현은 표정을 찌푸리며 자신의 손을 바라봤다. 그의 손은 아까보다 더 붉었고, 아까와는 달리 살짝 부어 있었다. 참아보려고 하지만 스칠 때마다 쓰라린 건지 유상현의 미간이 살짝 찌푸려졌다. 잠시 모른 체했던 미안함이 폭포수처럼 일어났다. 그리고 뜨거운 것에 데었을 때는 일단 응급처치로 차가운 물에 담가놓는 것이 좋다는 엄마의 말이 떠올랐다. 나는 벌떡 일어나 주위를 두리번거렸다. 내가 벌떡 일어나는 바람에 유상현이 살짝 놀라며 내가 두리번거리는 대로 그도 따라서 보는 걸 느꼈지만, 그런 걸 느끼고 있을 때가 아니었다. 때마침 와인이 담겨져 있는 아이스 버킷이 보였다. 나는 와인을 빼고 그 안에 물을 채워 그에게 다가갔다. 바닥에 무릎을 꾸부린 채 유상현에게 아이스 버킷을 들이댔다.

"일단 여기다 담그고 있어봐요."

"뭐?"

"부어오르는 것도 막고, 흉터도 막을 수 있을 거예요."

"됐어."

그는 차갑게 내 말을 무시하며 내 손길을 거부했다.

"담그라니까요. 아프잖아요. 따가우면서."

나는 그의 손을 잡아끌었고, 그는 그런 날 획 밀쳐냈다. 그 바람에 들고 있던 아이스 버킷이 내 손에서 떨어지면서 그의 바지에 얼음과 물이 후두두 떨어졌다. 그 상황에 화들짝 놀라서 일어나 발을 동동 구르던 나는 굽이 휘청, 하는 바람에 스텝이 엉켜버렸고 그 결과 그의 비싸 보이는 갈색 가죽구두를 밟아버렸다. 내 몸의 무게가 모두 담겨져 있는 나의 11센티미터나 되는 '킬힐'로 말이다.

"으윽."

당연히, 그가 소리를 지르며 벌떡 일어났다.

한때 '코끼리 발에 밟히는 것과 하이힐에 밟히는 것 중 어느 쪽이 더 아플까?'라는 질문이 화제가 된 적이 있었다. 답이 '코끼리 발'이라고? 아니다. 답은 '하이힐에 밟히는 게 더 아프다'였다. 코끼리는 밟는 면적이 넓기 때문에 몸무게가 분산되겠지만 하이힐은 밟는 면적이 좁아 몸무게가 가중되기 때문에 훨씬 더 아프게 느껴진다는 것이었다.

뜨거운 물로 인한 화상에 이어 차가운 얼음물 세례, 킬힐로 발등 찍기. 엎친 데 덮친 격. 긁어 부스럼. 나는 유상현의 심기를 계속해서, 그것도 과도하게 긁고 있었다. 그의 살기 어린 눈을 바라보며 나는 이곳에서 일.단. 어떻게든 '도망가야겠다'라고 생각했다

하지만 '도망가야겠다'라는 생각이 뇌 속에 가득해도, 실질적으

로 머리에서 발로 가는 데 꽤나 긴 시간을 잡아먹었다. 초속 1밀리미터 정도? 아니, 애당초 전달은 됐지만 발이 움직이지 않은 건지도. 이상하게도 내 두 발은 '발 사이즈만 한 길이'의 굽을 신게 하는 가혹 행위에 대해 시위라도 하는 건지, 아니면 100킬로그램은 족히 되는 돌덩이를 발등에 올려놓은 건지 꼼.짝.도. 하지 않았다. 내가 그런 발에 당황하는 동시에, 예기치 못한 사고들로(모조리 내 불찰) 쓰라린 통증을 손과 발에서 동시에 느끼고 있던 유상현은 고통으로 심히 일그러진 얼굴로 나를 잡아먹을 듯 노려봤다.

이제 알았다. 내 발이 주인에게 시위를 하는 것도, 애꿎은 돌덩이가 발등에 올려져 있는 것도 아니었다. 지금 유상현의 저 날카로운 눈은 마치 메두사처럼 살짝 바라만 봐도 사람을 '돌'로 만들어버리는 것이었다. 그래서 나는 돌이 되어버린 것이다. 누군가가 '땡' 하고 마법을 풀어주지 않으면 다시는 움직일 수 없는. 그렇게 어정쩡한 그와 나의 자세를 배경으로 장시간의 침묵이 이어졌다.

침묵. 또 침묵. 소리가 사라진 응접실 안에서는 무심히 시간만 흘러가고 있었다. 온몸에서 식은땀이 흘렀다. 아마도 유상현의 온몸에서는 부글부글 분노가 끓고 있을 것이다. 애써 참고 참았던 침이 꿀꺽, 하고 목구멍으로 넘어갔다. 그 소리는 공허한 시간만이 흐르던 응접실 안을 가득 메우기에 충분했다. 분명히 유상현의 귀에도 들어갔으리라. 잠시 후, '휴' 하고 길게 한숨을 토하는 유상현의 목소리가 들렸다. 그리고 그의 증오와 분노의 눈빛이 서서히 동정의 눈빛, 아니 체념과 포기의 눈빛으로 바뀌었다.

"그러고 가만히 서 있을 거야? 얼른 안 닦아?"

맙소사. 내가 미쳐버린 걸까? 그의 그 긴 문장이 단 한. 단.어.로 들렸다.

'땡!'

그의 한마디에 마법에서 풀린 내 두 발은 달뜬 기분으로 그 처참한 재난이 일어난 곳으로 향했다. 일단 얼음과 물로 흥건한 이곳을 닦으려면 마른 수건이 필요했다.

"저기…… 수건은 어디……?"

내가 기어들어가는 목소리로 물었고, 유상현은 자신 특유의 시크하다 못해 거만한 턱 끝으로 베스룸의 위치를 가리켰다. 그곳에서 나는 보송보송한 하얀 수건을 뭉치째 가지고 왔다. 내 손에 들고 있던 수건 하나를 낚아챈 유상현은 구두를 벗어 닦기 시작했고, 나는 소파와 바닥에 수건을 놓고 꾹꾹 누르며 닦기 시작했다.

"미…… 미안해요."

뱃속에 그득그득 뭉쳐 가라앉아 있던 '미안해요'라는 소리가 드디어 수면 위로 둥둥 떠올라 입 밖으로 빠져나왔다.

"당연한 거 아니야?"

"맞아요. 당연해요. 손도 데게 만들었고, 바지도 젖게 만들었고, 또 구두도. 정말 미안하다고 생각해요."

"너, 그게 다야?"

그의 말에 나는 바닥 닦는 일을 잠시 멈추고 그를 멀뚱히 바라봤다. 다른 일? 이 일 말고 또 다른 일이 있었던가? 무엇이? 나는 나도 모르게 저질렀을 실수를 찾아내기 위해 이 방에 도착한 후 행적을 하나하나 떠올렸다. 내 대답을 기다리던 그가 잠시 손을 멈추고 나와 시선을 맞췄다.

"너, 아이큐 나쁘지?"

"…… 꼭 그렇지만은 않거든요?"

"그런 것 같은데? 생각할 게 뭐 있어? 내 차 박은 거. 그거 수리비 얼마 나왔는지 알아?"

맞다. 이 모든 일의 시초. 유상현의 차를 박았던, 내 인생의 가장 크고 무모한 행위. 어째서 그 중요한 일을 망각하고 있었던 걸까?

"그만하고, 말해봐."

그가 내 손에 들려 있던 타월을 빼앗아가며 말했다.

"네?"

"그쪽이랑 어떻게 이야기가 됐는지 말해보라고."

"저…… 그게."

"너 인터뷰 제대로 못하지?"

유상현이 내 눈을 빤히 쳐다보고 말했다. 그리고 순간 발끈한 나는 "아니요! 잘하거든요!"라고 꽤나 높은 옥타브의 목소리를 자랑하며 다소 격앙되게 반응했다.

사실 고백하자면 내가 한 제대로 된 인터뷰라고는 손꼽아봐야 열 번도 채 되지 않을 것이다. 타블로이드지에 나오는 한 줄 기사를 선택해 좌우로 조금씩 늘려 기승전결을 만들어주고, 린제이 로한같이 결코 만나볼 수 없는 셀러브리티들 기삿거리들 모아서 정리하고. 그리고 열 손가락에 꼽을 인터뷰 중 하나였던, 얼마 전 나에게 커밍아웃을 선언한 변태지는 분명 인터뷰할 때 "뉴욕 패션쇼장에 가서 돌을 던지면 게이가 맞을 확률이 90퍼센트라고 하잖아요?"라는 내 질문에 분명 이렇게 대답했다.

"아, 그렇다고 들었는데 전 여자가 좋던걸요? 하하."

설마, 나는 사람의 허점이나 진실성 같은 걸 꿰뚫어보는 눈이 장님 수준인 걸까?

"정말 사진 안 넘긴 거 맞아?"

내 침묵에 그도 살짝 발끈하며 물었다.

"안 넘겼어요."

"왜?"

'왜'라는 질문에 나는 적당한 해답을 찾지 못했다. '그쪽을 모르니까요'라고 솔직히 말할 이유도, 필요도 없지 않은가? 아니, 안 되는 것 아닌가? 나는 이곳에 딜(deal)이란 걸 하기 위해 온 거니까.

이쯤에서 내 머릿속에 있는 데이터를 한번 정리해볼 필요가 있었다. '환'이라는 유상현의 조카. 그가 말한 유상현의 진실들. 그러니까, 단기알바(일 주~한 달) 기간 정도로 여자들을 갈아치웠다는 유상현. 그리고 그 많은 여자들 중 수습사원 기간 정도를 버텼다는 캐리 팍스. 그녀들을 견제할 듯한 완벽히 감춰진 유상현의 약혼녀. 이렇게 보니, 나는 유상현에 대해 꽤 많은 것들을 알고 있는 것 같았다. 즉, 내가 조금 더 유리하다는 뜻이다.

그래. 사람의 허점이나 진실성을 꿰뚫어보는 능력 따위가 살짝 부족하면 어떠한가. 기자에게 더 중요한 건 상황별 임기응변과 살짝살짝 말을 덧붙이거나 빼거나 시시각각 입장이 바뀌는 박쥐 역할을 하는 거다.

그래. 난 기자다. 백 기자. 파파라치 백. 뭐 아까 나 스스로도 살짝 의아해했지만 어찌 됐든 간에 난 기.자.라는 타이틀을 가지고 있다. 그리고 어.쩌.면. 변태지가 커밍아웃을 한 건 내 인터뷰 능력과는 아무 상관 없었을지도 모른다. 여자를 좋아했다가 갑자기 남자를 좋아할 수도 있다. 인간이란 원래 상황에 따라 변하는 동물 아니던가?

"왜긴요……. 당연히 유상현 씨가 그쪽보다 더 많은 걸 제게 줄 수 있다고 생각했기 때문이죠."

"그래? 그럼 어느 정도 말이 통할지도 모르겠군. 넌 뭘 원하는데? 들어나 보자."

"유상현 씨는 저한테 어떤 걸 줄 수 있는데요?"

그의 눈빛과 내 눈빛이 허공에서 강하게 충돌했다. 여기서 내가 그에 대한 뭔가를 알고 있다는 무언의 확신을 심어줄 필요가 있다고 생각했다.

"왜 남자들은 약혼녀를 두고 바람을 피울까요? 그럼 차라리 그 바람녀를 약혼자로 두던가."

그의 눈빛이 살짝 흔들렸다.

'라운드 ONE, 백이현 승!'

하지만 곧, 그가 눈빛을 다잡고 능글맞게 말했다.

"걱정 마. 너 같은 애는 약.혼.녀.로.도, 바.람. 피.울. 상대로도 두지 않을 거니까."

이번에는 내 눈이 빛을 잃었다.

'라운드 TWO, 유상현 승!'

하지만 절대 흥분해서는 안 된다. 이건 분명 그가 날 약 올려 흥분지수를 높이는 동시에 이성지수를 낮추려는 심산에서 흘린 말일 것이다. 넘어가서는 안 된다. 아니, 넘어갈 이유도 없다.

"어쨌든, 그쪽에서 이 일을 시킨 건 맞는 것 같고. 그 영감이 얼마 준다고 했어?"

영감? 무슨 영감을 말하는 거지? 약혼녀 이름이 성은 영이요, 이름은 감이니, 뭐 이런 말도 안 되는 건 아니겠지? 에이, 설마 21세기에 그런 이름이 존재할 리 없다. 아니지. 노숙자나 피해자, 선풍기 씨와 육백만불 씨도 있는데 영감 씨가 있지 못할 건 또 없잖아.

내가 머뭇거리는 걸 눈치 챘는지 유상현의 입꼬리가 살짝 올라갔다. 분명 이 시간을 이용해 보다 자신에게 유리한 협상 카드를 만들고 있는 게 분명했다. 다급해진 나는 보류해뒀던 카드를 쓰기로 마음먹었다.

"근데 항상 느끼는 건데 참 말을 예쁘게 하시는 것 같아요. 그래서 조카분과도 그렇게 사이가 좋으신가 봐요?"

"뭐? 조카?"

내 마지막 폭탄이 그에게는 핵폭탄 정도의 위력이었는지 지금까지 유유자적 있던 그가 허리를 꼿꼿이 세운 채 놀라며 말했다. 그의 표정은 뜨거운 찻물에 데었을 때보다, 구두 굽에 발을 찍혔을 때보다 더 많은 감정을 담고 있었다.

'라운드 THREE, 백이현 승!'

나는 그의 반응에 심히 당황했지만 일단 밀고 나가기로 했다.

"네, 조카. 이름은 환. 삼촌보다 인물도 낫고 성격도 좋던데요?"

"니가 환을 어떻게 알아? 아니, 걔 지금 어디 있어?"

그가 흥분하기 시작했다. 그리고 그가 그렇게까지 나올 줄 예상치 못했던 나 역시 당황하기 시작했다. 그러나 내가 던진 폭탄에 내가 발을 동동 구르며 어쩌지, 어쩌지 할 수는 없는 노릇이었다. 나는 애써 당황함을 숨기고 태연한 척했다.

"환이 제 차 루프 위에서 자고 있었어요. 그리고 지금은…… 근데 왜 그걸 저한테 물어요?"

"너 그게 지금 말이 된다고 생각해? 왜 멀쩡한 애가 니 차 위에서 잠을 자?"

"그야 뭐……."

생각해보니 그 중요한 사실을 묻지 않았다. 대체 왜 하필 내 차 위에서 그렇게 곤히 잠들어 있었는지 말이다. 비딱한 유상현의 말투에 내 차 위에서 자는 건 안 되고 다른 차 위에서 자는 건 괜찮다는 건지 따져 묻고도 싶었지만, 애써 참았다. '집에 가면 꼭! 환에게 물어봐야지'라고 생각한 후 나는 다시 유상현을 바라봤다.

"제가 굳이 그걸 말할 이유는 없는 것 같은데요. 정 궁금하시면 조카한테 물어보든가."

"그 자식이 어디까지 말했어?"

"네?"

"나에 대해 그 자식이. 아니다. 일단 너 좀 앉아봐."

그가 한숨을 푹, 쉬더니 양손을 내 어깨 위에 올리고는 힘을 가했다. 내 몸은 의지와는 상관없이 저절로 소파에 앉게 됐다.

"말해봐. 그 녀석이 어디까지 말했는지."

"다, 다요."

"다?"

"네……, 싹 다."

"혹시 그것까지?"

유상현의 눈빛이 극심하게 흔들렸다. 아직 '그쪽'에 대해서도 잘 모르는 판에 '그것'이 뭘 의미하는 건지는 몰랐지만, 일단 또 고개를 끄덕였다. 아마도 지금 그가 말하는 것은 약혼녀와 관련된 이야기일 것이다, 라는 판단 하에. 그리고 말꼬리를 흐리며 말했다.

"환이, 그 애 많이 힘들었나 봐요. 잠도 제대로 못 잔 것 같고, 음식도 제대로. 뭐 환이 유상현 씨를 그다지 좋아하는 것 같지……."

"말해봐. 니가 원하는 거, 다 들어줄게."

그가 내 말을 확 자르며 차갑게 말했다. 갑작스러운 그의 말에 나는 얼굴에 조심스레 물음표를 띄웠다.

"어떤 방법을 써서 알았는지는 모르겠지만, 너 생각보다 대단하네. 말해봐. 원하는 거 다 들어줄게. 하지만, 그 이야기 새어 나가면 넌 죽어."

나도 모르게 꿀꺽, 다시 한 번 침이 넘어갔다. 대체 이 라운드의 마지막 승자가 누가 될지는 아무도 모르는 일이었다. 제길.

"정말로 원하는 걸 들어줄 수 있나요?"

"그래. 니 꿈이 우주 정복이 아닌 이상."

차가운 눈빛, 극도로 절제된 냉정한 목소리로 그는 헛소리를 하고 있었다. 아니, 어쩌면 내게는 그가 차라리 헛소리를 하고 있다는 게 더 믿기 쉬웠지만, 헛소리라고 하기에 그의 태도는 너무나도 진지했다. 분명 거짓말이나 헛소리를 하고 있는 것은 아니었다.

나는 묘한 표정으로 내 앞에 있는 그를 봤다. 대체 내가 쥐고 있는 카드를 어떻게 해석했기에 갑자기 이런 태도를 취하는 거지? 짐작건대 그.쪽.보다 그.것.이 유상현에게 더 치명적인 비밀일 것이다.

왜 유명인들은 이렇게 남모르는, 남이 알면 곤란할 비밀 한두 개씩은 고이 간직하고 있는 걸까. 흔하디흔한 출생의 비밀에서부터, 다시 태어난 몸과 얼굴로 인한 과거의 비밀. 파격! 선정! 충격의 섹스 비디오까지. 또 특A급 비밀로 아무도 모르게 올린 결혼식과 구청직원만이 알게 몰래 찍은 이혼 도장.

"아, 하나 더."

"네?"

"환을 핑계로 나랑 결혼하자느니, 뭐 이런 거? 아무튼 그 둘만 빼고 말해봐."

나는 그에게서 시선을 돌려 바닥을 바라봤다. 그리고 두 가지를 차분히 생각했다. 일단 이 기회를 덥석 물어도 되는 건지와, 나중에 내가 비밀을 모른다는 것을 유상현이 알았을 때 닥쳐올 후환. 하지만 그리 오래 걸리지 않아 결심이 섰다. 일단 눈앞에 온 기회를 잡기로 했다. 이제는 내가 원하는 것을 그에게 말하는 것만 남았다. 그러나 순간, 내 머릿속에는 딱히 말해야 할 소원이 떠오르지 않았다.

이제야 만화『드래곤볼』의 오룡을 이해할 수 있었다. 드래곤볼이 모두 모여 소원을 들어주는 용이 나타났을 때, 재빠르게 소원을 말해야 하는 상황이었다. 그때 오룡은 급작스럽게 '팬티'를 외쳐 모든 이들에게 허탈함과 실소를 자아내게 했던 것이 떠올랐다.

원래 소원이란 일상에서는 하루에 몇백만 개가 머릿속을 휘저으며 활개를 치지만, 막상 대놓고 물어보면 그중 한 가지도 제대로 생각나지 않는 습성을 지니고 있다. 하지만 지금이 아니면 소원을 말할 기회를 놓칠 것만 같았다. 그때 가방에서 드르륵 문자 도착을 알리는 진동 소리가 들렸다. 나는 '잠시만요'라고 유상현에게 양해를 구한 후 가방에서 핸드폰을 꺼냈다. 환이었다.

'언제 와요? 배고픈데. 기다리고 있으니까 얼른 와요.'

풋, 웃음이 흘러나왔다. 누군가(남자가, 그것도 순정만화나 스크린을 부욱 찢고 나온 것 같은 절대 꽃돌이)가 내 집에서 날 기다린다. 쇼핑백이나 아침 출근 준비로 여기저기 허물을 벗듯이 벗어놓은 옷만 널려 있던, 삭막했던 그 공간이 마치 꽃밭이라도 되는 것처럼 느껴졌다. 환은 정말이지 펫 같은 느낌이었다. 집에 가면 캉캉대며 쪼르르 달려나와 포옥 안기는 그런 펫. 환을 생각하며 나이와 성별에 어울리지도 않는 '부모님 미소'를 짓고 있을 때, 갑자기 머릿속에서 파바바박 하고 연상 작용이 일어났다.

'환─펫─패리스 힐튼─셀러브리티!'

그래, 셀러브리티. 그것이 어렸을 적 공주라는 꿈에서 바꿨던 내 꿈이었다. 비록 셀러브리티가 아니라 셀러브리티들의 일거수일투족을 캐며 그것으로 밥을 먹고살게 되었지만, 그것은 아직까지도 포기하지 않았던 내 꿈이었다.

"……셀러브리티요."

잠시 잊었던 내 꿈을 이룰 수 있을지도 모른다는 황홀감에 젖어 내 의사와는 상관없이 혼잣말처럼 흘러나온 말. 그 말은 아무런 필터링 없이 유상현의 귀에까지 들어갔고, 유상현의 표정이 묘하게 변했다. 처음에는 자신의 귀를 의심하는 듯 어이없다는 표정을 지었고, 설마 아니겠지 하는 표정으로 피식 웃었다가 다시 진지하게 나를 한참 쳐다보더니 반문했다.

"셀러브리티?"

"네, 셀러브리티요."

나는 기어들어가는 목소리로, 하지만 또박또박 다시 한 번 말했다.

"왜, 있잖아요. 당신 같은 유명인. 예를 들어 패리스 힐튼이나 린제이 로한 같은."

유상현은 혼자 머릿속에 무언가를 그리는 듯한 표정을 한참 짓더니 진지하게 물었다.

"걔네는 다 예쁜데?"

내가 발끈해서 뭔가를 대꾸하기도 전에 유상현이 먼저 말을 덧붙였다.

"그리고! 그렇게 피곤한 걸 왜 하려고 하는데?"

역시나 사람들은 자신이 가지고 있는 것의 좋은 점은 금세 까먹고 사는 게 분명했다. 유상현은 그 피곤함을 주는 자신의 직업이 이

스위트룸을 자신의 집처럼 이용할 수 있는 재력과 여자들의 적극적인 사랑, 지금 몸 곳곳에 배어 있는 거만함을 용서할 수밖에 없게 만든다는 사실을 망각하고 있었다.

"정말 그거면 돼?"

나는 말없이 고개를 끄덕였다. 그는 갑작스레 무언가 떠오른 듯 피식 웃더니 자리에서 일어나 성큼성큼 다가왔다. 바로 내 코앞까지 다가온 그가 비웃음 가득한 얼굴로 나지막이 속삭였다.

"너처럼 적당한 얼굴에, 별 큰 재주 없이, 상상 속에서 사는 애들이 유명해질 수 있는 방법이 딱 두 가지 있어."

나는 대답 없이 멍한 얼굴로 그를 물끄러미 바라봤다.

"하나는 큰 사고를 치는 거지. 신문 1면에 나올 만한 대형 범죄. 그리고……"

유상현은 말을 멈추고 나를 지그시 바라봤다. 그리고 씨익, 하고 입꼬리를 올려 장난기 다분한 웃음을 흘려 보였다. 불현듯 '불안'이라는 반갑지 않은 기운이 내 몸과 마음에 침투하기 시작했다. 불안감이 단 몇 초 만에 몸속 깊숙이 세포까지 장악했을 때, 유상현이 불시에 내 오른손을 덥석 잡았다!

"뭐, 뭐예요?"

나는 예상치 못한 상황에 당황해서 유상현에게 잡힌 오른손에 있는 힘껏 힘을 주어 빠져나오려 애를 썼다. 방금 상봉한 이산가족이라도 되는 것마냥 내 손을 꽉 움켜쥔 그의 손에서 빠져나오려고 발버둥 치는 것이 오히려 민망해질 무렵, 그가 조용히 입을 열었다.
"니 소원 들어줄 테니까 가만 좀 있어봐. 그리고! 니가 언제 이런 경험 해보겠어?"

유상현의 어이없는 발언에 반박할 시간도 주지 않은 채, 그는 손아귀 힘으로 날 잡아 일으켰다. 그의 완력에 당할 재간이 없다는 걸 깨닫고 그가 이끄는 대로 몸을 일으켰지만 한편으로는 이런 생각도 들었다.

'그래, 어디 한번 당신이 내 소원을 어떻게 들어주나 보자!'

나는 버둥거리는 대신 입을 꾹 다물고 그가 하자는 대로 따랐다. 엘리베이터를 탄 유상현은 여전히 한 손으로 내 손을 꽉 움켜쥔 채, 남은 다른 손으로는 로비로 내려가는 버튼을 눌렀다. 두 사람만이 탄 엘리베이터 안은 어색함으로 가득 차 있었는데, 그 와중에 또렷이 전해오는 그의 체온이라니. 심장이 손에 있는 것도 아닌데 손바닥이 콩닥콩닥 뛰는 것 같았다.

이 남자가 대체 어쩌자는 심산인지 알 턱이 없는 나는 그저 숨이 턱턱 막히는 것만 같았다.

엘리베이터가 오층에 서자, 다소 젊어 보이는 커플이 다정스레 팔짱을 낀 채 엘리베이터에 들어섰다. 그들은 워낙 훤칠한 유상현을 흘깃 쳐다보더니 곧 두 눈이 휘둥그레졌다. 여자는 '어머, 어머!'를 연발하며 아예 유상현을 대놓고 바라봤다. 두 사람은 자기들끼리 끊임없이 뭐라고 속삭여댔지만 딱히 뭐라 말을 걸지는 않았다. 이제 그들의 시선은 당연히 유상현 옆에 서 있는 내게로 와서 꽂혔다. 유상현의 말대로 적당한 얼굴에 별 재주도 없는 내가 왜 그의 곁에 서 있냐고 묻는 듯한 시선들. 민망함과 함께 심장이 콩닥콩닥 세차게 뛰기 시작했다. 내 심장은 손바닥이 아니라, 역시 가슴속에 들어 있는 모양이었다. 난 다시 한 번 유상현의 손에서 빠져나오려 애를 썼지만 유상현은 더욱 내 손을 꽉 잡았다. 그리고 날 보며 미소를 날렸다.

"왜 계속 손을 빼려고 해?"

'이 자식이 뭐라는 거야! 지금 저 부담스런 시선이 안 느껴져? 이거 놓고 말하자구!'라고 말하려고 입을 떼려는 순간, 엘리베이터는 로비에 도착했고, 문이 양옆으로 스르륵 열렸다.

"가자."

그는 나를 홱 잡아끌었다. 어처구니없이 끌려가는 내 등 뒤로 여자가 발을 동동 구르며 말하는 소리가 들렸다.

"어머머머머, 유상현 애인인가 봐, 저 여자! 근데 생각보다 별로지 않아?"

나는 고개를 홱 돌려 그 여자를 째려보려 했지만, 내 몸은 이미 유상현에게 질질 끌려 로비에 도착해 있었다. 유상현이 멈춰 서자 곳곳에서 유상현과 나를 향한 시선이 느껴졌다. 마른침이 꼴깍 넘어갔다. 곧, 라운지가 술렁이기 시작했고 유상현을 만나러 가기 전, 내게 계산서를 내밀었던 홀 매니저가 그의 앞에 섰다.

"우리 애기가 답답해서 차 마시기 싫다네요. 금연이 이쪽이죠?"

우, 우리 애기? 누가? 내가? 당신의? 드라마 〈파리의 연인〉의 명대사 "애기야 같이 놀자"를 유상현 버전으로 듣자니 살짝 두근거리기도 했지만, 영문도 모른 채 이런 꼴을 당하는 게 더는 갑갑해서 견딜 수가 없었다. 꽥 소리를 지르면서 대체 왜 이러는지 영문을 말해보라며 난동이라도 부리고 싶었지만, 그러기에는 너무 많은 사람들의 시선이 우리에게 쏠려 있었다. 그중 몇몇은 자기가 들고 있는 혹은 메고 있는 가방에서 카메라를 꺼내고 있었다. 카메라를 보는 순간 떠올랐다. '유상현과 캐리 팍스, 하얏트호텔에서의 밀회'라는 루머. 아니, 루머가 아니었지만. 아무튼 그 루머 때문에 아마 이곳에는 이미 많은 기자들이 배회하고 있을 것이다. 기자 이외의 사람들도 모두들 반사적으로 가방이나 주머니에 슬며시 손을 넣고 있었다. 21세기 문명의 발달, 과학기술의 발달은 미니 디지털 카메라와 핸드폰이라는 것을 발명했고, 대부분의 사람들에게 이런 '엄청난 순간'을 찍어 증거를 남길 수 있게 만들어줬다.

"앉지 그래?"

유상현이 내게 다정한 목소리로 말했다. 분명 타고난 연기자임에 틀림없었다.

"여기도 싫음 아예 밖으로 나갈까?"

거리낌 없는 유상현의 행동에 슬슬 눈치를 보던 사람들이 당당히 카메라와 핸드폰을 꺼내 들고는 그와 나를 향해 찰칵찰칵 셔터

를 눌러댔다. 당당한 유상현의 행동은 오
히려 사진을 찍어도 좋다는 무언(無言)의
허락이나 다름없었던 것이다. 번쩍번쩍
하는 플래시 때문에 순간적으로 거울
을 보고 나오지 않은 것에 대한 막심한
후회가 들었다. 그제야 흩어져가는 정신
줄을 겨우 부여잡고, 한쪽 손으로 머리를
매만지고 옷매무새를 가다듬었다. 그리고 카메
라를 찍는 사람들을 향해 그래도 약간은 매너 있는 웃
음을 보내려 하다가 그들 중 익숙한 얼굴을 발견했다.

　강.윤.지. 어째서 그녀가 이곳에 있는 거지? 나는 두 눈을 동그랗
게 뜬 채 그녀를 바라봤다. 마침 강윤지와 눈이 마주쳤고 그녀는 나
를 향해 씨익, 웃음을 날려줬다. 강윤지는 내가 유상현과 함께 있는
것에 그다지 놀라지 않은 표정이었다.

　'대체 왜?'

　하지만 당장 그런 것 따위를 생각할 틈이 없었다. 유상현이 카메
라를 자신에게 들이대는 것을 일체 단속하지 않자 사람들의 손놀림
은 더더욱 바빠졌다. 자신의 지인들에게 전화를 걸어 이 상황을 생
중계로 알리는 사람들도 속속들이 생겨났다. 대부분이 '여자가 그냥
그래'라고 말하는 것이 내 귀에, 가슴에 쿡쿡 파고들었다.

　"이게 당신이 말한 두.번.째. 방법이야?"

나는 어색한 웃음을 띤 채 굳어버린 얼굴로 유상현에게 복화술로 말을 걸었고, 그 또한 연신 웃으며 복화술로 대답해왔다.

"아이큐가 유인원 수준은 아닌가 보네. 내일 신문 1면에 실릴 거야. 검색어 1위도 당연하겠지. 셀러브리티. 사전적 용어로 유명인! 이제 그쪽도 셀러브리티야."

"…… 앞으로 어떡하라고 그래?"

"앞으로? 거기까지 기대는 하지 마. 일단 셀러브리티로 만들어준 다음은…… 나도 모르니까."

유상현의 싸가지를 또 한 번 절절이 느끼며 온갖 망상들이 내 머릿속을 헤집고 있는데, 기자처럼 보이는 남자가 다가와 말을 꺼냈다.

"유상현 씨, 요즘 하얏트호텔에서 할리우드 여배우와 밀회를 하고 있다는 소문을 들었는데 어떻게 된 일인가요?"

그는 내 쪽을 쓰윽, 위아래로 한번 훑어주며 말했다. 유상현은 기자의 질문에 여유롭게 웃으며 답했다.

"캐리 팍스요? 소문은 있는데 사실은 그냥 친구예요. 실제 연인은 이 친구."

그는 나를 끌어 그의 앞에 세우고 양손을 내 어깨 위에 턱 하니 올려놓았다. 파파라치들은 유상현이 나를 연인이라고 지목했는데도 반신반의하면서 그만을 향해 있던 포스트를 내 쪽으로 옮기더니 갑작스레 나에게 "언제 만났냐", "어디서 만났냐", "얼마나 깊은 관계냐?" 등등을 물어왔다. 내가 쏟아지는 질문에 당황해 '어쩌지'를 반복하고 있는 도중 유상현이 다시 한 번 내 귓가에 대고 속삭였다.

"난 약속 지켰어. 너도 나와 환의 관계. 입 꼭 다물어."

유상현이 내 귓가에 속삭였고, 나는 일단 고개를 끄덕였다. 그런데 환과 유상현의 관계라. 두 사람은 가족인데, 왜 그렇게 관계에 집착하지? 친척 말고 더 깊은 관계야?

순간, 번뜩하고 변태지의 커밍아웃이 떠올랐다. 자라 보고 놀란 가슴 솥뚜껑 보고 놀란다고 하지만! 나는 이내 고개를 절레절레 흔들며 '설마, 말도 안 돼' 하고는 억지웃음을 지었다. 카메라는 여전히 나를 향해 있었고 쏟아지는 플래시 세례에 눈이 아플 지경이었다.

집에 도착했을 때, 환은 소파에 누워 새근새근 잠들어 있었다. 어떻게 하얏트호텔에서 나왔는지, 어떻게 집까지 왔는지, 바로 조금 전의 일들이 아득하게 느껴졌다. 나는 습관처럼 노트북을 켜고 인터넷 창을 열었다. 그때 내 눈에 들어온 실시간 검색어 1위.

'유상현의 연인.'

핸드폰이 울려대기 시작했다. 쉴.새.없.이.

3. 스파이스 걸스의 빅토리아 아담스? No! 베컴의 부인, 빅토리아 베컴!

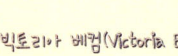

빅토리아 베컴(Victoria Beckham)

결혼 전의 이름은 빅토리아 아담스. 그녀는 영국의 가수, 작곡가, 패션 디자이너 겸 방송인이다. 팝 그룹 스파이스 걸스의 일원이었으며, 그때의 별명은 포시 스파이스(Posh Spice)였다. 하지만 지금 빅토리아 베컴은 영국의 축구 선수 데이비드 베컴의 아내로 더욱 잘 알려져 있다.

그리 멀지 않은 옛날 옛적! 영국 런던의 아담스라는 백작 집안에서 '빅토리아 아담스'라는 여자아이가 태어났다. 소녀는 롤스로이스를 타고 학교에 등교했으며, 구찌나 프라다 등 명품 라벨의 옷을 즐겨 입었다. 그러니 당연히, 꽤나 세련된 분위기를 풍겼을 것이다. 하지만 그녀는 남자아이들에게 그다지 인기 있는 소녀는 아니었다고 한다. 오히려 얼굴 여기저기 돋은 울긋불긋한 여드름 때문에 놀림감이 되기까지 했다.

그런데 그런 그녀가 지금은 전 세계를 주름잡는, 트렌디한 패션 아이콘이 됐다. 여드름과 주근깨투성이의 소녀에서, 섹시한 스파이스 걸스 중에서도 가장 섹시한 멤버로, 그리고 영국 여성들에게 있어 '왕세자비 자리보다 더 욕심난다'는 축구 스타 데이비드 베컴을 자신의 남자로 만들며 그의 아내가 됐다. 그렇다. 모두가 짐작한 대로, 이 이야기는 그 유명한 '빅토리아 베컴'의 아주 간략한 프로필이다. 그런데 최근 빅토리아 베컴과 전혀 다른 삶은 살아온 내게 그녀와 비슷한 것이 하나 생겨버렸다. 바로, 이름 앞에 붙는 수식어.

'베컴의 아내 빅토리아. 유상현의 애인 백이현!'

하얏트호텔에서의 사건 이후 나는 '유상현의 애인'으로 인터넷 사이트 곳곳에서 검색어 1위에 오르는 영광(?)을 누렸고, 공공연히 유상현의 애인으로 자리매김했다. 하지만 그 큰 사건을 일으킨 당사자 유상현은 사건 직후 화보 촬영을 핑계로 홀연히 일본으로 사라져 버렸다. 물론 그가 나에게 그런 사실을 친히 알려주는 행동 따위는 하지 않았다. 하지만 그는 한류 스타다. 신문이나 인터넷 어디서나 소식을 접할 수 있는. 어쨌거나 스캔들의 주인공인 유상현이 한국에 있지 않게 되자 모든 관심은 오롯이 내게 쏟아졌다. 하지만 내가 유상현 없이 어떻게 말이나 행동을 취하며 입장 표명을 할 수 있겠는가. 그러기에 틈나는 대로 유상현에게 연락을 취해봤지만 그의 핸드폰은 그의 목소리 대신, 한결같이 '고객님의 핸드폰이 꺼져 있습니다'라는 딱딱한 음성메시지만을 들려줄 뿐이었다.

답답한 마음을 채 다스리기도 전에, 나와 내 지인들만의 공간이었던 홈페이지에 '무차별 테러'가 시작됐다. 만약 현빈과 송혜교, 그 둘과 같은 종류의 스캔들이라면 서로의 팬에 의한 공방과 축복이 오갔겠지만, 내 홈페이지에는 오로지 나에 대한 험담과 욕설만이 가득했다. 몇몇 기사에는 '혹 재벌집 딸?', '유상현 취향이 이상함', '돈 있음 성형부터 하자', '유상현 팬들, 우리 오빠를 놓아주세요 성토대회' 등의 댓글이 꼬리에 꼬리를 물고 이어졌다.

사무실에서는 이보다 더 피곤한 일들이 수두룩했다. 그들은 내 앞에서 부러움과 의심이 가득한 눈초리로 유상현과의 '관계의 역사'에 대해 시시콜콜 따져 물었고, 내 뒤에서는 무슨 더러운 수를 써서 유상현을 잡았는지 쑥덕대기 바빴다. 편집장은 '유상현과 백이현의 만남에서 연애까지 풀 스토리' 혹은 '유백커플(유상현&백이현)의 연애를 말하다'라는 식상하고도 유치한 제목으로 단독 기사를 내자고 날 부추겼고, 강윤지는 그날 카메라에 담은 우리의 사진으로 인센티브를 한몫 단단히 챙겼다.

강윤지는 특별히 내게 하얏트호텔에서 있었던 일에 대해 어떤 질문도 하지 않았다. 나 또한 강윤지에게 그날 그곳에 있었던 이유, 날 보고서도 놀라지 않고 음흉한 웃음을 지어 보인 이유 등을 애써 묻지 않았다. 사실 묻고 싶은 마음은 굴뚝 같았으나 '명 파파라치'인 그녀와 그 일을 주제로 삼은 대화가 시작된다면 그 결말은 안 봐도 훤했다. 아마도 나라는 인간은 그녀의 꿰뚫는 눈빛, 화려한 언변 등에 홀딱 넘어가 사건의 전말을 모조리 술술 털어놓을 것이다. '차라리 유상현과 캐리 팍스의 사진을 그냥 편집장에게 확 넘겨버리는 거였는데. 그래서 인센티브나 두둑하게 챙겨 받는 건데'라며 후회했지만 이미 늦은 일이었다.

어쨌거나 내가 원하던 셀러브리티는 절대 이런 게 아니었다. 돈도 명예도 명성도 없이 테러만 당하는 유명인 따윈 원하지 않았단 말이다. '혹시 유상현이 날 골탕 먹이려고 일부러 그런 게 아닐까' 하는 생각이 들면서 나도 언론에 모든 것을 불어버릴까 고민하기도 했다. 하지만 자칫 잘못했다가는 인터넷이 급격히 발달된 이 대한민국에서 고개도 못 들고 다닐 수 있다는 것을 다년간의 기자 생활로 잘 알고 있는 나였기에, 강한 자에게 한없이 약한, 약한 자에게 한없이 강한 기자들의 섭리와 낚시성 기사들이 난무하는 인터넷 뉴스 판을 너무나 잘 아는 나였기에, 이 사건을 섣불리 건드렸다가 피해보는 이는 분명 나일 것이라는 것을 너무도 잘 알기에! 난 어떠한 입장 표명도 할 수 없이 일단 유상현의 연락을 기다릴 수밖에 없었다.

'아니, 일본을 가든 미국을 가든 우주를 가든 이 상황을 어떻게 해결해야 하는지는 알려주고 가야 할 것 아니야'라고 핸드폰을 보며 혼자 씩씩거려봤자 유상현에게서는 연락이 없었다.

"누나, 편의점 갈 겸 산책 안 갈래요? 새벽이라 기자들도 없을걸?"

환의 제안에 우리는 조심스레 밖으로 나왔다. 정말 새벽이라 그런지 어제까지만 해도 기승을 부렸던 팬들과 파파라치들은 보이지 않았다. 편의점에서 나오자마자 환은 봉투에서 더위사냥을 꺼내 재주 좋게 반으로 똑 갈라 그중 약간 작은 쪽을 건네며 말했다.

"…… 근데요. 누나 나한테 물어볼 말 있지 않아요?"

달과 별빛이 드리워진 환의 얼굴은 여자인 나보다 아름다웠고, 그에 절망한 나는 한숨을 내쉬며 천천히 고개를 끄덕였다.

"근데 왜 안 물어요?"

나는 물끄러미 환을 바라봤다.

"누나, 저기 잠깐 앉았다 가요."

내 대답을 기다리던 환이 가로등 조명 아래 있는 벤치를 발견하고는 종종걸음으로 뛰어가며 말했다. 이미 자리에 털썩 주저앉은 환은 더위사냥을 쪽쪽 빨아대며 내게 어서 오라는 손짓을 했다. 나는 피식 웃으며 환이 앉아 있는 벤치로 천천히 향했다. 환은 긴 다리를 위로 들어 올렸다 내렸다 하면서 십 년 전이나 해봤을 만한 그림자놀이를 하고 있었다.

지난 토요일, 유상현과 하얏트호텔에서 한바탕 소동을 벌이고 집에 들어왔을 때 환은 잠들어 있었다. 그에게 뭐라도 물어볼 요량이었지만 평온히 잠든 환의 얼굴을 보자 왠지 모를 양심의 가책 같은 것이 살짝 느껴졌다. 엄연히 따지자면 흐지

부지될지도 모르는 유상현과 캐리 팍스의 파파라치 컷 때문에 나는 이 아이를 이용한 것이었다. 일단 질문은 뒤로 미루자고 생각한 나는 끊임없이 울리는 핸드폰의 배터리를 빼고선 와인 반병을 홀짝거린 후 취기에 잠이 들었다. 다음 날, 지끈거리는 머리를 부여잡고 일어나 차가운 물로 정신을 차린 뒤 핸드폰을 켰다. 약 십 분 동안 핸드폰은 간밤의 부재 전화와 문자를 수신하느라 저절로 몸을 계속해서 부르르 떨어댔다. 미국에 있는 부모님, 수민, 회사 사람들, 가끔 보는 친구들부터 '안녕' 안부를 물은 지 족히 십 년은 된 친구들을 비롯해…… 커밍아웃 변태지에게까지! 문자가 와 있었다.

'이현아! 어떻게 된 거야? 전화 줘. 우린 친구잖아.'

푸핫. 나는 고개를 쳐들고 마시던 물을 뿜어내며 웃었고, 그 물은 천장으로 치솟으며 어렴풋이 무지개를 만들어냈다. 수민과 만나 이런저런 이야기를 나눈 후 집으로 돌아왔을 때도 환이 보이지 않는다는 사실을 깨달았다. 나는 자연스럽게 그가 자신의 집으로 다시 돌아갔다고 생각했다.

월요일에는 회사에서 내 주변을 어슬렁거리는 동료들의 질문 테러와 다른 데서 쫓아온 기자들 때문에 도저히 일이 손에 잡히지 않았다. 어수선하게 하루를 보내고 집으로 돌아와 현관문 앞에 환이 쪼그리고 앉아 있는 걸 보는 순간, 하마터면 달려가 그를 와락 안을 뻔했다. 진짜로.

"앉아요, 얼른."

환이 손바닥으로 내가 앉을 자리를 쓱싹 쓸어줬다. 벤치에 엉덩이를 대고 앉자 차가운 기운이 온몸으로 퍼지면서 와락, 소름이 돋았다.

"유상현이랑 진짜 사귀는 거 아니죠?"

갑작스런 환의 질문에 나는 고개를 홱 돌려 그를 쳐다봤다. 환도 빤히 내 눈을 들여다봤다.

"대답하기 전에 먼저 물어도 돼?"

"응."

"너…… 유상현이랑 무슨 관계야?"

"나랑 유상현?"

나는 대답 대신 고개를 힘차게 끄덕였다.

"알잖아요. 싸가지 삼촌과 꽃미남 조카. 그러니까 친척 관계? 뭐, 이런 거 아닐까?"

별 대수롭지 않은 걸 묻는다는 표정을 짓던 환은 고개를 젖혀 이미 미적지근하게 녹아버린 더위사냥을 입속에 탁탁 털어 넣었다. 벤치 맞은편 공터에서는 중학생처럼 보이는 남자아이 둘이 야구공을 주고받으며 캐치볼에 열중하고 있었다.

"저런 걸 달밤의 체조라고 하는 거죠?"

"그렇지. 아…… 말 돌리지 말고, 그런 거 말고 있잖아. 왜, 말할 수 없는 숨겨진 관계 같은 거. 예를 들어……."

환은 안이 텅텅 빈 더위사냥 곽을 꾹꾹 접어 근처에 위치한 쓰레기통에 마치 농구를 하듯 던져 넣었다. 그것은 정확히 쓰레기통 속으로 골인했고, 그와 동시에 탕 하고 야구 방망이가 공을 힘껏 때리는 소리가 들려왔다. 공터의 남자애들이 본격적으로 야구를 하기 시작한 모양이었다.

"음…… 예를 들어?"

"그게 말이야…… 예를 들어 너희 둘이 그렇고 그런 사이라든지."

"어떻게 그렇고 그런?"

질문을 이해하지 못한 환이 반문했다.

"그러니까 뭐, 둘이 서로 좋아한다든가. 그런 거…….."

워낙 민감하고 민망한 질문인지라 내 목소리는 점점 기어들어갔다. 내 질문을 끝까지 들은 환이 고개를 푹 숙이고는 어깨를 살짝 떨고 있는 게 보였다. 그러다가 고개를 처들더니, 허리까지 한껏 뒤로 젖히고 큰 소리로 푸하하 웃음을 터뜨렸다. 명쾌한 부정이었다.

"미안, 농담이고. 아무튼 둘 관계에 뭔가 있는 것 같아서…….."

나는 멋쩍은 듯 웃으며 말했다.

"있지. 그럼."

"뭐?"

나는 두 눈을 동그랗게 뜨고 환을 바라봤다.

"사실! 우리 둘, 평범한 삼촌과 조카 사이가 아니야."

"그럼?"

"말해줘요?"

그의 눈빛이 별빛처럼 반짝반짝 빛났다. 뭔가 말할 듯 말 듯 달싹이는 입술을 바라보면서 나는 대답을 듣기도 전에 꼴깍 침을 삼켜버렸다.

"사실 그 인간이랑 나……."

드디어 환이 입술을 떼려고 하는데, 다시 한 번 야구 방망이가 탕, 하고 힘껏 공을 때리는 소리가 들려왔다. 조금 전에 들은 것과는 차원이 다른, 힘찬 굉음이었다. 그 순간 슈우욱, 소리를 내면서 내 얼굴을 향해 날아오는 저 작은 공이 대체 왜 슬로우 모션으로 보이는 걸까.

"피해요, 누나!"

나도 알아, 피하고 싶어! 하지만 억, 하는 소리는 목에 걸려 나오지 않고, 뻣뻣해진 몸은 벤치 바닥에 본드로 붙여놓기라도 한 것처럼 발가락 하나 꼼지락거릴 수 없었다. 멀리서 날아오는 공을 멍하니 바라보며 순간 든 생각은 만일 내가 이 공에 맞아 죽어 다시 태어난다면 패리스 힐튼이나, 린제이 로한, 빅토리아 베컴처럼 완벽한 유전자를 소유한 채 태어나고 싶다는 것이었다. 패리스 힐튼 다이어리에서 패리스 힐튼이 상속녀가 되는 방법이랍시고 읊조렸던 다소 황당한 첫번째 조항도 문득 떠올랐다.

'부잣집에서 태어나기. 염색체를 잘 고른다.'

만약 그렇게 다시 태어날 수만 있다면 기꺼이 이 한 목숨……. 그런 망상을 하는 동안 공은 빠르게 회전하며 내게로 가까이 다가왔다. 두 눈을 질끈 감는 순간! 공 대신 누군가가 나를 감싸 안은 채 오른쪽으로 휙, 밀어냈다. 마치 독수리가 먹잇감을 낚아채는 것처럼 빠르고 정확하게. '환'이었다. 나는 환의 팔에 대롱대롱 매달려 내 몸을 의지한 채 바닥 쪽으로 170도 정도 꺾인 허리를 주체하지 못하고 비틀비틀했다. 퍽, 하고 야구공이 나무를 들이박는 소리가 들려왔다. 섬뜩했다. 만약에 피하지 못했다면 내 얼굴에서 저런 소리가 났을 거라고 생각하니 저절로 소름이 돋았다.

"누나, 언제까지 이러고 있을 건데요?"

이런저런 생각을 해보던 나는 환이 끙끙대며 하는 소리에 그를 쳐다봤다. 아까 그 자세 그대로 널브러져 있다시피 한 내가 떨어지지 않도록 환은 힘겹게 나를 꼭 붙잡고 있었다.

'아차, 얼른 일어나야지.'

나는 허리에 꼿꼿이 힘을 줘 몸을 일으키려 했다. 그때 하필 새끼손가락만 한 크기의 정체 모를 벌레가 환과 내 주위를 빙빙 돌았고, 그에 당황한 나는 아등바등하다가 결국 환과 함께 바닥으로 고꾸라졌다.

철퍼덕. 그 소리와 함께 바닥으로 떨어졌지만 땅의 차갑고 딱딱한 느낌이나 몸의 통증은 전해지지 않았다. 대신 환의 단단한 가슴팍에서 쿵쿵대는 심장박동만이 고스란히 온몸 가득 느껴졌다. 한마디로 나는 환의 몸 위에 납작하게 엎드린 것이었다. 내 심장박동이 급격히 빨라지기 시작했고, 서둘러 이 상황에서 벗어나야겠다고 생각했다. 하지만 환의 가슴팍을 양손으로 힘껏 누른 후 그 힘에 의지해 일어나기도 그렇고, 데구루루 몸을 굴려 옆 바닥으로 몸을 이동한 후 벌떡 일어나기도 모양새가 볼썽사나울 것 같았다. 사실 이게 로맨틱 드라마나 영화라면 이 포즈에서 우리가 해야 할 일은 단 '하나'였을 것이다.

K. I. S. S. 서서히 그의 얼굴의 온기가 느껴지며 달짝지근한 숨소리가 귓가를 간질여야 했던 것이다. 순간 난 망상이, 상상이 현실로 다가오고 있음을 느꼈다. 이 어색한 분위기를 '내가 칠칠치 못해서 니가 고생이 많다'라는 식으로 털어버려야겠다고 생각한 후 고개를 들었을 때, 묘하게 바뀌어 있는 환의 표정이 보였다. '어쩌지, 어쩌지' 하고 있는 사이 그가 목에 힘을 주고는 고개를 살짝 들어 서서히 내 얼굴로 다가왔다. 그리고 널브러져 있는 자신의 한 손으로 내 뒤통수를 슬며시 잡아 자신의 얼굴 방향으로 조심스럽게 나긋이 밀었다. 드디어 그와 나의 얼굴이 절묘하게 밀착됐다. 나는 '꼼짝 마!'라는 마법에라도 걸린 듯 굳어버린 몸에 그를 떨쳐내지 못했고, 곧 애교스런 숨소리와 함께 달콤함과 비릿함이 골고루 섞인 그와의 키스가 시작됐다.

키스의 상대가 나보다 여덟 해나 늦게 태어난 어린애라든지, 현재 나와 거짓 애인이라는 관계로 엮여져 있는 유상현의 조카라든지,

이 녀석을 내가 본의 아니게 이용했다는 것 따위는 미미한 현기증과 같은 두근거림이 넘실대는 키스 앞에서 잠시 종적을 감춰버렸다.

"뭐야, 이 둘이 바닥에서 키스해!"

"그러게, 호텔 갈 돈도 없나 봐!"

"호텔은 무슨, 모텔 갈 돈도 없는 것 같아 보여."

잠시간 지속됐던 키스는 자신의 공을 찾으러 온 녀석들의 눈치라곤 찾아볼 수 없는 낭창낭창한 목소리에 의해 종결됐다. 우리 둘은 순간 마법에서 깨어나 재빠르게 자리에서 일어났다. 환은 온몸에 묻은 흙을 무안한 듯 신경질적으로 털어냈다.

"가자."

내가 기어들어가는 듯한 목소리로 발걸음을 재촉하며 말했다. 이미 나와 환의 거리는 약 3미터 정도 떨어져 있었다. 몸속 어디에서부턴가 시작된 듯한 붉은 기운이 얼굴에 가득 번졌는지 계속해서 화끈거렸다. 다다다다, 환이가 내 옆으로 뛰어오더니 슬쩍 내 앞에 섰다. 그리고 천연덕스럽게 말했다.

"책임져요. 첫 키스였어요."

'정말?'이라는 질문이 입술까지 올라왔다가 불쑥 들어가버렸다. 나는 이 아이보다 어른이다. 장난에 휘말려서는 절대 안 된다. 단언하건대, 이 아이의 키스 실력은 나보다 우월했다. 연분구등법으로 키스의 솜씨를 '하하·하중·하상, 중하·중중·중상, 상하·상중·상상'으로 나눈다면 '상중'은 됐단 말이다. 그런데 문득, 과연 유상현의 키스는 이 중 어떤 키스일까? 하는 생각이 들었다.

"그래? 그럼 영광으로 생각하면 되겠네."

나는 짐짓 아무렇지 않은 척, 담담히 말한 후 걸음을 재촉했다. 순간, 이 아이와 같이 지내야 할 앞으로의 생활에 대한 걱정이 들었다. 바보같이 동거를 할 때 대부분 작성한다는 그 흔한 동거규칙 조항 따위도 만들지 않았다.

"야!"

환이 아직 공을 찾고 있는 아이들에게 양팔을 머리 위로 팔락팔락 흔들며 소리쳤다. 나는 그가 아이들에게 무슨 말을 할지 궁금했지만 계속해서 발걸음을 재촉했다. 그걸 느긋하게 쳐다보고 듣고 할 시간이 없었다. 뒤통수 너머로 환이 애들에게 장난스레 외치는 목소리가 들렸다.

"덕분에 고마웠어!"

그러고는 다시 내 옆으로 달려와 내일 아침에 뭘 먹을지, 낮에 볼만한 TV 프로그램은 뭐가 있는지 해맑게 조잘거렸다. 순간 왠지 모르게 환에게 화가 치솟았다. 그래서 집에 돌아오자마자, 피곤하다는 이유를 대며 잽싸게 방 안으로 들어가 침대에 드러누웠다. 하지만 도통 잠이 오지 않았다. 유상현과는 가짜 애인 사이. 그의 조카 환과는 키스한 사이.

몇 시간을 뒤척이다 결국 뜬눈으로 밤을 지새웠고, 눈 한 번 못 붙이고 간 회사에서는 핸드폰과 싸이 테러를 당하며 그대로 멍한 상태를 유지했다. 여전히 유상현에게서는 전화 한 통 없었다. 이 기막힌 실타래를 풀 수 있는 건 나와 유상현, 그리고 어젯밤 나와 키스를 한 후 장난스런 태도를 취한 환, 이 세 사람뿐이었다. 그리고 난 어서 빨리 이 실타래를 풀고 싶었다.

"말해봐."
집에 돌아오자마자 나는 소파에 앉아 텔레비전을 보던 환에게 다짜고짜 물었다. 환은 대답 대신 '뭘요?'라고 눈빛으로 답했다.
"너와 유상현의 진짜 관계. 대체 뭐길래 유상현이 날 셀러브리티로 만들어주면서까지 비밀로 하려는 건데?"
"그게 유상현과의 거래 조건이었어요?"
환도 짐짓 놀라는 표정으로 되물었다.
"그래."
"유상현이 누나가 그걸 안다고 착각했구나."
중얼거리듯 말하는 환의 표정은 지금까지의 장난기는 단 1퍼센트도 찾아볼 수 없을 정도로 심각해졌다. 그는 리모컨을 들어 눈치 없이 시끄럽게 떠들어대는 텔레비전 전원을 끈 후 크게 한숨을 내쉬었다. 그러고는 나를 보며 입술을 살짝 깨물었다가 다시 시선을 피하고, 혼자 고개를 주억거리다가 슬쩍 나를 쳐다봤다. 그렇게 한참을 헷갈리고 어려워하듯 망설이던 환이 어렵사리 운을 떼었다.

"누나한테 미안해요. 다 나 때문이야. 내가 그날 누나를 찾아가지만 않았어도……."

"찾아와?"

순간, 내가 그에게 물어야 할 또 한 가지가 떠올랐다. 대체 왜 내 차 위에서 잠들어 있었는지, 그 사실 말이다!

"응."

환이 고개를 끄덕이다 이내 푹 숙였다. 그리고 고백하듯 조심스레 입을 열었다.

"그날…… 내가 누나를 찾아간 거예요."

미안한 기색이 역력히 드러나는 그 목소리에 일순간 내 머릿속이 멍해졌다. 그것도 잠시, 혼란이란 단어가 제곱에 제곱을 거듭해 불어나더니 급기야는 포화 상태에 이르러버렸다. 대체 왜? 날? 어째서? 머릿속에는 물음표가 계속해서 번식했다. 뺑, 하고 터져버리지 않는 게 신기할 정도로. 뇌의 상태가 위태위태해짐을 인식한 나는 입 밖으로 물음표들을 조금이나마 쏟아냈다.

"대체 왜? 저기…… 너, 날 알고 있었어? 아니, 그럴 리가 없잖아! 나는 유상현에게 조카가 있는 줄도……. 그러니까 네 존재조차 몰랐어."

"나도 누나를 몰랐어요. 그날 그 사건으로 유상현과 싸우고, 유상현 차를 운전하다 안에서 누나의 명함을 보기 전까지는."

'명함? 그 사건?'

환이가 말하는 '그 사건'에 대해서는 정확히 알 수 없었지만, 유상현의 차 안에서 보게 됐다는 내 명함이라고 하면 뭔가 짚이는 게 있었다. 순간, 내가 유상현의 차를 박은 날의 기억들이 마치 파노라마처럼 빠르게 스쳐 지나갔다.

우-연히 보게 됐던 유상현 그리고 캐리 팍스의 밀회 장면.
그-순간 떠오른 인센티브 300퍼센트와 린제이 로한의 기사.
지금 생각해도 똘-기 충만했던 내 행동.
유상현의 사람 질리게 하는 전매-특허 싸가지.
그리고 마지막에 내가 유상현에게 건넸던 〈플러스 텐〉이 콱-박힌 내 명함.

맙소사, 그 명함을 보고 나를 찾아왔단 말이야? 하지만 그렇게 단정 짓는 데에도 무리가 있다. 명함에 유상현과 나의 스토리가 촘촘히 새겨져 있는 것도 아니고, 이 아이가 〈마이너리티 리포트〉에 나오는 애들처럼 영적 능력이 있는 것도 아니고. …… 아니겠지? 분명 아닐 것이다. 대체 그 명함만 보고 나와 유상현에게 어떤 일이 있었는지 어떻게 아느냔 말이다. 게다가 알았다 쳐도 왜, 하필, 내게 찾아왔느냔 말이다. 유상현에게 꼭 그런 식이 아니라 해도 명함을 건네준 기자들은 분명 많을 것이다. 머릿속에서 무작위로 꼬여버린 실타래들이 계속해서 엉키고 또 엉켜 더 이상 가위로 싹둑 자르지 않는 한 풀어내기 힘든 지경까지 오게 됐다.

"유상현이 매니저와 짜증스럽게 전화 통화하는 걸 우연히 엿듣게 됐어요."

그가 혼란스러워 하는 날 흘깃 훔쳐보며 조용히 말을 꺼냈다. 그리고 그 한마디로 실타래가 조금, 아주 조금 풀어졌다.

"약간 덜 떨어져 보이는 기자한테 캐리 팍스와 함께 있는 사진을 찍혔다고. 그런데 그 여자가 할아버지에 대해 알고 있는 것 같다고."

환은 묵묵히 말했고, 나는 '덜 떨어진 여자'와 '할아버지'라는 두 단어에 즉각적으로 빠직! 하고 촉이 서버렸다. 하지만 덜 떨어진 여자라는 발언은 그날 내가 한 행동으로 봐서 PASS. 그리고 나니 '할아버지'라는 키워드가 턱, 하니 던져졌다. 아직 확신할 수는 없지만, 그동안 기를 쓰고 찾아보려고 했던 '그쪽'과 '할아버지'가 꽤나 맞닿아 있지 않을까, 하는 생각에 나는 마른침을 꼴깍 삼키며 환을 쳐다봤다.

"…… 할아버지?"

"응, 할아버지."

내 머릿속에 있던 데이터들이 빠르게 계산하기 시작했다. 환의 할아버지면 고로, 유상현에게는 아버지다. 하지만 내가 알고 있는 정보에 따르면 유상현에게 아버지는 현재 존재하지 않았다. 분명 유상현이 말했던 '그쪽'이 지금 환이 말하는 '할아버지'와 상통하는 건 맞는 것 같았다. 그러고 보니 저번에 하얏트호텔에서 유상현은 그쪽을 영감이라고도 말했다. 그렇다면 환과 유상현에게 있던 그 사건은 뭐지? 분명 그 사건은 엄청나게 큰 일임에 틀림없었다. 아, 지금은 무리하게 추측하는 것보다는 환에게서 좀더 이야기를 들어보는 게 나을 것 같았다.

"그래, 계속 말해봐."

내가 아는 게 없다는 사실을 환이 눈치 채서는 안 됐기에 떨림을 애써 진정시킨 후, 아무렇지 않은 듯한 목소리로 물었다.

"그래서 누나를 찾아간 거예요. 일단 명함에 적혀 있는 사무실로 갔어요. 회사 앞에서 기다리다가 회식 장소까지 몰래 따라갔죠. 그런데 원래 그렇게 회식을 오래 해요?"

"어? 뭐, 대부분 그래. 그래서 볼만한 이성이 없는 경우에는 엄청 짜증나."

상황에 전혀 어울리지 않은 엉뚱한 질문인데 나는 옳다구나 성심성의껏 대답을 해버렸다.

"그렇구나. 아무튼, 그러다가 누나 차 위에서 잠든 거예요. 내가 한번 잠들면 웬만해선 깨어나지 않거든요."

"…… 근데, 왜 하필 나를 찾은 건데?"

"뭐, 여러 가지 이유에서요. 그날 유상현과 내게 엄청난 사건이 있었거든요."

엄청난 사건이란 아까 환이 말했던 '그 사건'인 동시에, 유상현이 나와 스캔들을 내고서라도 지키고 싶어 했던 비밀과도 분명 연루되어 있을 것이다.

"그래서 복수하려고요, 유상현에게. 어쨌든 매개체가 필요했어요. 근데 마침 누군가 캐리 팍스랑 같이 있는 사진도 찍었다 하지, 할아버지에 대해서도 안다고 하지. 그래서 그 누군가인 누나를 이용하려고 했었죠."

이용하려고? 내가 환을 이용한 것이 아니라 환이 나를 이용한 것이었다고? 참아야겠다고 생각할 틈도 없이, 헛웃음이 터져 나왔다. 그런 날 의아하게 보던 환이 넌지시 물었다.

"화 안 내요?"

"그래서 넌 날 이용하는 데 성공했어?"

내가 다시 물었고, 환은 고개를 절레절레 흔들었다. 그와 동시에 그의 연갈색 머리칼이 사르륵 흔들렸다.

"생판 모르는 사내애를 차 루프에 태운 채 운전하지 않나, 밥을 주지 않나, 냉큼 거래에 응하지 않나……. 복수의 매개체로는 영 꽝인 듯싶어 유상현을 살짝만 골려줄 생각으로 약혼녀 이야기를 해주고 잠시 숙식만 제공받으려 했는데…… 일이 이렇게 돼버렸어요. 미안해요."

환은 고개를 꾸벅 숙여 사과했다. 그의 목소리에서 진심을 읽어낸 나는 괜찮다고 말하며 고개를 끄덕였다. 뭐, 지금 와서 어쩔 수 없는 노릇 아닌가? 그런데 내 용서를 받고 고개를 든 환은 갑작스레 표정을 바꿨다. 미안함으로 가득했던 그의 천진한 얼굴은 순식간에 장난기로 가득 찼다. 그러다 다시, 잠시 동안 아무런 말 없이 새치름한 표정으로 내 눈을 뚫어져라 바라봤다.

"이젠, 누나가 말해봐요."

"뭐, 뭘?"

당황함을 감추지 못한 채 떨리는 목소리가 흘러나왔다.

"누나가 아는 거요. 할아버지에 대해."

환이 소파에서 내려와 성큼 한 걸음을 옮겨 내 바로 앞에 털썩 주저앉았다. 순간, 머릿속이 어제 환과 키스했을 때처럼 아찔해졌다. 짧은 시간 동안 내가 아는 데이터를 총망라해봤다. 유상현의 엄마는 1970년대 세계 톱 발레리나였다. 결혼은 지극히 평범한 남자와 단 한 번만 한 걸로 알려져 있다. 단지, 정말 단지 그것뿐이다. 유상현은 인터뷰에서 가족 이야기 하는 것을 꺼리기로 소문나 있다. 아! 형제관계는 환을 보아 여동생이나 누나 하나? 어쨌든 내가 아는 건 그 정도였다. 그 어떤 것도 환에게 '무엇을 아는 것'처럼 꺼내놓을 수 있는 얘기가 아니었다. 머리를 굴리느라 침묵의 시간이 길어지자 환이 먼저 말을 꺼냈다.

"누나 아무것도 모르죠? 할아버지 존재조차 몰랐던 거 맞죠?"

들켜버린 건가? 어째서 유상현에게 통한 것이 이 아이에겐 통하지 않는 걸까?

"대체 왜 유상현이 누나한테 속은 걸까? 뭐, 그래도 이쯤 되면 그

할아버지가 숨겨진 유상현의 진짜 아빠라는 건 짐작했을 테고."

순간 '꿀꺽' 마른침이 다시 한 번 넘어갔고, 지금껏 애써 지켜왔던 표정들과 내 마음의 다짐들이 와르르 무너져버렸다. 이제 그만 환에게 백기를 들고, 유상현과 있었던 그간의 자초지종을 모조리 고백해야 하나? 아니면 그가 원하는 다른 사탕을 쥐여주며 거래 조건으로 유상현의 비밀들을 새롭게 캐내야 하나? 심각하게 고민해봤지만, 환과 유상현 사이에 좋지 않은 감정들이 얽혀 있다 하더라도 어쨌거나 그들은 피로 맺어진 관계다. 우리는 그런 사이를 '혈육'이라고 부른다. 그것은 며칠간의 동거 그리고 달콤한 키스 한 번 정도로는, 절대 뛰어넘을 수 없는 것이었다.

머릿속이 또다시 뒤죽박죽 되어버렸다. 그때 휴, 하고 환이 크게 한숨을 내쉬었다. 그리고 나를 바라보며 복잡 미묘한 표정을 잠시간 유지하더니 다시 한 번 씨익 웃었다. 무언가를 결심한 듯.

"뭐, 아무렴 어때. 내가 보기에 누난 절대 나쁜 사람이 아닌 것 같아요. 그에 반해 유상현은 완전히 나쁜 인간이고!"

환이 내 곁으로 한 뼘 더 다가왔다. 그러자 환과 나의 거리는 어제 키스를 부르던 그 미묘한 거리만큼 가까워졌다. 또다시 심장이 세차게 뛰기 시작했다. 제발, 이 주책없는 소리가 환에게 전달되지 않길 바라며 슬쩍 뒷걸음질 쳤다. 하지만 환이 오른손으로 내 왼팔을 세게 붙잡았다. 깜짝 놀란 나는 멀뚱히 환을 바라봤다. 환이 천천히 입을 열었다.

"누나, 유상현 진짜로 한번 유혹해볼래요?"

생각지도 못한 환의 제안에 아무 대답도 하지 못한 채 두 눈만 동그랗게 떴다. 하지만 그다음 말이 나를 더욱 당황케 만들었다.

"가능할지도 몰라. 난 유상현의 가장 소중하고 치명적인 것을 알고 있거든. 콜?"

내가 여전히 대답을 하지 못한 채 넋을 놓고 멀뚱멀뚱 있자, 보다 못한 환이 팔에 힘을 주고는 나를 슬쩍 잡아당겼다. 그러고는 내 귓가에 대고 나지막하게 말했다.

"지금껏 누나는 유상현에게 온통 가짜 패만 가지고 있었잖아요. 약혼녀 이야기는 빼고. 내가 진짜 패를 가지고 있다고요. 그 패가 조커일지도 모른다고요."

살짝 윙크하는 환의 모습이 마치 자그마한 악마처럼 보였다. 저 집안 내력인가? 사람을 무능력하게 만들어버린 후 홀리는 매력적인 재주. 그나저나 만일, 정말 만일! 내가 유상현을 유혹하는 데 성공한다면 진짜 셀러브리티가 될 수 있을지도 모른다!

분명 신데렐라는 왕자 앞에서 일부러 구두를 떨어뜨린 것이고 (물론 나는 맹세코, 일부러 유상현의 발을 밟은 게 아니었지만) 백설공주와 잠자는 숲 속의 미녀는 이미 깨어나 있었음에도 불구하고 근사한 왕자를 기다리며 지루한 잠을 계속해서 청했을 것이다.

그렇다. 이 세상에는 음모와 모략이 난무한다. 애써 그것들을 거부해가며 살아갈 필요는 전혀 없다. 그리고 나는 이미 유상현으로 인해 어쩌면 내가 생각하는 것보다 훨씬 치열하고 복잡할지도 모르는 유명인들의 세계에 발을 담갔다. 나는 떨리는 목소리로 조용히 그리고 차분하게 물었다.

"그…… 그럼 이번에는 내가 너에게 뭘 해줘야 하는데?"

거래를 할 때, 상대가 내게 원하는 것이 무엇인지 아는 게 가장 우선순위라는 것을 언젠가 들은 적이 있다. 상대가 원하는 것을 묻지 않고 스스로 알아내는 것이 가장 훌륭한 거래 방법이라는 것도. 하지만 나는 환이 원하는 것을 묻지 않고서는 알 길이 없었다.

"유상현을 유혹한 다음, 나랑 연애해요."

두둥, 머릿속에서 정체 모를 북이 거침없이 울렸다. 이 아이와 키스를 했던 그 순간보다, 유상현을 유혹하라는 황당한 제안을 받았을 때보다 그 강도는 몇 곱절 더 컸다. 얼토당토않은 환의 발언에 나는 거래할 당찬 의지를 잃은 채 자리에서 벌떡 일어섰다.

"왜요? 난 진심인데. 키스도 진심이었고. 그리고 난 정말 유상현에 대해 속속들이 아는데. 그 중요한 카드 말고도 좋아하는 음식, 책, 열 번도 넘게 봤을 영화. 아, 유상현 혼자 영화 보면서 울기도 해요."

영화? 혼자 운다고? 그 대목에서 내 눈빛이 미묘하게 살짝 흔들렸다 '정말? 그게 무슨 영환데?'라는 질문이 목구멍으로 점프하듯 불쑥 올라왔다. 환은 그런 나의 심리를 재빠르게 캐치했는지 한 옥타브 더 큰 목소리로 떠들어댔다.

"뭐, 그뿐인가? 만화책 보면서 키득거리기도 하고. 음…… 무엇보다 그 인간 여자 취향은 내가 꿰고 있지. 아무튼, 그런 것들을 다 안다면 유혹하기 쉽지 않을까? 내가 그 인간이랑 몇 년을 같이 살았더라."

환이 손가락을 꼽으며 하나씩 소리 내어 숫자를 셌다.

갑자기 베컴 부부의 사생활을 폭로한 가정주부 이야기가 떠올랐다. 만 이 년 동안 베컴 부부와 아이들의 가정부로 일했던 에비 깁슨이라는 여자는 베컴 집에서 해고된 후, 영국 타블로이드 주간지인 〈뉴스 오브 더 월드〉를 통해 베컴 부부의 사생활을 적나라하게 공개했다고 했다. 기사 제목은 닫힌 문 속의 베컴 부부(Beckhams Behind Closed Doors). 그녀는 베컴이 바람을 피워 부부싸움을 심하게 했고, 빅토리아가 임신 중일 때도 베컴은 빅토리아에게 욕설을 했으며, 단지 그 둘은 돈을 벌기 위해 좋은 분위기를 연출하는 쇼윈도 부부라고 말했다. 뭐, 결국 에비 깁슨은 신문 내용에 대해 잘못을 인정하고 베컴에게 사과를 하며 배상을 약속했다고 한다.

그때 기사를 보며 문득, 두 가지 궁금증이 일었다. 첫째, 기사 인터뷰로 그녀는 대체 얼마를 받았을까? 둘째, 에비 깁슨이 한 말들은 대체 얼마만큼 믿어도 좋은 걸까?

그리고 연달아 세 가지 질문이 또 떠올랐다. 첫째, 환이 한 말들을 어디서부터 어디까지 믿어도 좋을까? 둘째, 설사 환의 말을 믿고 모든 패를 가지고 유혹한다 해서 과연 유상현이 넘어올까? 셋째, 만약…… 정말 만약 내 유혹에 넘어온다면 내게 어떠한 이득이 생길까? 그때 핸드폰에서 진동이 울렸다. 얼떨결에 핸드폰을 받자마자 "어디야?"라는 낯익은 목소리가 들렸다. 분명 유상현이었다.

"왜 받고서도 말이 없는데?"

"아, 아니요. 무…… 무슨 일인데요?"

난 환에게서 살며시 뒷걸음질 치며 말했고, 환은 그만큼 다시 내게 가까이 왔다. 그리고 얼굴을 내게 향한 채 입모양으로 물었다.

'유 상 현?'

나는 새초롬한 눈으로 환을 바라보며 고개를 끄덕였다. 환이 내 옆으로 더욱 바싹 붙어 핸드폰에 귀를 갖다 댔다.

"환이랑 같이 있어?"

유상현이 말했고 나는 슬쩍 환의 눈치를 봤다. 환이 얼굴을 살짝 찌푸린 채 고개를 절레절레 흔들었다. 나는 환을 쨰려보며 핸드폰에 대고 말했다.

"아니요."

"비밀은 지켰겠지?"

"네."

"나 내일 한국 가."

'퍽이나 일찍 말씀해주시네요'라는 대사는 얌전히 마음속으로만 읊었다.

"너랑 일이 생각보다 커졌어. 그래서 일단은 너랑 나랑 연기를 해야 할지도 몰라."

"네? 연기요?"

"들어가서 이야기해. 내일 일 끝나자마자 전화해."

내가 다음 말을 채 묻기도 전에 핸드폰에서는 유상현의 목소리 대신 '뚜뚜뚜뚜' 투박한 신호음만 들렸다. 다시 재통화 버튼을 눌러 봤지만 소용없는 번호였다.

짜증, 취조, 통보, 지시―뚝! 자기가 궁금한 것, 신경 쓰이는 것만 체크, 지시하고는 멋대로 끊어버리다니. 나도 유상현에게 묻고 싶고, 따지고 싶었던 게 산더미처럼 쌓여 있었는데 말이다. 나는 짜증스럽게 핸드폰을 바닥에 내동댕이쳤다.

"그것 봐, 싸가지라니까! 근데요, 누나가 모르는 중요한 게 하나 있어."

나는 대답 대신 환을 물끄러미 바라봤다.

"유상현한테 누나가 영 싫은 존재는 아니라는 거지."

"…… 뭐?"

"그 인간 싫으면 아예 상대도 않거든. 뭐, 나도 그렇고."

나는 몸을 환의 방향으로 비튼 후 진지한 눈빛으로 진지하게 말했다.

"환! 넌 왜 그렇게 유상현이 싫은 건데?"

"그건 천천히 말해줄게요."

"조커가 될 수 있다는 그 비밀도?"

환이 고개를 끄덕였다. 그러고는 곧바로 물었다.

"그나저나 내 제안 어떡할 거예요?"

"유상현을 유혹한 후 너랑 만나는 거?"

"응."

나와 환은 꽤나 긴 시간을 서로 마주 봤다. 그의 조각 같은 얼굴을 보고 있자니 '그래, 여덟 살 차이. 뭐, 그 정도가 어때서?'라는 생각도 들었지만 곧 '말도 안 돼. 환이 어른이 되고 여덟 살 차이면 가능할 법도 하지만, 환은 아직 고등학생이야. 그러니까 한마디로 범죄라고!' 하는 데서 생각을 마치기로 했다. 그렇게 거절의 뜻을 내비치려고 하는데 환이 불쑥 얼굴을 들이밀더니 넌지시 물었다.

"…… 어제 키스 좋았잖아요. 누나도 나한테 흔들리고 있는 거 맞잖아."

그 말을 내뱉으며 보인 그의 사랑스런 눈빛에 거절을 생각한 내 결심이 와르르 소리 없이 무너져내렸다. 뭐랄까, 이성적으로 차곡차곡 쌓아둔 벽이 '두근'이라는 형체 없는 돌덩이로 인해 금이 가고 끝내 무너져버렸다고 해야 맞는 걸까. 그리고 그렇게 무너져버린 벽 안으로 애써 모른 척해왔던 내 마음이 보이기 시작했다. 정리되지 않는 부분들이 뒤섞여 있어 분명히는 보이지 않았지만, 내가 환에게 끌리고 있다는 것만큼은 분명한 듯했다. 내 대답을 다소 초조한 듯 기다리고 있는 환을 보며 한숨을 내쉰 후 천천히 고개를 끄덕였다. 걱정스럽게 굳어 있던 그의 눈이 곱게 활처럼 휘는 듯하더니 활짝 웃었다. 그리고는 기쁜 듯이 나를 꼭 껴안았다. 그리고 조용히, 나지막하게 속삭였다.

"약속 꼭 지켜요. 유상현을 유혹하고 내 복수가 끝나면 그때는 내게 꼭 오겠다고."

돌연 이런 생각이 들었다. 이 아이는 순진하고 사랑스러운 악마다. 그리고 나는 나약한 인간의 속성에 따라 '환'이라는 이름을 가진 악마의 유혹에 너무나도 쉽게 넘어가버렸다.

오후가 다 돼서야 베컴의 아내! 빅토리아 베컴 기사들의 '짜깁기 정리'가 막바지에 다다랐다. 키보드 위를 바쁘게 움직이던 내 손에게 잠시 휴식을 줄 겸, 밤새 환이 들려준 유상현의 비밀들을 다시 한 번 곱씹어봤다.

1. 실제로는 청국장 킬러인 주제에 이미지 관리상 프랑스 요리를 선호한다고 말하고 다님. 아마도 청국장 요리에 능한 여자를 좋아할 것임.

★★★☆☆

- 다행히, 나도 청국장을 '좋아라' 한다. 예전에 엄마가 종종 끓이는 걸 보고 배우기도 했다. 오케이!

2. 열애설이 났던 톱스타 S와는 실제로 친구였지만 루머였던 H와는 이 개월 정도 사귀었음. 결국 유상현이 찼음. 이유는, H가 '프랑스 요리를 너무 좋아해서'와 '속옷을 위아래로 따로 입어서'라고 함.

★★★★☆

— 이것도 다행히, 나는 너무 좋아할 정도로 프랑스 요리를 접할 기회가 많지 않았다. 하지만 속옷은 별일 없을 경우 세트로 입는 경우가 드물다. 뭐 주의는 하겠지만, 유상현이 내 속옷을, 그것도 위아래로 볼 일이 과연 생길까? 어쨌거나 만일을 대비해 준비해야 할 듯. 헷갈릴지 모르니 빨주노초파남보로 위아래 준비해서 월화수목금토일 순서대로 입어야겠다.

3. 보면서 눈물 흘리는 영화 〈타이타닉〉. 특히나 그 둘이 마지막에 다시 배 안에서 재회하는 장면에서 하염없이 주르륵 눈물을 흘림. 가장 많이 틀어놓는 영화는 〈슈렉〉. 낭만적 사랑(피오나와 슈렉?)과 부모 사이에서의 줄타기를 가장 현명하게 그린 '가족 판타지' 영화라나 뭐라나.

★★★☆☆

— 뭐, 나도 둘 다 좋아하는 영화다. 〈타이타닉〉은 디카프리오가 억, 소리 나게 잘 생겨서. 〈슈렉〉은 피오나가 공주임에도 불구하고 못! 생겼다는 이유 때문에 위안이라는 것을 얻어서.

4. 게이 내지 바이라는 소문은 거짓. 유상현이 그 루머를 제일 싫어함. 하지만 많은 게이들이 그에게 관심을 보이는 데 그치지 않고 고백까지 함. 유명한 예로 디자이너 천이백, 박명상, 변태지 등이 있음. 안 넘어올 때, '혹시 남자 좋아하는 건 아니에요?'라고 물어보면 단순해서 발끈할 것임.

★★★★☆

- 변태지, 이 변태 같은 자식. 변태지가 유상현에게 고백했던 그 시기에 대해 꼬치꼬치 캐묻고 싶었으나 일단은 패스.

5. 극심한 사디스트라는 소문은 거짓. 여자와 개는 때리지 않는다는 철칙이 있음. 술 먹으면 여자를 때린다더라, 키우던 개가 죽은 건 유상현의 학대 때문이다, 라는 루머는 순전히 까칠한 성격 탓임. 나름 동물애호가. 귀여운 것에 약하다.

★★★☆☆

- 정말 당연한 거지만 다행스러운 정보. 그나저나 나도 동물애호가고 귀여운 것에 약하다. '환'을 집으로 들인 것만 봐도 알 만하지 않은가.

6. 대기업 J그룹의 첫째 며느리와 스폰으로 소문 난 사실에 대해서는 둘이 잠시 만난 건 사실이지만 스폰은 아니었음. 더 올라갈 데가 없어서 어릴 때 도와준 부인을 버린 게 아니냐는 소문이 있지만

이 여자가 원체 줄부 스타일에 나중에 너무 귀찮게 매달려서 유상현이 버렸다는 게 맞는 말.

★★★★☆

－스폰이 아니었다고? 그 사건 때문에 그녀는 이혼 위기까지 처해졌었는데. 새벽녘 휑휑한 놀이공원에서 포착된 그 둘의 밀회 때문에 한때 그 일을 파헤치려고 얼마나 많은 기자들이 노력했던가. 결국 권력의 힘에 의해 사건은 종결됐지만. 아무튼, 귀찮게 구는 걸 싫어하는 모양.

7. 론칭 파티에 가서 은근히 바라는 게 많다는 건 거짓. 단, 컨버스화를 좋아해서 그 행사는 안 불러줘도 감. 컨버스를 따로 수집해서 모으는 컬렉션 룸이 있을 정도로 편애함. 아마 이번에 일본에서 꼼므데 가르송과 컨버스가 손을 잡아 탄생된 컨버스 스니커즈˚를 사올 게 분명함. 전혀 오픈되지 않은 사실인데 은근히, 컨버스에 청치마를 입은 깔끔한 여학생 같은 이미지에 끌리는 듯함.

★★★★★

－유상현과 컨버스라. 뭔가 어울리지 않으면서 묘하게 어울

˚안 어울릴 것 같으면서 꽤나 어울리는 조합. 새하얀 혹은 검정 스니커즈에 빨간 하트가 쏙 박혀 있는 스니커즈. 무심하고 투박해 보이지만 이상하게도 사랑스러워 보인다.

리는 그런 조합이다. 그런데 사실 컨버스에 청치마는 소녀시대나 어울리는 스타일 아닌가? 다리 길이와 굵기가 꽤나 중요할 텐데. 파르테논 신전의 기둥만큼이나 튼튼한 다리는 절대 불가능.

8. 스와핑 파티나 난교 파티에 자주 나타난다는 건 100퍼센트 거짓. 그런 문화 자체를 달가워하지 않음.
★★★☆☆
- 여자를 단기 알바의 기간보다도 더 짧게 갈아치운다고 해도 스와핑 파티나 난교 파티 같은 건 즐기지 않는 듯. 하긴, 어떻게 보면 개념 자체가 다른 거니까.

9. 게임기와 친한 여자를 정말 좋아함. 특히나 요즘은 '위(Wii)'에 흠뻑 빠졌음.
★★★★★
- 그래서! 어제 인터넷으로 거금을 투자해 '위'를 주문했다. 그런데 살짝 드는 생각은 단지 '환'이 집에 혼자 있기 심심해서 알려준 조항일지도 모른다는 것. 그러니까 유상현이 좋아하는 게 아니라 환이 자신을 위해 삼촌을 팔아먹었을지도 모른다는.

이것저것 시시콜콜한 이야기가 끝나갈 무렵 나는 '조커가 될 수 있다는 폭탄 비밀을 알려달라'고 졸라댔지만 환은 그것만큼은 작전이 진행됨에 따라 마지막에 알려주겠다는 자신의 의지를 절대 굽히지 않았다.

"아, 영국에서는 프리미어리그 축구 스타의 부인 혹은 여자친구를 왝스˚라고 부르는구나?"

지뢰보석(?) 같은 이 비밀들을 어떤 식으로 이용하면 좋을지에 대해 작전을 짜고 있는데, 혼잣말하듯 중얼거리는 누군가의 목소리가 들려왔다. 잠시 생각을 접은 후, 소리가 전파되는 방향으로 슬쩍 고개를 돌려보니 강윤지가 내 책상에 비스듬히 걸터앉은 채 내가 프린트해놓은 자료들을 슬슬 만지작거리고 있었다. 나는 도둑고양이처럼 소리 없이 비겁하게 다가온 그녀가, 남이 수집한 자료를 허락 없이 들춰보는 그녀가, 전혀 반갑지 않았다. 아니, 오히려 불편하고 불안했다.

"그럼…… 한류 스타의 애인은 뭐라고 부르나?"

강윤지가 내 쪽으로 거만하게 고개를 돌리더니 의미심장한 웃음을 지어 보이며 말했다. 그러더니 날 위아래로 쓰윽 훑고는 설핏 못마땅하다는 표정으로 다시 물었다.

˚영국에서는 프리미어리그 축구 스타의 부인 혹은 여자친구를 '왝스(WAGs: Wives And Girlfriends)'라고 부른다. 그녀들은 대부분 모델이나 가수 출신답게 아름답고, 핫한 외모를 가지고 있고, 그러한 그녀들의 일거수일투족은 사교계의 가십거리가 될 수밖에 없다. 섹시한 그녀들의 섹시한 남편들, 그리고 남편들의 화려한 실력에 맞먹는 수입, 그 수입의 대부분이 지출되는 곳은 당연히 명품관들이다. 영국 축구계는 물론 전 세계 패션계와 연예계를 좌우지하는 핫한 셀러브리티로 떠오른 것이 바로 이 왝스족이라 할 수 있겠다.

"근데 이현 씨 못 보던 패션이다? 웬 스니커즈에 청치마? 소녀시대 코스프레라도 하려고?"

내가 당황하며 그에 대한 적절한 답을 생각해 입 밖으로 꺼내기도 전에 강윤지는, "이현 씨! 유상현은 언제 귀국한데?"라며, 본격적으로 자신이 정말 묻고 싶었을 말을 당당하게 꺼냈다.

"글쎄요."

유상현과 관련된 질문 공세에 내가 정한 답변의 법칙은 '아직 잘 몰라요'라는 표정을 지으며 '기다려달라'는 무책임한 발언을 하는 것이었다. 그래서 오늘 아침에도 또다시 은근슬쩍 질문을 던지는 사무실 사람들 앞에서 공식적으로 발표의 시간을 갖지 않았던가. '유상현이 애.인.인 나에게 말할 틈도 없이 급하게 일본으로 떠나는 바람에 이 일에 어떻게 대응해야 할지 아직 서로 합의를 하지 못했다. 그러니까 유상현 귀국하면 충분히 이야기를 나눈 후 내가 월급이라는 위자료(?)를 받으며 일하고 있는 〈플러스 텐〉에서 최초로 인터뷰 시간을 갖겠다. 그러니 우리 두 사람의 관계가 궁금해 죽겠는 건 백 번 이해하지만, 잠시 동안만 이 일에 대해 침묵을 부탁한다'고. 하지만 강윤지는 부탁이라는 단어를 듣지 못했거나, 아니면 의도적으로 걸러 들은 모양이었다.

"에이, 연인 사이에 그걸 모른다는 게 말이 돼? 만약 정말 모른다면……."

강윤지가 말의 템포를 점점 늦추며 말 끄트머리를 의뭉스럽게 뭉뚱그렸다.

"그건 둘이 진짜 연인 사이가 아니라는 거 아니야?"

순간, 내 눈빛과 강윤지의 눈빛이 허공에서 충돌했다. 그녀는 나를 도발했고, 나는 바보같이 그 도발에 넘어가버렸다. 정신무장 후 전투태세에 돌입할 준비를 하고 있는 강윤지가 선수를 쳤다.

"솔직히 좀 이상하잖아. 유상현이 왜 갑자기 자기랑 만나? 그리고 자긴 변태지 씨랑 사귀었잖아."

어릴 적 꽤나 궁금해하던 것들 중 하나는, 요술공주가 요술지팡이를 요리조리 현란하게 흔들며 변신하는 그 기나긴 시간 동안 어째서 악의 무리들이 재빨리 공격은 않고 멀뚱히 그녀의 변신을 기다리고 있냐는 것이었다. 현실은 절대 그렇지 않은데 말이다.

"태지 씨랑은 헤어졌어요."

"갑자기 왜?"

"남녀 사이란 원래 그런 거잖아요?"

탁구 시합을 하듯 탁, 탁, 탁, 서로의 대화를 맞받아치며 묘한 긴장감이 형성됐다.

"오늘 죽어라 좋다가도, 내일 죽어라 싫어질 수도 있는 묘한 사이, 그런 게 남녀 사이 아닌가요?"

차마, 아니 절대 태지의 커밍아웃 때문이라고 고백할 수는 없었다. 강윤지가 흔쾌히 인정하듯 고개를 끄덕였다.

"어떻게 만난 거야, 유상현?"

"우연히요."

"우연? 어떤 우연? 난 그게 무지하게 궁금해, 자기."

"당연히 궁금하겠죠. 천하의 유상현과의 만남인데. 꽤~나 로맨틱했어요."

나는 맨발로 엑셀을 힘차게 밟으며 유상현에게 돌진했던, 뿔 세운 들소 같은 내 모습을 떠올리며 넉살스럽게 대꾸했다. 그리고 얼굴에 야릇한 미소를 머금은 후, 이번에는 강윤지보다 내가 먼저 말을 꺼냈다.

"근데 궁금해하시는 분이 너무 많으셔서요. 제가 제일 먼저 그 근사한 우연을 밝힐 상대가 윤지 씨는 아닌 것 같아요. 조금만 기다려주세요."

그렇게 '조금만'을 강조해서 말하며, 오른손으로 엄지와 검지 사이를 약간 벌린 얄미운 제스처까지 보였다. 그리고 승리의 기운에 도취되어 한마디 더 덧붙였다.

"그런데 윤지 씨는 왜 그날 하얏트에 있었어요?"

"그건 왜?"

"우연스럽잖아요. 어떻게 딱 그날!"

내가 말을 마치자마자 불안하게도 씨익, 하고 강윤지의 오른쪽 입꼬리가 한껏 높이 올라갔다. 내가 기대한 반응과 전혀 다른 것이었다. 강윤지는 오렌지핑크 립스틱을 꼼꼼히 바른 입술을 천천히 열어 말을 이어갔다.

"자긴, 내가 그날 거기 간 게 우연이라고 생각해?"

"뭐, 우연이 아니면 유상현과 캐리 팍스의 소문 때문에? 아하하, 진짜 열심이네요."

"그것도…… 아닌데?"

그녀의 마지막 말이 메가톤급 펀치로 다가와 내 명치께를 강타했다. 그 펀치의 위력으로 나는 금세 무장해제 되어버렸고, 온몸 곳곳에 멍한 기운이 퍼지기 시작했다.

"그럼 거긴 왜?"

애써 나오는 목소리가 파르르 떨렸다. 강윤지는 대답 없이 의미심장한 눈빛으로 나를 바라보다 프린트물을 책상에 대고 탁탁 두드려 가지런히 정리하고는 다시 자리에 내려놓았다. 그 동작을 하느라 몸을 숙인 틈에, 내 귀에 자신의 입을 가까이 대고 조용히 속삭였다.

"자기는 너무 읽기 쉽다. 어쨌거나, 잘 생각해봐."

그러고는 걸음걸이를 옮겨 자기 자리로 돌아갔다. 당장 그녀를 외진 곳으로 끌고 가 이것저것 꼬치꼬치 캐물을 생각에 나도 자리를 박차고 일어서는데 "편집장님 긴급회의요! 지금 바로 회의실로 모이래요"라는, 달갑지 않은 소식을 전하는 목소리가 사무실 전체를 잽싸게 휘감았다.

편집장의 입에서 날카롭게 흘러나오는, '매출 현황이 어떻다느니, 〈플러스 텐〉의 라이벌 잡지들이 속속 생겨나고 있다느니, 한 연예인이 소송을 걸었다느니' 하는 말들이 회의실 곳곳을 어두운 색으로 물들였지만 그것들은 내 귀에 전혀 자극을 주지 못했다. 간간이 마주치는 강윤지의 눈빛에 내 온 촉수가 쭈뼛쭈뼛 치솟아 오를 뿐이었다. 머릿속은 하얀 스모그로 가득 찬 것마냥 먹먹하기만 했다. 우연도 아니다. 캐리 팍스와의 루머 때문도 아니다. 그럼 대체 뭔데?

"그럼, 이번 주 안에 기대할 수 있는 건가? 유상현과 백이현의 '유백' 러브스토리?"

편집장의 마지막 한마디에, 회의실 안의 모든 눈동자들이 내게 집중됐다. 그 눈동자들이 표출해내는 무언의 압박감에 내 고개는 자동으로 끄덕여졌다. 그때 핸드폰이 문자 도착을 알렸다.

'공항 도착. 한 시간 후 사무실 앞.'

아주 일목요연하게 자기 의견만 전하는, 지극히 유상현스러운 유상현의 문자였다. 여전히 강윤지의 시선을 의식하며 핸드폰을 닫으려던 순간, 사무실 앞이라는 단어의 의미를 깨달았다. 설마, 우리 사무실 앞으로 오겠다는 건가? 이렇게 모두가 두 눈을 희번덕거리며 우리 둘 기삿거리를 기다리고 있는 이 마당에! 한 시간이 넘도록 끝을 보이지 않는 회의 덕에 발을 동동 구르고 있는데 유상현에게 또 한 번의 문자가 왔다.

'왜 안 나와?'

문자에서 신청하지도 않은 음성 지원이 들리는 듯 유상현의 짜증스런 말투가 귓가에 느껴졌다. 다행히 그때, 회의를 마친다는 편집장의 말이 들렸다. 나는 용수철 튕기듯 자리에서 일어나 내 자리로 이동해 인터넷 창을 띄웠다. 하지만 '유상현 귀국'에 대한 기사는 전혀 눈에 띄지 않았다. '몰래 귀국'이라는 것을 시도한 게 틀림없었다. 시계를 보니 정해진 퇴근 시간이 아직 한 시간이나 남아 있었다. 하지만 나는 마감과 취재로 허용되는 시간의 자유로움 아닌 자유로움을 장단점으로 가지고 있는 기자였다. 주섬주섬 가방을 챙긴 후, 남이 보란 듯 일부러 부산스럽게 카메라를 뒤적거렸다. 그러고는 뒤통수에 무작위로 꽂히는 시선 따위는 일단 무시한 채 애써 태연히 밖으로 나갔다.

엘리베이터 문이 열리자마자 잽싸게 뛰어나가니, 도로 한쪽에 유상현의 차가 도로 정차 중인 주제에 비상등조차 깜빡거리지도 않은 채 거만스레 서 있었다. 마치 주인처럼. 그에게 물을 질문의 우선순위를 생각하며 문 앞에서 머뭇거리는데, 스르륵 창문이 열리며 귀에 익은 목소리가 들렸다.

"왜 안 타? 니가 박은 차도 못 알아봐?"

나는 "이런 차가 어디 한둘이에요?"라고 빈정대며 차에 올라탔고, 그는 "응. 한둘이야"라고 진지하게 대답했다. 나는 '그만큼 귀하고 비싼 차라는 거지?'라며 다시 한 번 속으로 빈정댄 후 가방을 발밑에 놓고서 안전벨트를 맸다. 그리고 슬쩍 고개를 돌려 유상현을 바라봤다. 여행의 여파로 약간은 파리해 보이는 그의 얼굴은 분하지만, 여전히 멋있었다. 그리고 하얀 셔츠를 거칠게 접어 팔꿈치까지 올린 그가 핸들을 돌리는 모습을 보고 있자니 마치 드라마 속의 한 장면 같았다.

"왜?"

시선은 앞으로 둔 채 유상현이 툭 내뱉었다. 나는 대답을 회피한 채, 다시 한 번 질문의 우선순위를 떠올렸다. 대체 왜 그렇게 급작스러운 행동을 한 후 또 더 급작스럽게 떠나야 했나. 그렇다. 이게 우선순위였다.

"…… 저기요."

"뒷좌석 봐봐."

언제나 그렇듯, 그는 내 말을 순식간에 집어삼켜 버렸다. 아마 그 누구도 그에게 '배려'라는 걸 가르쳐준 적이 없나 보다. 나는 생뚱한 표정을 지으며 고개를 돌려 뒷좌석을 바라봤다. 그곳에는 가로세로가 50센티미터는 족히 돼 보이는 네모난 박스가 있었다. 중요한 건 그 박스에 PRADA라는, 악마가 즐겨 입는다는 브랜드의 이니셜이 박혀 있다는 것이었다.

"니 거야."

"네?"

내 목소리에 놀라움과 당황스러움이 고스란히 배어났다.

"환은 잘 있어?"

"아, 네, …… 네? 환이요? 본 지 오래됐는데……."

실수였다. 프라다에 넋이 나가버린 데에서 온 엄청난 실수. 목소리가 살짝 떨려왔다. 다시 정정할 수 있는, 설득력 있는 말을 찾기 위해 머리 회전을 하는데 유상현이 다시 한 번 툭 내뱉었다.

"잘 돌봐줘. 니가 마음에 드나 본데."

"네?"

꼴깍, 딸꾹질 비슷한 소리가 목젖에서 울려 퍼졌다.

"그리고 부탁할 게 하나 있어. 그러니까 그건 뇌물로 받아둬."

마침 색이 바뀐 신호등에 의해 차가 멈춰 섰고 유상현이 고개를 돌려 나를 바라봤다. 그의 눈빛은 지금까지와는 다르게 진지했다. 곧 다시 신호가 바뀌었고 유상현은 엑셀을 밟으며 "아무튼 일단, 뭐 좀 먹으면서 이야기하자. 배고파 죽겠네. 뭐 먹고 싶은 거 있어?"라고 내게 처음으로 '의견'이라는 걸 물었다. 놀라움과 동시에 '감동'이라는 감정이 여름철 해파리 떼들의 습격처럼 와글와글 몰려들었다. 하지만 지금의 내 머릿속에는 먹고 싶은 메뉴를 곰곰이 고민할 만한 크기의 용량이 남아 있지 않았다. 용량 초과는 언제나 버벅대는 것을 시초로 해 원인 모를 에러로 인한 강제 종료를 발생시킨다. 사람도 컴퓨터와 다를 바 없다. 유상현 앞에서 그런 꼴을 보이고 싶지는 않았다.

"아무거나요."

내가 대답을 했고, 유상현은 예상대로 다시 물어보지 않았다. 하지만 상관없었다. 내 머릿속은 '환에 대한 이야기를 어떻게 에둘러

해야 하나', '유상현이 내게 부탁할 게 어떤 종류의 무엇인가'를 고민하느라 바빴고, 온몸 가득 자잘하게 퍼져 있는 시신경들은 온통 네모진 프라다 곽 쪽으로 쭉쭉 뻗어 있었다. 사실 저 안에 든 것이 무엇인지 궁금해서 미칠 지경이었다. 비로소 다시 한 번 깨닫게 된 명쾌한 진리는 여자들의 영원한 로망은 단연코 백(bag)이라는 것이다. 하긴, 그러기에 빅토리아 베컴이 비행기 사고 당시 두 아이보다 에르메스 백을 먼저 챙기는 바람에 세간의 이목을 한 몸에 받고, 평생 동안 들을 욕지거리를 단시간에 과다 섭취했다는 그 생뚱한 기사를 보면서도 선뜻 빅토리아를 힐난하지 못했던 것 아닐까?

사실 맞은편에서 자체적으로 광을 내는 멋진 여자가 걸어올 때, 남자들의 시선은 얼굴에서 가슴 그리고 다리로 가겠지만(뭐, 개인적인 취향에 따라 수순은 약간 바뀔지 모르나) 여자들의 시선은 전체적인 스타일에서 바로 그녀가 들고 있는 백으로 옮겨간다. 만약 그 백마저 자신의 것보다 한 수 우월하거나, 에르메스 버킨이나 켈리 백, 샤넬 2.5와 프라다의 나일론 백처럼 꾸준한 관심과 사랑을 한 몸에 받는 그런 '백'이라면 부러움을 가득 담은 시선이 오랫동안 그녀에게 머물 것이다. 한마디로 백은 여자의 적인 여자의 질투 어린 시선을 선물해준다. 아, 게다가 돈도 벌게 해준다. 작년에 꽤나 높은 수익률을 낸 펀드 중 하나가 샤넬 펀드*지 않은가. 또 하나! 만약 고가의 '버킨' 백을 소유하고 있다면 나중에 딸, 며느리나 손녀들에게

---

*환율이 폭등하면서 샤넬 백 가격도 같이 폭등해버렸고 결국 중고 백이 처음 구매할 때보다 1.5배 정도 비싸진 그 엄청난 사건.

융숭한 대접을 받을 수도 있다. 깔끔하게 보존한 그 백을 살랑살랑대며 이렇게 말하는 거다. '너희 중 가장 내 눈에 이뻐 보이는 사람에게 이 백을 선물할 거야'라고. 아마 그녀들은 지극 정성으로 효도할 것이다.

잠시 환과 유상현을 잊은 채 어서 빨리 돈을 벌어 장래를 대비해야겠다는 일종의 노후 대책(?)을 구상하고 있는데 유상현의 목소리가 들렸다.

"내려."

그 소리와 동시에 그는 문을 열고 밖으로 나가버렸고, 나는 차창 밖으로 펼쳐져 있는 배경을 멀뚱히 바라봤다. 밖은 온통 어두컴컴했다. 차고였다. 분명 날 기다려주지 않을 그를 따라 내리기 위해 차 문을 열고서 밖으로 발을 내딛으며 나는 약 오 초간 고민했다.

'프라다는? 들고 내려? 아니면 놓고 내려?'

다행히 유상현이 "뭐가 들었는지 궁금하지 않아? 들고 내려"라며 명쾌한 해답을 줬다.

200평이 족히 넘어 보이는 이곳 정원에 들어서자마자 푸른 자연의 냄새가 물씬 풍겼다. 한쪽 구석에는 바비큐를 구울 수 있는 그릴과 에스닉한 느낌의 테이블도 있었다. 그 옆에는 바람이 살랑거리면 그에 따라 느릿하지만 위아래로 경쾌하게 움직일 것 같은 그네도 있었다. 무엇보다 그가 밟으며 걷고 있는, 단아해 보이는 이 돌계단이 꽤나 마음에 들었다. 나는 두리번거리며 비밀의 정원 같은 그곳을 신기하게 바라봤다. 그러고는 저벅저벅 돌들을 밟으며 그를 따라갔다. 그가 덜컥 문을 열더니 그제야 뒤를 돌아보며 어서 오라는 듯 오른손을 까닥거렸다. 그때야 비로소 내가 지금 위치한 이 아름다운 곳의 정체를 깨달았다.

'한류 스타 유상현의 집!'

내가 가까이 다가서자 유상현은 "들어와"라고 말하며 집 안으로 한 걸음 내딛었다. 순간 '호텔에 이어 집?'이라는 생각이 들며 너무 쉬운 여자로 보이지는 않을까 하는 걱정이 들었다. 환이 말한 것 중, '유상현은 쉬운 여자를 싫어한다'라는 항목이 있었던 듯했다.

"저기, 집에 누구누구 있는데요?"

유상현이 어이없다는 표정으로 잠시 나를 바라보더니 피식, 웃었다. 분명 비웃음이었다.

"환이 니네 집에 있을 테니 지금은 아무도 없어. 들어가면 너랑 나?"

내 표정에서 무엇을 읽었는지 유상현이 한 걸음 내딛어 내 바로 앞에 우뚝 섰다. 당황한 내가 한 걸음 물러서려 하자 잽싸게 내 왼쪽 팔목을 잡아끌었다. 서로의 심장 소리가 고스란히 들릴 만한 그런 거리에서 유상현이 나지막하고 부드러운 목소리로 물었다.

"너, 내가 나오는 드라마랑 영화 봤지?"

나는 질문의 의도를 파악하려 애쓰며 고개를 끄덕였다.

"그러면 나와 연기했던 그 여배우들 봤지? 얼마나 예쁜지. 아, 넌 캐리 팍스도 봤잖아."

이번에도 역시나 고개를 끄덕였다.

"그리고! 만날 니 얼굴도 보지?"

그의 의도가 충분히 파악됐지만 고개를 저을 수는 없었다.

"오케이?"

"오케이."

나는 무의식적으로 그의 말을 조근거리듯 따라 하며, 조용히 그를 따라 집 안으로 들어갔다. 꽤나 넓은 거실은 블랙과 화이트가 조화를 이루며 모던한 분위기를 자아냈다. 원형 무늬의 테이블에 가방과 프라다 곽을 놓은 채 소파에 엉덩이를 내려놓으려다 유상현에게 살짝 물었다.

"앉아도 될까요?"

그 즉시 유상현은 '얘가 미쳤나?'라는 듯 해괴망측한 표정으로 나를 바라보며 "뭘 그런 걸 물어?"라고 되물었다. 나는 단지 쉬운 여자로 보이지 않기 위해 형식적인 양해를 구한 것뿐이다. 그게 그 범주에 들어가는 것인지는 잘 모르겠으나. 어쨌거나 나는 고맙다는 표현으로 상냥한 미소를 보내며 나름 우아한 포즈로 소파에 앉았다. 하지만 유상현은 그런 나의 기특한 행동에는 전혀 시선을 두지 않은 채, 어디론가 유유히 사라졌다. 단지 "시켜 먹을까? 먹고 싶은 거 없어?"라는 목소리만 들렸다. 순간, 환이 말해준 유상현의 비밀 중 또 하나가 떠올랐다. 유상현이 가장 좋아하는 음식, 청.국.장.

 누군가의 비밀을 알고 그것을 이용해야 하는 상황일 때, 가장 중요한 것들 중 첫번째는 그에게 미안한 마음을 가져야 한다는 것. 두 번째는 내가 상대의 비밀을 안다는 것을 그가 눈치 채지 못하게 해야 한다는 거다. 나는 마음속 깊이 유상현에게 '미안해요. 이용할게요'라고 상대가 듣지도 못하는 사과를 정.중.히. 했다. 그리고 두 눈을 동그랗게 뜨고 유상현을 바라보며 툭, 던지듯 말했다.

 "평소에 뭐 시켜 드시는데요?"

 "배달되는 거."

 유상현이 김이 모락모락 나는 머그잔을 들고 나타남과 동시에 헤이즐넛 향이 조용히, 깊게 풍겼다. 하지만 그는 역시나 자신의 것 단 한 잔만 들고 있었다.

 "근데, 만들어 먹기도 해요?"

 "응."

 "아, 요리 잘한다는 이야긴 기사에서 종종 본 적 있어요. 올리브 스파게티, 엔초비 파스타 등등 스파게티 종류는 다 잘 만든다고."

 유상현이 헤이즐넛 커피를 홀짝거리면서 소파에 기대선 채 힐끗 나를 바라보며 피식 웃었다. '뭐, 너도 여느 여자들처럼 그런 걸 좋아하는구나'라는 '성급한 일반화의 오류'를 저지르며 뿌듯해하는 뭇 남자들의 그런 표정이었다.

"만들어줘? 사실 파스타 쉽거든. 파스타를 끓는 물에 넣고 팬에 올리브 오일을 두르면 절반은 완성인 셈이니까."

살짝 우쭐하기까지 한 유상현은 묻지도 않은 스파게티 레시피를 줄줄 읊어댔다. 대부분의 사람들은 좋아하는 음식의 레시피를 떠올릴 때 그 음식과 열렬한 사랑에 빠진 듯한 얼굴을 하고 한 번쯤은 꼴깍, 자기도 모르게 침이 넘어가기도 한다. 하지만 유상현은 그 두 가지 모두 보이지 않았다. 한마디로, 스파게티는 유상현이 사랑하는 음식이 아니라 여자를 꾈 때 이용되는 일종의 낚시도구 중 하나인 셈이었다.

"아니요. 전 스파게티 별로 안 좋아해요."

"그럼 뭘 좋아하는데?"

유상현은 내심 의외라는 듯한 표정으로 물었다.

"전…… 한식 좋아해요."

"어떤 한식?"

이제부터 가장 중요한 것은 청국장이라는 단어를 쉽게 내뱉으면 안 된다는 거다. 내가 환과 나름 친하게 지낸다는 것을 아는 그였다. 처음부터 너무나도 쉽게 '청국장!'이라고 직구를 던졌다가는 '환이 알려주기라도 했나 보군'이라는 시니컬한 반응만 얻게 될지도 모를 일이다.

"김치찌개, 계란말이, 된장찌개, 두부찌개. 아, 그런데 제일 좋아하는 건……."

잠시 그의 표정을 바라봤다. 그렇게까지 궁금해하지 않는 눈치였다. 공유의 감정을 극대화시키기 위해서는 좀더 대화의 기술을 이용할 필요가 있었다. 나는 음식에 관련된 이것저것을 더 물었고 유상현은 툭툭 뱉긴 했지만 나름 성심성의껏 답해줬다. 어느 정도 대화가 오갈 때 내가 조심스럽게 말했다.

"그런가? 아무튼 전 한식 좋아해요. 그중에 제일 좋아하는 건 청국장이에요."

"청국장?"

그의 목소리가 한 옥타브 높아졌다. 그러고는 등을 돌려 나를 바라봤다. 나는 별일 아니라는 듯 어깨를 으쓱거렸다.

"네, 청국장이요. 아빠가 제일 좋아하시던 음식이거든요. 그러니 당연히 엄마가 자주 해주는 음식이었고, 또 당연히 가장 많이 접하는 음식이 됐고요."

이건 사실이다.

"쓱쓱 밥 비벼 먹으면 최고잖아요. 옆에 풋고추 하나 곁들여도 좋고요."

나는 유상현의 눈치를 보며 한마디 더 덧붙였다. 유상현이 발걸음을 옮겨 소파 쪽으로 왔다. 그리고 조심스럽게 내 옆에 앉았다.

"싫어하죠? 그런 음식?"

나는 몸을 살짝 틀어 유상현을 바라보며 천진하게 물었다. 물론 그 얼굴의 바닥에는 유상현의 반응을 즐겨보자는 다소 사악한 얼굴이 있었을 게 뻔했다.

"아니, 싫어하는 건 아니고……."

"그럼 좋아해요?"

"뭐, 먹을 줄은 알아."

"그럼, 제가 해드릴까요? 엄마 덕분에 진짜 맛있게 끓일 줄 알거든요."

이것도 사실이다. 게다가 어제 네이버 지식인에 '청국장 조리법'이라고 쳐서 조리 과정을 찍어둔 사진이 빽빽하게 올라와 있는 블로그에 들어가 레시피를 거의 달달 외우다시피 해뒀다.

"멸치랑, 다시마랑, 표고버섯, 신 김치, 마늘, 고춧가루, 그리고 청국장 있죠?"

유상현이 자연스럽게 고개를 끄덕이더니 이내 자신의 그런 행동에 나보다 자기가 더 놀란 표정으로 입을 열었다.

"일해주시는 아주머니가 좋아하시거든. 그래서 아마 재료는 있을 거야."

"그래요?"

나는 자리에서 일어나 손을 툭툭 털며 자신 있게 씨익 웃었다. 메뉴가 청국장으로 거의 결정된 것이 내심 신기하고 좋으면서도, 끝까지 도도하고 시크한 자세를 유지하려는 상현을 보는 재미가 꽤나 쏠쏠했다.
"그러면 제가 청국장 만들어줄게요. 이야기는 저녁 먹으면서 해요."
"이건? 선물은 안 풀어보나?"
"그거요? 나중에 풀어보죠, 뭐. 어디 가는 것도 아닌데."
나는 쿨하게 웃으며 부엌이 어디냐고 물었고, 유상현은 얼떨떨한 표정으로 드라마에서 나올 만한, 부엌이라는 단어보다 키친이라는 단어가 더 잘 어울리는 장소로 나를 안내했다. 유상현이 나를 보는 눈빛이 아주 약간은 달라진 듯했다. 물론 내 생각으로는. 암, 그럼. 난 남의 집 소파에도 털썩털썩 쉽게 앉지 않았고, 선물에 눈이 먼 여자들처럼 게걸스럽게 선물 포장을 열어보지도 않았으며, 그가 제일 좋아하는 청국장을 내가 제일 좋아하고 자신 있는 요리라고 말했다.
약 삼십 분 후, 식탁에는 고슬고슬한 밥이 담긴 공기 두 개와 보글보글 끓고 있는 청국장, 냉장고에서 대충 꺼낸 밑반찬들, 그리고 유상현이 가지고 온 와인 두 잔이 소박하게 놓였다. 유상현은 자리에 앉고도 잠시 청국장과 나를 번갈아 보며 '이거 정말 니가 한 거 맞아?', '그건 둘째 치고 이상한 거 넣은 건 아니겠지?' 등, 수많은 질문을 눈으로 내뱉고 있었다. 유상현은 영 내키지 않는 듯한 얼굴로 숟가락을 들고 내가 끓인 청국장의 맛을 봤다. 그리고 한층 더 아리

송해진 표정으로 나를 흘끔 바라보더니 한 숟가락 더 떠서 맛을 봤다. 그러고는 인상을 찌푸리며 취조하듯 물었다.

"너 여기다 뭐 넣었어?"

맛이 이상한가? 분명 레시피대로 했는데! 몇 번이나 머릿속에서 재료와 순서들을 빠짐없이 체크하며 외웠는데.

"왜요? 맛이 없어요?"

슬슬 걱정이 된 나는 숟가락을 들고 조금 맛을 봤다. 100퍼센트는 아니지만 엄마가 끓여준 그 맛과 얼추 비슷하기는 했다. 걱정스러운 얼굴로 그를 바라보자 그는 "아니, 맛있어서. 그래서 뭘 넣었나 궁금해서"라고 말하며 아이처럼 씨익 웃더니 밥에 청국장을 쓱쓱 비벼 맛깔스럽게 먹었다. 그런 유상현의 새삼스러운 모습에 풋, 하고 터져 나오는 웃음을 애써 막았다.

"별거 아니에요. 그냥 신 김치를 숭숭 썰어 청국장과 같이 양념한 것뿐이에요."

엄마가 자주했던 요리 비법을 읊으며 나는 마음속 깊이 안도의 한숨을 내쉬었다.

"그래? 그렇게 하면 이런 맛이 나는구나."

유상현은 신이 나서 금세 밥 한 그릇을 뚝딱 해치웠다. 지금껏 보아온 한류 스타 이미지의 유상현은 온 데 간 데 사라지고 없었다. 신기하게도 구수한 청국장 한 그릇으로 유상현과 내게 있었던 두터운 벽이 약간은 허물어진 듯했다. 밥을 먹은 후 재스민 차를 자기 혼자만 마시지 않고, 내게 건넨 것만 봐도 그렇다.

다시 소파에 앉은 우리는 뜨거운 재스민 차의 온기를 느끼며 소화를 시켰다. 유상현이 잠시 찻잔을 내려놓더니 조심스럽게 말을 꺼냈다.

"나 일본에서 환의 엄마 만났어."

환.의. 엄.마? 유상현의 입에서 흘러나온 '환의 엄마'라는 단어보다, 그 단어를 내뱉는 그의 얼굴에 드러나는 묘한 표정들이 마음속 한가운데 쿡, 하고 박혀버렸다. 안타까움, 쓸쓸함, 후회, 미련. 하지만 어쩔 수 없는 지나간 그 '무언가'에 대한 미안함. 어쩌면 언어가 없었던! 하지만 인간사가 존재했던 그 옛 시절, 사랑을 하고 배신을 하고 이별을 하는 그 모든 순간에는 절대적으로 상대의 표정이 모든 것을 대신해줬을 거라는 생각이 문득 들었다. 그만큼 크게 다가왔다. 일순간 보여준 유상현의 표정이.

'모든 걸 가졌기에 남부러울 것 없어 보이는 선택받은 이 사람에게도 이런 감정들이 존재하는구나'라는 생각이 들면서 그가 마치 오래전부터 알고 지낸 그 누군가처럼 느껴졌다. 내가 어떠한 말도 꺼내지 않은 채, 애틋한 눈빛으로 그를 바라보자 유상현이 자리에서 일어나며 말했다.

"와인 가지고 올게."

하지만 그는 몇 걸음 걸어 나가다 말고 고개를 돌려 나를 바라보며 물었다.

"와인 좋아……하나?"

왜일까? 피식, 웃음이 흘러나왔다. 찬찬히 고개를 끄덕이자 그는 다시 발걸음을 옮겼고 몇 걸음 안 가서 또 우뚝 멈춰 섰다. 그러고는 다시 한 번 물었다.

"화이트 와인? 아니면, 레드 와인?"

어떻게 대답해야 그에게 고급스럽고, 우아하게 보일 수 있을까 곰곰이 고민을 하다 내가 내뱉은 말은 단지 "달달한 거요"였다.

이해한다는 듯 깔끔한 웃음을 지으며 고개를 끄덕거린 유상현은 내 시야에서 잠시 사라졌다. 나는 내가 내뱉은 '달달한'이라는 유치한 발언을 후회함과 동시에 어째서 그 순간 그에게 가짜인 나를 보이고 싶지 않다는 생각이 들었을까를 진지하게 고민했다. 곧, 유상현이 화이트 와인과 와인 잔 두 개, 아까 먹다 남은 청국장 뚝배기를 쟁반에 받쳐 왔다. 흔들흔들, 서빙하는 자세도 불안스러웠지만 과연 저 둘의 조합이 어떨까가 더욱 불안했다.

달달한 와인을 홀짝거린 후 청국장에 절 대로 절어버린 두부를 포크로 콕 찍어 입안에 넣었다. 화이트 와인의 달콤함, 쌉싸래함, 옅은 텁텁함. 하지만 그래도 술인지라 약간 느껴지는 알코올 향과 짭조름한 간이 고슬고슬 배인, 몽글몽글 금세라도 뭉개질 것 같은 두부는 의외로 환상의 궁합이었다.

살다 보면 부조화로 느껴지는 어떤 것들이 합쳐져 조화 이상의 것을 만들어내는 걸 종종 경험한다. 콩국수와 설탕. 생 멜론과 햄. 청국장 속에 든 두부와 화이트 와인. 그리고…… 한류 스타 유상현과 그들을 파파라치 하는 직업을 가진 나? 뜬금없는 생각에 당황한 나는 도리질을 쳐 재빨리 잡념들을 머릿속에서 쫓아내버렸다.

"어릴 때 만났어."

와인 잔을 돌돌 돌리며 그가 고백하듯 조심스럽게 이야기를 꺼냈다. 와인 잔 안의 와인은 조용히 소용돌이쳤고, 나는 그의 고백 같은 이야기에 빠져들었다.

"동갑이었던 그녀는 연예인을 준비하는 연습생이었고, 난 멋모르는 고등학생이었어. 여기저기에서 길거리 캐스팅을 수도 없이 당했지만 딱히 연예인이 되고 싶은 생각은 없었어. 귀찮아 보였거든. 어쨌든, 장난삼아 간 연습실에서 그녀를 만났고, 간간히 그녀와 데이트를 했어. 설렘과 긴장이 동반된 나름의 첫사랑이었지."

그의 첫사랑 고백인가? 하지만 그게 환, 아니 환의 엄마와 무슨 상관 있지? 지금 대체 무슨 이야기를, 왜 신부님께 고해성사 하는 사람처럼 진지한 표정과 말투로, 어째서 내게 하는 건지 궁금했다. 하지만 그의 말을 싹둑 끊어버리고 싶지는 않았다. 와인을 넘기는 소리만이 내가 그에게 하는 유일한 대답이었다.

"그런데 어느 날, 평생 내가 모르고 살았던, 아니 몰랐으면 좋았을 것 같은 사실을 알게 됐어. 내 친아빠가 따로 존재한다는 사실을.

근데 그게 엄청난 인간이더라고. 아, 이미 환에게 들어서 알겠지만 너한테 캐리 팍스 사진 찍어달라고 고용한 그 인간이 내 친아버지래. 그 노망난 영감탱이. 이제 와서 어쩌자고 그러는지. 아무튼, 그건 넘어가고."

그가 잠시 말과 와인 잔 돌리기를 멈추고 반쯤 차 있는 와인을 한 번에 들이켰다. 나는 와인을 삼키지도 않았는데 꼴깍 하고 침이 넘어갔다. 이쯤 되니 차곡차곡 어느새 목구멍까지 쌓여버린 죄책감에 '사실, 나 그 이야기들 하나도 몰라요. 당신을 속인 거예요'라고 고백하고 싶은 마음을 짓누르느라 안간힘을 썼다. 그에게 미움이나 경멸 등을 받고 싶지 않다는 정체 모를 이상한 마음에서였다.

"엄청나게 배신감이 들더라고. 꼭지가 돌아버렸지. 당연히 어린 객기에 이기지도 못할 술을 마시고 그렇게 그날 아무 준비 없이 그녀와 자게 됐어. 아이가 생긴 건 어떤 선택도 할 수 없을 만큼 뒤늦게야 알았고, 낳게 됐어. 꼬물꼬물한 그 아일 보면서 무서우면서도 신기하더라? 콧날과 입술은 꼭 나를 닮고 눈이랑 피부색은 그녀를 닮았었어. 당연히 책임을 져야겠다는 생각에 지금 생각하면 헛웃음이 나올 정도로 어설픈 프러포즈를 했지만 그녀는 나와 생각이 달랐어. 갑작스레 들어온 드라마 주연 제의에 아이 대신 배우를 택했지. 아이는 고스란히 내 몫이 됐고."

어렴풋이 환의 얼굴이 영상처럼 떠올랐다. 내게 키스했던 환의 입술은 유상현처럼 새빨갰고 콧날 또한 유상현과 닮아 오똑하고 이기적이었다. 설마…….

"고민 고민하다 엄마에게 말을 꺼냈지. 속으로는 걱정하면서 겉으로는 당신도 날 그렇게 낳지 않았냐, 그렇게 엄마의 상처를 긁어가며 내 실수를 정당화했어. 엄마가 의외로 담담하더라고. 그리고 다음 날, 누나 호적에 넣자고 하더라고. 어차피 누나는 아이를 못 낳는다고."

맙소사. 이제야 그가 내게 하고 있는, 뜬금없다고 생각했던 이야기의 주인공들이 확실해졌다. 환, 환의 엄마인 그 누군가! 그리고 환의 아빠면서 지금 내 앞에서 자신의 상처를 들춰내며 고백하는 유상현. 머릿속이 멍해지고 손이 부들부들 떨려왔다. 하지만 내 그런 감정선들을 그에게 들켜서는 안 됐다. 아니, 절대 들키고 싶지 않았다. 환이 말한 비장의 카드는 분명 '이것'일 것이다. 다른, 더 큰 무언가가 있을 수도 없고, 있어서도 안 된다.

유상현이 자신과 3촌 관계의 삼촌이 아니라, 1촌 관계인 아빠라는 것! 그러니까 한류 스타 유상현에게 숨겨진, 아니 숨겨놓은 아들이 존재한다는 것! 만약 이것이 언론에 노출된다면 그 파장은 한국뿐 아니라 일본, 중국, 홍콩까지 미칠 게 분명했다. 사건은 손과 발, 입과 귀, 심지어 날개까지 달린 가상의 생물체로 변신해 훨훨 날아다니며 사람들의 어깨 위에 심심풀이 땅콩, 씹을 거리, 궁금증 등을 사뿐히 놓고 갈 것이다. 어쩌면 이 '일' 때문에 사회적으로 이슈가 됐던 다른 큰 사건들이 순식간에 묻힐지도. 또 누군가는 그런 습성을 이용할지도.

인터넷에 쉴 새 없이 업데이트되는 기사들. 한 기사당 수천 개씩 꼬리에 꼬리를 물며 달리는 댓글들. 자기네들끼리의 의미 없는 공방. 마녀사냥. 유상현, 이미지 실추. 기자회견. 하지만 끊이지 않는 악플러들의 공격. 각종 CF, 영화, 드라마 계약 해지. 어마어마한 액수의 위약금. 주식 대폭락. 끔찍했다. 나와 키스를 나눈 사랑스러운 어린 한 남자와, 지금 와인의 맛을 함께 느끼고 있는 근사한 이 남자. '둘'에게 그런 고통의 시간들이 온다는 게 싫었다.

인터넷 확산은, 작은 약점 하나로 사람 한 명을 끝없이 추락시키는 무서운 세상을 만들었다. 특히나 전파를 타는 방송인들에게 인터넷은 더더욱 공포의 대상이다. 데뷔하기 전 어린 객기에 생각 없이 내뱉은 말 한마디가 스타가 된 후 들춰내져 세상을 들쑤셔 어린 스타를 지옥의 세계로 몰고 가고, 방송 도중 살짝 튀어나온 실수의 여지가 있는 말들이 온갖 재해석을 거쳐 어처구니없는 뜻으로 다시 태어난다. 그런 걸 보면 의무교육 시절에 교육받은 '시의 해석' 따위는 없어져야 한다는 생각이 든다. 갑자기, 지금껏 내가 해왔던 파파라치 짓이나 가십거리 짜깁기 기사들이 부끄러워졌다.

"아, 환이 어디까지 말했어?"

그제야 빈 와인 잔을 테이블에 놓으며 유상현이 물었다. 나는 뭉게뭉게 피어오르는 상념들의 증식을 잠시 중단시켰다. 그래, 그는 내가 이 모든 걸 환에게 들었다고 생각하고 있다. '그냥 유상현 씨가 청국장을 좋아하고 게임을 좋아하고 〈슈렉〉을 재미있게 봤고, 뭐 이런 것들밖에 말 안 했는데요?'라고 솔직담백하게 큰 소리로 떠들고 나면 마음이 편해질까? 하지만 그건 불가능했다. 나는 남의 차를 들이받을 만큼 어이없고, 남을 떠보고 속일 만큼 황당하고 이기적인 사람이지만, 내 잘못을 떳떳이 고백할 수 있는 용기 있는 사람은 되지 못했다.

"뭐, 그냥 그 정도요."

나는 와인 잔에 와인을 따르며 에둘러 말했다. 유상현은 크게 한숨을 쉬고 고개를 끄덕거린 후, 남은 이야기들을 마저 해줬다. 그 아이가 환이라는 것. 지금껏 자신을 삼촌이라 생각하고 자라왔다는 것. 그리고 정말 우연스럽게 나와 사고가 있던 다음 날 아침, 환이 그 엄청난 사실을 알아버렸다는 것. 환이 말한 그날의 큰 사건이란 자신의 친아빠의 존재를 알아버렸다는 것이었다. 자신이 삼촌이라 불렀던 남자가 어느 날 자신의 아빠라는 사실을 알게 됐을 때, 그 충격이 어땠을까. 환의 상처가 고스란히 가슴 가득 전해지는 듯했다. 그리고 더 이상 이 둘을 이용해서는 안 된다는 생각도 들었다.

"아무튼 중요한 건 그 여자가 환 앞에 나타나고 싶어 해. 십칠 년이나 지난 이제야 뻔뻔하게도 환을 보고 싶다더군. 그래서 갑작스럽게 일본에 다녀온 거야."

유상현이 다시 한 번 와인을 들이켜더니 나를 빤히 쳐다봤다.

"널 믿고 부탁해도 되는 걸까?"

나는 차마 고개를 끄덕거릴 수 없었다. 하지만 아니라는 대답도 할 수 없었다. 바동거릴수록 더욱 깊은 곳으로 날 삼켜버리는 늪에 빠져 허우적대는 기분이었다.

"환은 어때? 잘 지내?"

유상현의 눈빛에는 걱정이 서려 있었다. 사실, 아직도 믿기지가 않았다. 환의 아빠가 유상현이라니. 유상현이 금세 깔깔대고 웃으며 '뻥인데, 속았지?'라며 서프라이즈를 외칠 것만 같았다. 유상현은 다시 한 번 와인 잔을 입술에 갖다 댔다. 그의 입술을 보는데 불현듯, 환과 키스를 했던 그날 밤과 환의 얼굴이 생생히 떠올랐다. 나는 지금 내가 키스한 상대의 아빠와 함께 있는 거다. 그 사실을 인지하자마자 얼굴이 시뻘겋게 달아올랐다.

"그쪽이 한번 물어봐 줄래?"

"네?"

"그 여자, 아니 환이 자신의 진짜 엄마를 만날 의향이 있는지."

"……."

"아니면 날 환과 한번 만나게 해줘. 그 자식 나랑 평생 안 볼 것처럼 하고 나갔거든."

나는 아직 유상현의 세 가지 질문에 대한 답을 찾지 못했다. 바싹바싹 말라가는 텁텁한 입을 달래느라 계속해서 와인을 홀짝대는 바람에 술기운으로 얼굴에 열이 오르며 더욱더 새빨개졌다. 금세 와인 잔이 바닥나버렸고 입안은 서걱서걱거렸다. 다시 목을 축이기 위해 와인 병으로 손을 뻗어 와인 병을 잡는 그 순간 나는 적잖이 당황했다. 마침, 와인 병으로 손을 옮기던 유상현의 손과 자연스레 포개져버린 것이다. 우리는 서로의 온기를 고스란히 느끼는 동시에 서로의 얼굴을 바라봤다. 눈빛이 마주치는 순간 누가 먼저랄 것 없이 손을 빼내어 제 위치로 가져갔다. 침묵이 흘렀다. 하얏트호텔에서의 뻔뻔함과 당당함은 어디로 숨었는지, 유상현도 적잖이 당황한 눈치였다.

나는 애꿎은 머리를 긁적대며 엉덩이를 들썩거리고 허리를 꼿꼿이 피는 시늉을 했다. 게다가 이마에 송글송글 맺힌 땀방울도 훑어냈다. 그거로도 모자라 소파에서 꿈틀거리기까지 했다. 그 바람에 내 몹쓸 엉덩이가 소파 구석에 자리 잡은 리모컨을 건드렸다. 전원 버튼이 눌러졌는지 오디오가 켜지는 멜로디와 함께 귀에 익은 음악이 흘러나왔다. 서둘러 소리의 근원지를 찾아 두리번거려보니 텔레비전 옆에 큼지막한 'bang & olufsen' 오디오가 자태를 뽐내며 자리하고 있었다. 서둘러 손을 뒤적거려 리모컨을 집어 들고 전원 버튼을 누르려는데, 유상현이 "왜? 와인이랑 어울리는 음악인데"라며 내 손에 들린 리모컨을 빼앗아 들었다. 하긴, 이 어색한 분위기를 조금이나마 누그러뜨려줄 수 있는 건 오로지 음악뿐이었다.

오디오에서 지그시 흘러 이 거실 안을 포근히 감싸 안은 음악은 '탱고'였다. 〈여인의 향기〉에서 알파치노가 도나에게 탱고를 추자며 매혹적인 말들을 근사하게 늘어놓는 그 장면. 되감기로 수도 없이 돌려봤던 그 장면이 떠올랐다. 언젠가는 내게 왕자 같은 근사한 남자가 손을 내밀 날이 반드시 올 것이라며 굳게 믿었던 그런 시절이었다. 그래서 대사도, 탱고의 스텝도 모조리 외웠었다.

감미로운 전주가 곧 끝나면, 격정적인 멜로디가 이 거실 안을 새빨갛게 열정적으로 가득 메울 것이다. 술기운이 올라옴과 동시에 장난기도 살짝 발동됐다. 사실, 잠시라도 이 상황에서 벗어나고 싶었다. 그리고 왠지 쓸쓸해 보이는 이 남자에게 살짝이나마, 잠시나마 웃음을 주고 싶었다. 한마디로 분위기 전환이 필요했다. 나는 크게 심호흡을 한 번 한 후 자리에서 일어났다. 그리고 유상현에게 손을 내밀었다. 유상현은 살포시 얼굴을 찡그리며 물었다.

"뭔데?"

"탱고를 배우고 싶지 않나요?"

유상현은 약 이 초 후, 피식 웃음을 내뱉었다.

"지금이요?"

유상현이 말했다. 이번에는 내가 웃음이 나왔다. 혹시 그도 이 영화의 대사를 기억하는 것인가? 그는 〈타이타닉〉과 〈슈렉〉을 좋아한다고 했는데? 어쨌거나, 나는 다음 대사를 이어 말했다.

"제가 가르쳐드릴게요. 무료로요. 어때

요?"

"조금 걱정인데요?"

이런, 그도 대사를 완벽히 외우고 있는 게 분명했다.

"뭐가요?"

"그쪽이 발을 밟을까 봐, 아니 제가 실수를 할까 봐서요."

조금 전의 앞 대사만 삭제시킨다면, 지금까지 그는 〈여인의 향기〉 도나의 대사, 나는 알파치노의 대사를 완벽하게 소화해내고 있었다. 나는 이 장난이 잠깐 동안의 도피처로 시작된 것을 잠시 잊은 채 이 상황에 심취해버렸다.

"탱고는 실수할 거 없어요. 인생과는 달리 단순하죠. 탱고는 정말 멋진 거예요."

그가 장난기 그득한 눈으로 나를 바라보며 어서 빨리 다음 대사를 외워보라는 고갯짓을 했다. 나는 그를 보며 슬쩍 웃었다. 잠시 목소리를 가다듬은 후, 거만한 포즈와 잘난 척 가득한 표정을 짓고는 예전에 외웠던 문장 그대로 또박또박 말했다. 영어로 말이다.

"If you make a mistake, if you get all tangled up, you just tango on(만일 당신이 실수를 해 스텝이 엉킨다면 그때부터 탱고는 시작되는 거예요)."

수백 번을 반복해서 외웠던 그 문장을 오랜만에 입 밖으로 흘려내는 순간, 그 문장의 의미가 새로이 다가왔다. 그 시절, 그때는 단지 그 말을 그대로 받아들였다. '아, 스텝이 꼬이면서 옮겨진 발걸음에 의해 탱고가 시작되는 거구나'라고. 한마디로 직역이었다. 하지만 지금은 달랐다.

'살면서 여태껏 실수 한번 해보지 않은 사람은, 후회와 한숨 한번 내뱉어보지 않은 사람은 인생의 스타트를 끊었다고 할 수 없겠구나. 그렇게 실수하고, 해결하고, 깨달아가고, 또 실수하는 과정에서 하나둘씩 인생을 배우고, 진짜 인생을 살게 되는 거구나.'

하지만 '그럼 난?'이라는 나와 결코 어울리지 않는 종류의 질문이 문득 떠올랐을 때, 유상현이 일어났다. 그리고 나를 향해 자신의 오른손을 내밀었다.

"이제 내가 알파치노 역할로, 그러니까 원래 내 역할로 돌아와도 되는 거지? 물론 그보다 내가 백 배는 더 멋지지만."

피식, 웃음이 흘러나왔다. 나는 꿀꺽 침을 삼키고는 오른손을 들어 살포시 그의 손 위에 올렸다. 리듬과 어울리게 나는 사뿐히, 그는 무게감 있게 서로의 발걸음을 맞춰 무대 중앙, 아니 거실 중앙으로 자리를 옮겼다. 그러자 그가 내 왼손을 잡아 자신의 어깨 위에 올렸고, 자신의 왼손을 내 오른쪽 허리 위에 올려놓았다. 내가 움찔하자 그가 속삭이듯 말했다.

"왜, 탱고 추자며. 저번처럼 발 밟진 않을 거라고 믿어."

그가 말을 마친 순간, 감미로운 멜로디가 서서히 자취를 감추더니 매혹적이고도, 격정적인 멜로디가 흘러나오기 시작했다. 멜로디는 금세 거실 안을, 우리들을 열정으로 가득 채웠다. 리듬에 맞춰 그가 홱 나를 뒤로 밀어냈다가 다시 힘 있게 잡아당겨 자신의 가슴팍으로 끌어안았다. 머리칼이 흩날리며, 환희에 찬 숨소리가 나도 모르게 새어 나왔다. 그의 빨라진 숨소리도 고스란히 느껴졌다. 내 허리를 감고 있는 그의 가늘지만 큰 손은 흔들림 없이 나를 잡아주고 있었고, 내 왼손과 맞잡은 그의 손은 따뜻하고 부드러웠다. 우리는 점점 탱고에 빠져들었고, 나는 발 뒤꿈치를 살짝 들어 올렸다. 그리고 마치 아찔한 힐을 신은 듯한 느낌으로 스텝을 밟았다.

이 거실이 근사한 레스토랑의 아름다운 홀처럼 느껴졌고, 오디오에서 흘러나오는 음악은 지금 이 자리에서 바이올리니스트, 첼리스트 들이 우리를 위해 혼신을 다해 연주하고 있는 실제처럼 생생하게 느껴졌다. 또, 곳곳에 위치한 갖가지 가구들은 부러운 듯 우리를 바라보는 손님들 같았다.

지금 이 순간만큼은 나는 영화 속의 주인공이었다. 음악이 막바지에 다다랐을 때, 그가 자연스럽게 날 에스코트하고 나는 그를 의지한 채 빙빙 돌았다. 그의 오른쪽 다리 위에 내 왼쪽 다리를 살짝 얹자 음악은 마지막 화음을 냈다. 서로의 숨소리가 여과 없이 서로에게 들려왔다. 그를 보고 내가 먼저 싱긋 웃었고, 이내 그도 나를 보며 지금껏 보여준 적 없는 해맑은 웃음을 지었다. 한동안 서로를 물끄러미 바라보던 우리는 잠깐의 침묵이 흐르고 누가 먼저랄 것도 없이 푸하하 웃음을 터뜨렸다. 사실, 고백하자면 지금 이 순간만큼은 그와 나 사이에 거리감 따위는 전혀 느껴지지 않았다. 그리고 나는 그에게 반해버릴 것만 같았다.

"인정해줄게요. 이번엔 당신, 알파치노보다 조금 더 멋있었어요!"

나는 손가락을 이용해 '조금'을 강조했다. 그러자 그가 양손으로 내 두 손을 활짝 벌리더니 진지하게 말했다.

"이만큼이 아니고?"

"그래요. 이만큼이라고 해두죠, 뭐."

"뭐, 너도 도나보다 못하진 않았어. 그럭저럭 봐줄 만했으니까."

나는 그의 마지막 말에 살짝 눈을 흘겼지만 그 말이 그렇게 밉지는 않았다. 우리는 다시 자리로 돌아가 와인 잔을 들어 건배를 하고 원샷을 했다. 몇 잔을 더 들이켜고 나자 그가 살짝 풀린 눈으로 나를 바라보며 말했다.

"너 참 재미있어. 아마, 환도 그럴 거야. 분명 그 녀석도 널 재미있어했을 거야. 심심하지 않아. 너랑 있으면."

"…… 네?"

이런, 이 사람 취했나? 그렇지 않고서야 내게 이런 발언을 할 리가 없다. 갑자기 그가 몸을 비틀더니 살짝 내 곁으로 다가와 한쪽 손을 들어 내 머리로 가져왔다. 그리고 천천히 내 머리카락을 쓸어 넘겼다. 그의 가는 손가락 사이사이로 내 머리카락이 사르르 흘러내렸다. 예상치 못한 그의 행동에 긴장이 역력한 얼굴로 그를 바라봤다. 순간 두근, 하는 내 심장 소리가 들렸다. 그가 내게 조금 더 가까이

다가왔다. 내 눈 바로 앞에 한국, 일본의 여자들이 안기고 싶은 남자 1위가 내 머릿결을 쓰다듬으며 나를 지그시 바라보고 있었다. 이러다 심장마비로 죽을 것만 같았다. 환과는 또 다른 느낌이었다.

이런 내 마음을 아는지 모르는지, 조금 더 가까이 다가온 그는 풀썩, 내 어깨 위로 쓰러졌다. 내가 당황해 움찔하자 여전히 자신의 얼굴을 내 어깨 위에 기댄 채 거친 숨을 힘겹게 내쉬며 소곤거리듯 조용히 말했다.

"잠시만. 나 지금 죽을 것 같아."

순간 떠올랐다. 환이 알려준 유상현의 백 가지 비밀 중 하나.

'유상현 술에 엄청 약해요. 센 척하는데 집에만 오면 바로 픽, 쓰러진다니까요?'

고요한 적막 속에서 내 어깨에 고스란히 느껴지는 유상현의 심장 소리. 나의 두근거림. 그 둘만이 차분하게, 하지만 부산스럽게 자리 잡았다. 황홀한 지옥에 있는 듯한 그런 묘한 기분이었다. 아까 느꼈던, 그에게 반해버릴 것만 같았던 그 기분이 정확히 들어맞은 걸까? 아무래도 환과의 약속을 지키지 못할 것 같다는 생각이 들었다. 유상현이 그 상태 그대로 힘겹게 말했다.

"지은서야. 그 여자."

'지은서……?'

지은서? 한국에서는 프린세스 은서, 중국에서는 따오밍스 은서, 일본에서는 은서 히메라고 불리며 만인의 사랑을 받는 최고의 셀러브리티 지은서? 〈플러스 텐〉에서 단독 인터뷰를 따려 그토록 노력했지만 항상 단칼에 거절하는 그 지은서? 스르륵, 팔에 힘이 풀렸다. 한국 최고의 셀러브리티 지은서와 유상현. 그 두 사람 사이의 숨겨진 아들 환. 그 세 사람 사이에 애매모호하게 끼어 있는 나.

그대로 잠들어버린 유상현의 무게를 고스란히 느끼면서 몇 분 전 그에게 느껴버린 감정이 내게 절대적으로 불필요한 것이라는 생각이 들었다. 왕자님의 공주님이 되는 건 어렸을 때부터 줄곧 바라왔던 바다. 신분, 재산, 지위 등에 있어 내 쪽이 한참 기운다는 그런 현실적인 문제에도 불구하고, 왕자님이 나를 사랑하고 있다는 확신과 자신감으로 얼마든지 극복하고 행복한 프린세스가 될 수 있을 거라고 믿었다.

하지만 절대 미모, 절대 권력을 지닌 이웃 나라 공주, 게다가 그 사이에 아들까지 있는 왕자라면 이야기는 달라질 수밖에 없다. 존재 자체만으로 상대를 패배감에 빠져들게 하는 완벽한 공주님, 그리고 과거라고는 하지만 그녀와의 사이에 아이까지 있는 왕자는 너무나 버거운 존재였다. 그러한 왕자를 사랑했다가는 '인어공주'처럼 물거품이 되는 운명을 맞이하게 될 것이 자명했다. 아마도, 이제 내게는 각국의 왕자님께 무턱대고 편지를 보내던 무모함, 당당함, 순수함 따위는 사라졌나 보다. 승산 없는 게임은 하지 말라고, 상대를 봐가면서 게임을 시작하라고 누누이 알려주는 세상 아닌가. 상대가 '지은서'라니. 누가 봐도 승률 제로인 게임이다.

나는 유상현이 깨지 않도록 그의 얼굴을 조심스레 내 어깨에서 떼어냈다. 그리고 머리의 위치를 내 어깨 대신 푹신한 소파 등받이로 천천히 옮겼다. 그때, 소파의 가죽이 서걱거리는 소리를 냈고, 몰래 나쁜 짓이라도 하는 사람마냥 깜짝 놀란 나는 그가 그 소리에 깨지 않도록 숨조차 잠시 멈춘 후 천천히 엉덩이를 들었다. 일어나자마자 휴, 한숨을 내쉬고는 가방을 애기 다루듯 조심스럽게 어깨에 걸쳐 멨다. 테이블 위에는 프라다 곽이 그대로 놓여 있었다. 잠시, '선물인데 들고 가도 될까?' 하는 생각도 들었지만 이내 '뇌물이니까 안 되겠지?'로 결론지었다.

프라다에 대한 미련과 궁금증, 그보다 더 큰 유상현에 대한 애틋함, 미련 등을 전부 이곳에 남겨둔 채 떠나야지. 그리고 내일 불쌍한 나를 위해 선물을 사주는 거야. 눈에는 눈, 이에는 이! 가방에 대한 미련은 가방으로 풀고, 남자에 대한 욕망은 남자로 푸는 거야. 구찌든 루이비통이든 샤넬이든……. 아, 프라다가 좋겠다. 12개월 할부로 구입하고 12개월 동안 스타벅스 카라멜 마끼아또를 마시지 말자. 돈도 절약되고, 칼로리 섭취량도 줄이고 일석이조다. 아, 남자도 찾아야지. 물 좋은 헬스클럽에 다니고, 높은 클래스의 토플이나 토익 학원에 등록해야지. 아이비리그 학생들이 모이는 비밀 클럽 정보를 빼내어 참석하는 것도 나쁘진 않을 거다. 아, 인맥 넓은 변태지한테 주위의 괜찮은 남자 좀 소개시켜달라고 할까? 커밍아웃이란 이유로 이별을 고한 전 여자친구한테 그 정도는 해줄 수 있는 것 아냐? 위자료로 말이다.

이런저런 생각에 들떠 걸음을 옮기려고 하는 찰나, 누군가가 내 손목을 잡더니 홱 낚아채버렸다. 무게중심은 금세 무너졌고, 나를 이끄는 방향 쪽으로 맥없이 쓰러져버렸다. 풀썩. 소파 전체가 뒤흔들리는 소리와 함께 미세한 울렁증이 일었다. 눈을 떠보니, 유상현의 얼굴이 바로 앞에 있었다. 내 어깨가 유상현의 어깨와 맞닿아 있었고, 내 오른손을 유상현의 왼손이 잡고 있었다. 머리가 살짝 흘러내린 유상현의 이마에는 자그마한 상처가 있었다. 언젠가 영국 일간지인 『가디언』 인터넷판에서 본 기사가 불쑥 떠올랐다.

'얼굴에 작은 흉터가 있는 남성들이 여성들에게 더욱 매력적으로 보인다.'

그의 입술이 나를 향해 다가왔다. 그의 입술은 부드럽고 따뜻하면서도 강렬했다. 쉴 새 없이 요동치는 내 심장박동 소리가 그에게 들릴까 하는 걱정도 잠시, 나는 그에게 모든 것을 맡기기로 결심했다. 우리의 뜨거운 숨결은 서서히 거칠어져 결국은 탄식이 됐다. 아슬아슬한 자세는 결국 쿵, 하는 소리와 함께 우리를 소파에서 떨어뜨렸다. 욱신한 충격이 온몸으로 예민하게 전해졌지만 우리는 전혀 개의치 않고 서로에게 섬세히 엉겨들었다. 나는 두 눈을 감고 그에게 속으로 물었다.

'나, 당신 사랑해도 될까?'

갑작스럽다는 생각은 들었다. 하지만 곰곰이 생각해보면 유상현과의 모든 것은 절대 평범하지 않았던 첫 만남부터 지금까지 모두 갑작스러웠고, 그 어느 것 하나 순탄하지 않았다. 오늘 하루만 해도 그랬으니까. 새삼 이 사람이 근사한 남자구나, 하는 걸 깨달으면서도 어수룩하고 허술한 모습을 보게 되기도 하고, 또 여전히 뻔뻔하고 안하무인 같은 모습에 혀를 끌끌 차다가도 애잔한 자신의 과거를 털어놓는 모습에는 마음이 아팠고, 천진한 아이처럼 웃는 모습에 환과의 약속을 지키지 못하게 된다고 해도 이 사람을 더는 속여서는 안 되겠다는 생각도 했다. 〈여인의 향기〉의 알 파치노만큼, 아니 그보다 더 멋있었지만 그래서 솔직히 욕심도 났지만 '지은서'라는 절대적인 존재 때문에 모든 걸 접고 포기하려고도 했다.

하지만 그 순간, 그가 모든 걸 정리하고 떠나려던 나를 잡았고, 갑작스러웠지만 부드럽고 강렬한 키스에 마치 백설공주가 삼킨 사과 조각이 튀어오르는 것처럼 꾹꾹 눌러 삼켰던 욕심이 튀어올랐다. 나 정말 당신을 사랑해도 될까?

그때, 마법 같은 일이 벌어졌다.

"내가 너 사랑해도 될까?"

분명, 내 입에서 나온 소리가 아니었다.

"…… 뭐, 뭐라고요?"

믿기 힘든, 꿈 같은 말을 내뱉은 그

는 대답 대신 그윽한 눈빛으로, 달콤한 혀로, 야릇한 손짓으로 내 몸과 정신을 혼미하게 만들었다. 더는 그 어떤 말도 내뱉을 수 없도록.

힘겹게 눈을 뜨자마자 보인 것은 모락모락 피어오르는 김 속에 아련히 흔들리는 유상현의 얼굴이었다. 엷은 커피 향기가 코끝을 향기롭게 간질였다. 그제야, 내가 세상모르고 잠에 흠뻑 빠져 있었다는 엄청난 사실을 깨달았다. 그것도 유상현네 집 소파 위에서! 화들짝 놀라 허리를 치켜세우고 앉은 나는 눈을 비벼댔고, 머리카락을 주섬주섬 매만지면서 혹시나 침은 흘리지 않았을까 하는 걱정에 손등으로 입가를 쓰윽 훔쳐냈다. 거의 동시다발적으로 이루어진 행동이었다.

"하하하."

그 모습이 우스꽝스러웠는지 유상현은 커피 잔을 내려놓고 시원스럽게 웃었다. 다행히 손등에 축축한 무언가는 느껴지지 않았다.

"…… 언제 깼어요? 아, 아니 언제 잠들었어요? 우리?"

"이야기하다 소리 없이 잠든 건 그쪽부터고, 깬 건 좀 전에. 누구 핸드폰이 하도 울려서 말이야."

유상현이 커피 잔을 들던 손으로 테이블 위에 놓여 있던 내 핸드폰을 들었다. 그리고 다른 한 손으로 다시 커피 잔을 들어 내 손에 꼬옥 쥐여줬다. 커피 잔의 온기는 내 몸속의 한기를, 찰랑거리는 커피에서 피어오르는 향은 몰래 숨어 있던 약간의 잠기운을 냉정하게 쫓아내버렸다. 반갑고 고마운 마음에 후루룩, 한 모금 들이켰다. 시계를 보니 어느덧 새벽 두시였다. 집에 가야겠다고 일어나자, 유상현은 데려다주겠다며 프라다 곽을 내게 건넸고, 나는 둘 다 거절하지 않았다.

들어올 때와는 사뭇 다른 새벽녘 어슴푸레한 분위기의 정원을, 이슬 맺힌 밤의 청량한 공기 속에 섞인 초록 잎의 푸르른 향을 기분 좋게 느끼면서 유상현과 나란히 걸었다. 돌다리를 하나씩 사뿐히 디딜 때마다 슬쩍슬쩍, 아슬아슬 스치는 유상현의 손 때문에 설레는 마음, 진실과 거짓, 지은서라는 여자로 인한 두려운 마음, 환에 대한 미안한 마음이 번갈아가며 심장 한쪽을 아리게 했다.

"정말 환을 속여서 불러도 될까요?"

"일단 만나긴 해야지. 어떻게 하면 그 녀석의 상처를 최소화할 수 있을까 생각하고 또 생각해봐야지."

"이해할 거예요. 진심을 다하면."

그가 고맙다는 듯이, 그러길 바란다는 듯이 고개를 끄덕거렸다. 잠들기 전에 했던 유상현과의 대화들이 새록새록 떠올랐다. 그리고 환이 유상현을 유혹한 후 자신에게로 오라고 했던 그 말도 동시에 떠올랐다. '장난이겠지. 그래, 설마'라고 생각하던 찰나 유상현이 대문을 열었고 그 순간 나는 꼿꼿이 얼어버렸다. 내 눈앞에 보이는 저 사람들은 다 뭐지? 지쳐서인지 평소의 습관인지 쪼그리고 앉아 책을 보거나, 커피를 마시거나, 과자를 까먹거나 하던 중인 그들은 철

커덩하고 열리는 문과 동시에 도미노처럼 쭈르륵 일어났다. 그리고 생각할 시간도 주지 않은 채 카메라를 들어 찰칵찰칵, 플래시를 터뜨리고 질문 공세를 펼쳐댔다.

"유상현 씨, 언제 귀국하셨습니까?"

"왜 열애설을 터뜨리고 홀연히 사라지신 거죠?"

"일본에 숨겨둔 애인이 있다는 루머까지 돌고 있습니다."

"두 분이 지금까지 같이 계시다 오신 건가요?"

"공식적으로 언제쯤 기자회견을 가지실 거죠?"

그때, 제일 앞줄에 있던 남자가 쪼르르 유상현에게 다가와 걱정스럽게 속삭였다. 유상현의 매니저였다.

"왜 저한테도 연락 안 하셨어요? 전화도 계속 먹통이고. 귀국했다는 걸 어떻게 눈치 챘는지 또 이렇게 벌떼처럼 몰려들었다니까요."

그는 유상현에게 말하는 도중 슬쩍슬쩍 나를 훔쳐봤다. 유상현은 그에게 아무런 대답도 하지 않고 대신 내 귀에 속삭였다.

"이번에는 진짜 셀러브리티가 되게 해줄게."

내가 대답도 하기 전에 유상현은 내 손에 들어 있는 프라다 곽을 안절부절못하고 서 있는 매니저의 품에 던지듯 넘긴 채 허리를 숙여 내 입술에 기습 키스를 했다. 이미 뭉개질 대로 뭉개진 내 화장과, 결코 단정치 못한 내 머리 위로 사정없이 터지는 플래시 세례 때문에 하필이면 신고 나온, 굽이라곤 전혀 없는, 다리가 짧아 보일지도 모르는(아니, 짧아 보이는) 스니커즈 때문에, 가까운 곳에서 나를 향해 플래시를 터뜨리고 있는 강윤지 때문에…… 유상현의 입술을 느낄 정신 따윈 내게 없었다.

빅토리아 베컴, 린제이 로한, 패리스 힐튼. 그녀들은 날마다 이런 플래시 세례 속에 살겠지? 지금 생각해보니, 그녀들은 자신들의 파파라치 컷 속에 단 한 번도 제대로 웃고 있었던 적이 없었던 것 같다. 놀라거나 당황하거나 피곤하거나, 때로는 짜증까지 냈던 그녀들은 분명 반짝반짝 빛나고 있었지만, 그녀들의 행복까지 반짝이고 있었던 건 아니지 않을까? 그녀들의 일상이 내가 원하는 만큼, 생각하는 만큼! 근사하지도 행복하지도 않을 것 같다는 생각이 불현듯 들었다. 그녀들을 알고 나서 처음으로 그녀들이 안쓰러워졌다.

집에 도착해 문을 열자마자 짜잔, 하고 나타난 환이 물었다.

"누나, 왜 그렇게 전화를 안 받아요? 나 위(Wii) 완전 열심히 해서 신기록도 세우고 새로운 게임도 얻어냈는데! 어라? 이건 뭐야?"

환이는 내 손에 들린 프라다 곽을 보며 고개를 갸웃거렸다.

"아, 별거 아니야."

"…… 누나, 무슨 일 있었어요?"

"…… 어?"

"…… 괜찮아요? 얼굴이 많이 안 좋…….."

걱정스러움이 뚝뚝 묻어나는 얼굴로 나를 보던 환이 내 곁으로 스윽 다가왔고, 그 특유의 눈망울로 나를 살폈다. 마치 모든 걸 한순간에 들켜버릴 것 같은 불안함마저 들게 하는 눈이었다. 환과 했던 약속도, 거래도 지키지 못하게 될 것 같다는 마음을 들켜버리면 어떡하지. 유상현에 대한 혼란스러운 마음을 들켜버리면 또 어떡하지. 갑자기 머리가 어질했다. 환도 그것을 눈치 챘는지 내 이마를 향해 손을 뻗었지만, 나는 슬쩍 뒤로 고개를 빼며 환을 피했다. 순간, 환의 눈빛이 부모에게 외면당한 어린아이의 눈빛처럼 서글프게 흔들렸다. 그에 심장이 욱신거렸지만, "환아, 나 회사에서 일이 좀 있었어. 나 좀 쉴게. …… 미안해"라는 거짓말로 거실을 빠져나와 노트북을 들고 내 방으로 도망치듯 와버렸다. 이미 인터넷은 나와 유상현의 기사로 도배됐을 것이다. 안 봐도 훤한 일이었다. 일단은 그것들을 환이 보지 않길 바랐다. 불과 몇 시간 전에 일어난 일들이 아직도 제대로 실감 나지 않았다. 환에 관한 유상현의 고백들, "내가 너 사랑해도 될까?"라는 유상현의 말. 기자들 앞에서 나눈 유상현과의 키스. 모두 다.

4. 안젤리나 졸리 vs 제니퍼 애니스톤

안젤리나 졸리(Angelina Jolie Voight)

본명은 안젤리나 졸리 보이트. 유엔고등난민판무관(UNHCR) 친선 대사를 맡고 있으며, 아프리카를 수시로 방문하면서 에티오피아 출신의 자하라와 캄보디아 출신의 매덕스 등 두 명의 아기를 입양했다. 두 차례 결혼과 이혼을 한 후 2005년 영화 <미스터 앤드 미세스 스미스>에 브래드 피트와 함께 출연한 것을 계기로 연인이 되어 결혼 없이 브래드 피트와의 사이에 세 명의 아이를 두고 있다. 여전사 이미지가 강렬한 그녀는 전 세계의 주목을 받고 있는 셀러브리티 중의 셀러브리티다.

제니퍼 애니스톤(Jennifer Aniston)

1990년대 초기에는 잘 알려지지 않은 영화와 TV 프로그램에서 배역을 맡다가, 큰 인기를 얻은 시트콤 <프렌즈>에서 레이첼 그린 역할을 맡으면서 큰 유명세를 얻게 되었다. <프렌즈>를 통해 골든글로브 상과 에미 상을 수상했다. 2000년에 브래드 피트와 결혼했지만 2005년에 이혼했다. 세기의 커플이라고 불릴 만큼 사랑받았던 이 커플이 깨진 데는 안젤리나 졸리의 영향이 컸다. 이후 빈스 본, 올랜도 블룸, 존 메이어, 브래들리 쿠퍼 등과 열애와 결별을 거듭했다. 앞으로 그녀의 사랑은 어떤 행로를 겪게 될지 전 세계인이 주목하고 있다.

Q. 지금껏 숱한 염문설이 있었지만 한 번도 인정하지 않은 걸로 알고 있는데 이번에는 왜죠?

A. 글쎄요. 나이가 들어서일까요? 그냥, 떳떳하게 한번 연애를 해보고 싶었어요. 모자 쓰고, 선글라스 끼고 그렇게 007작전 하듯 하는 연애는 이제 싫거든요.

Q. (놀라서) 어? 그럼 지금껏 그렇게 연애를 했다는 말씀이신가요?

A. 노코멘트로 해두죠. 그런데 연애를 시작하는 사람에게 과거를 묻는 건 좀 그렇지 않나요? (웃음)

Q. 그렇네요, 하하. 그럼 개인적으로 궁금한 질문 하나 여쭤볼게요. 여자친구분 어디가 제일 마음에 드셨어요?

A. 썩, 마음에 드는 구석이 있었던 건 아니고요. 빼어난 외모, 빼어난 몸매, 착한 여자. 사실 뭐 이렇진 않아요. (고민) 뭐랄까, 즐거워요. 같이 있다 보면 솔직해지고요. 아, 속세에 물들어 있으면서도, 꿈과 현실은

> 다르다는 것을 알면서도 여전히 어릴 적 순수했던 꿈을 잊지 않는 모습이 귀여웠다고나 할까요? 어렸을 적 꿈이 공주님이었대요. 공주님이 될 수 없다는 걸 깨닫고 난 후, 꾼 꿈이 셀러브리티고요. (웃음)
> Q. (음) 그럼 셀러브리티가 되기 위해 유상현 씨와의 연애를 원한 것일 수도 있잖아요.
> A. 뭐, 그럴 수도 있겠죠?
> Q. (놀라서) 네?
> A. 그걸 목적으로 저에게 접근한 여자들이 어디 한둘이겠어요? 시작이 어쨌거나, 중요한 건 지금은 둘이 서로 사랑하고 있다는 거죠. 구차한 설명이 필요 없을 만큼.

"유상현 얘 어쩜 이렇게 거만하니? 뭐…… 그래도 멋지긴 하네."

수민이 잡지 〈my style〉의 기자 이서정과 유상현의 대담을 정리해놓은 페이지를 골똘히 보며 재잘거렸다.

열 권도 넘는 10월호 잡지들이 각자의 개성 넘치는 표지 스타일을 자랑하며 수민과 내 주위에 빙그르르 원을 그리며 놓여 있었다. 저 많은 잡지들 중 단 한 권도 유상현과 나의 기사가 실리지 않은 데가 없었다. 평균적으로 우리의 기사가 차지하는 지면은 대략 다섯 페이지, 주부를 상대하는 두꺼운 잡지는 기자들의 상상력에 빛나는 루머들까지 포함해 열 페이지 가까이를 우리 기사로 도배했다. 어쩌면 단순히 기사의 양! 인터뷰 의뢰의 양! 만으로만 본다면 나는 그토록 원하던 '셀러브리티'가 된 것이다. 하지만 어찌 된 영문인지 마냥 들뜨지만은 않았다.

"근데, 너 이제 솔직히 말해봐!"

수민은 읽던 잡지를 내팽개치곤 얼굴을 양팔에 기댄 채, 엎드려 누워 나를 채근했다.

"뭘?"

"몰라서 물어?"

"응. 몰라서 물어. 아니, 알아도 모를래."

나는 애써 수민을 외면한 채, 이미 본 기사를 다시 한 번 읽는 척했다. 사실 수민에게만큼은 100퍼센트 진실로 이루어진 '풀 스토리'를 알려줘도 상관없었다. 하지만 그러기가 꺼려지는 것은 그녀를 못 믿어서가 아니라, 그녀의 '무한 수다'가 지니는 위험천만한 파괴력이 두려웠기 때문이다. 처음 며칠은 친구인 나에 대한 의리로 말하고 싶어 근질거리는 입을 몇 번이나 툭툭 때리며 참아보겠지만 얼마 지나지 않아 그녀는 '이거 내 친구 이야긴데, 절대 절대 말하면 안 돼'를 시작으로 누군가에게 이야기를 시작할 것이 분명했다. 그렇게 '절대 말하지 않겠다'는 약속을 받고 시작되는 비밀 수다는 어느 샌가 핫하고 다양한 레퍼토리들로 변종 업그레이드를 거치면서 수많은 사람들의 입에 오르내리게 될 것이 뻔했다. 하지만 그 비밀을 외부로 새어 나가게 한 책임자를 추궁하는 건 어려운 일이 되고 만다.

'어? 미, 미안해. 그런데 난 한 사람에게밖에 말 안 했어. 절대 비밀이라고 했는데! 그리고 그 사람 비밀 잘 지킨단 말이야.'

'내가? 아니야. 내가 그런 걸 왜 말하고 다니겠어?'

'야, 너 진짜 서운하다. 나 진짜 아니거든? 니가 술 취해서 말하고 다닌 거 아냐?'

　추궁을 하면 할수록 어째 더 씁쓸하고 기운 빠지는 책임 공방전이 이 '비밀 무한 수다'의 결말일 것이다. 결국 어찌 됐든 비밀을 내 입으로 타인에게 말해버린 내 탓으로 돌릴 수밖에 없을 것이다. 근질거리는 입을 애써 참은 나는 보던 잡지를 덮어놓고 자리에서 일어났다.

　"어? 어디 가?"
　"응. 나 약속 있어."
　"누구랑? 유상현이랑?"

　나는 대답 없이 주섬주섬 자리를 정리했다. 유상현과의 열애설 후 내가 만나는 사람들의 99퍼센트는 내 이야기가 아니라 유상현의 이야기를 더 궁금해했다. 그래서 모든 대화가 '유상현'으로 시작해 '유상현'으로 끝나버렸다. 그들에게 나란 존재는 유상현이라는 인간을 알기 위한 매개체로 전락해버린 느낌마저 들었다.

　신경질적으로 손을 뻗어 바닥에 엎어져 있는 네이비색 프라다 가죽 가방을 끌어왔다. 유상현이 뇌물로 준 프라다 곽 안에 얌전히 들어 있던 바로 그 가방이다. 그리고 오늘, 그 뇌물을 받은 대가로 유상현과 환의 만남을 주선했다. 아니 엄밀히 말하자면 이제는 뇌물도, 대가도 아니다. 진심으로 그 둘이 화해하길, 환의 상처가 씻기길, 그리고 내가 환에게 또 다른 상처가 되지 않길 간절히 바랐다.

"오늘 저녁에도 여기서 잘 거야?"

몸을 데구루루 180도 굴려 등을 바닥에 대고는, 내가 아까까지 보던 잡지를 하늘 높이 치켜들어 아령하듯 위아래로 올렸다 내렸다 하며 수민이 물었다.

"아마도? 맛난 거 사올게, 친구."

나는 그 말을 마지막으로 밖으로 나갔다. 차에 타 시동을 켜고 운전대를 잡는데, 엑셀을 밟는 발이 오늘따라 무겁게 느껴졌다. 이유는 '환' 때문이었다. 유상현과 진짜 연인 사이가 된 이후로 나는 대부분의 숙식을 수민네 집에서 해결했다. 유상현의 집 앞에 포진된 기자들로부터 도망치듯 집으로 와 나를 기다리던 환과 마주했을 때 나는 환의 눈을 제대로 쳐다볼 수 없었다. 환과 했던 약속을 지킬 수 없을 것 같아서 미안했고, 환의 비밀을 알아버렸지만 아무것도 해줄 수 있는 게 없는 것도 미안했다.

자는 둥 마는 둥, 거의 뜬눈으로 밤을 새운 채 일어났을 때 환은 부엌에서 서툰 솜씨로 아침을 차리고 있었다. 부엌은 전쟁터 같았고, 식탁에 차려놓은 음식들은 정체를 알 수 없는 처참한 것들뿐이었지만, 날 위해 부산을 떨며 차린 정성이 고맙고 미안해서 몇 숟가락이나마 맛있게 먹고는 자리에서 일어나 출근 준비를 서둘렀다. 그리고 집을 나서기 전 '새로 맡게 된 프로젝트가 팀플이어서 한동안 못 들어올 것 같아'라고 어렵게 말했다.

씁쓸히 웃으면서 '밥 잘 챙겨 먹어요'라며 나를 배웅하는 환이 그 말을 믿었는지 믿지 않았는지는 모르겠다. 그 후, 집에 들어가지 않은 채 환과 핸드폰만으로 연락을 주고받은 지 벌써 이 주일이 다 되어가고 있었다. 그간 유상현과 나는 간간이 식사를 하거나, 차를 마시고, DVD를 보는 등 여느 연인들과 같은 평범한 데이트를 즐겼다. 자연히 많은 대화를 나누게 됐고, 서로에 관한 소소한 이야기를 하며 상대의 몰랐던 모습들을 알게 됐다. 어릴 적 각국의 왕자님들에게 편지를 썼던 이야기를 해줄 때 그는 거의 까무러치듯 웃었다. 나도 환이 유상현에 대해 정보성으로 알려준 것들을 포함해, 더 많은 것들을 그에게서 직접 듣고 봤다. 가끔 이야기 주제가 환으로 흐를 때면 우리는 둘 다 진지해졌다. '환에게 상처를 주지 않고, 이해시킬 가장 좋은 방법은 무엇일까?'라는 문제는 반드시 해결해야 할 큰 과제였다. 그때마다 나는 유상현에게 '처음부터 당신에 대해 아무것도 몰랐다는 이야기', '환과 한 거래, 환과 나눈 키스'에 대해 고백을 할까 말까 망설였지만, 그것은 결국 망설임으로 끝났다.

그러나 어쩌면 내가 만든 오늘 이 자리에서 그 모든 비밀들이 터질지도 모른다. 한마디로 내 스스로 자진해 지뢰밭을 만들고, 심지어 그곳으로 가고 있는 것이다. 목적지에 도착한 후 차를 발레파킹 요원에게 맡기고 때마침 도착한 엘리베이터를 탔다. 그때 두 사람의 문자가 시간차로 날아 들어왔다.

'어디야?'

'누나, 나 도착했는데 누난 어디쯤이에요?'

두 사람의 문자를 번갈아 보다가 그들이 기다리고 있을 프라이빗 룸이 위치한 층을 꾸욱 눌렀다. 문이 닫히고 한 층 한 층 올라감에 따라 층을 알리는 LCD 숫자가 변해갔고, 내 마음도 이리저리 바뀌었다. 도착을 알리는 소리와 함께 문이 열렸고, 삐딱하게 서 있는 환과 그 맞은편에 무심한 듯 시크하게 서 있는 유상현이 눈에 들어왔다. 폭풍 전야 같은 그런 살벌한 분위기에 저절로 바짝 긴장이 되어버리는 듯했다. 마른침이 저절로 꿀꺽, 넘어가며 머릿속에서 여러 가지 생각 풍선들이 부풀어져 하나씩 머리 위로 둥실거렸다.

'어차피 둘이 해결해야 하는 종류의 일이잖아?', '그래, 괜히 부자 사이에 끼면 안 되지. 이렇게 만남을 주선하면 내 할 일은 다 한 거야' 등등. 나는 아직까지 나를 발견하지 못한 그들을 뒤로하고 조심스레 몸의 방향을 틀었다. 그때 닮은 듯 닮지 않은 두 남자의 목소리가 내 뒤통수에 꽂혀버렸다.

"어디 가?"

"누나!"

스테레오로 들리는 그들의 말을 못 들은 척하며 닫히기 직전인 엘리베이터에 슬쩍 올라탈 수도 있었다. 하지만 힘겹게 다시 몸을 돌려 그들에게 다가갔다. 얼굴 근육이 오랫동안 방치해둔 시멘트처럼 딱딱하게 굳어버렸는지 그 어떠한 표정도 지어지지 않았다.

"앉지 그래? 환이 너도."

유상현이 자리에 앉으며 평소와 같이 거만과 딱딱함이 뚝뚝 떨어지는 목소리로 말했다. 하지만 그도 지금 무척 긴장하고 있다는 것을 어렴풋이 느낄 수 있었다. 평소 왼쪽 다리를 즐겨 꼬던 그가 오른쪽 다리를 꼬았다가 불편했는지 금세 방향을 바꾸었고, 빈 물 잔을 입에 갖다 댔다. 그리고 그 모든 행동들이 쑥스러웠는지 큼큼거리며 계면쩍은 헛기침을 했다. 아마, 환도 느꼈을 것이다.

"난 갈래."

환이 퉁명스럽게 말하며 내가 있는 방향으로 저벅저벅 걸어왔다. 서로의 어깨가 살짝 스치는 그 순간, 발걸음을 멈춘 환이 속삭이듯 나지막이 말했다.

"실망이에요. 역시 누나도 어른인 척하는 위선적인 사람이야."

그리고 다시 걸음을 옮겼다. 그의 말로 인해 가슴 한구석에 커다란 원석이 쿵 하고 내려앉은 듯 심한 통증이 느껴졌다. 이런저런 생각도, 어떠한 말도 할 새 없이 내 오른손은 환의 옷자락을 와락 움켜잡았다.

"그러지 말고, 저녁이라도 먹고 가자."

환을 붙잡고 있는 내 손도, 목소리도 미세하게 떨렸다.

"그래, 먹고 가. 너…… 나랑 할 이야기 있잖아."

유상현이 조용히 내 말을 거들었다. 고개를 돌려 잠시 말없이 유상현을 노려보던 환은 오른손으로 자신의 옷자락을 부여잡고 있는 내 손을 잡은 뒤, 옷자락에서 떼어냈다. 내 팔은 맥없이 바닥으로 떨어뜨려졌고 환은 유상현이 있는 곳으로 걸어갔다. 그리고는 의자를 슥 빼서는 일부러 쿵, 소리를 내며 자리에 앉았다. 나도 그들이 앉은 테이블로 가 조용히 자리에 앉았다.

"말해봐. 할 말이 있다는 게 신기하네."

"그래. 신기한 일이니 잘 들으면 되겠네."

그들의 팽팽한 긴장감이 그대로 전해져왔고, 심장이 뛰어대기 시작했다. 나는 바싹 타오른 입술을 지그시 깨문 뒤 "저, 저는 잠시 나가 있을까요?"라고 조심스럽게 말했다. 그러자 유상현이 환에게 머물러 있던 시선을 쓰윽 돌려 나를 바라보며 천천히 고개를 끄덕였다. 나는 환의 눈빛을 애써 피하고는 자리에서 일어나 발걸음을 뗐다. 그때, 누군가가 내 손목을 세차게 잡았다. 욱씬, 거리는 아픔이 느껴지는 곳으로 고개를 돌려보니 환이었다.

"앉아요. 누나가 부른 거고, 난 누나 보러 온 거니까. 밥 먹고 가라면서요. 먹고 가요, 우리."

내가 환을 물끄러미 바라보자 환은 씨익, 미소를 지었다. 하지만 평소와는 다르게 적잖은 거리감이 느껴지는 미소였다. 나는 어쩔 수 없이 가시방석 같은 자리에 다시 앉았고, 유상현은 마침 들어온 고급스런 외모를 지닌 룸 매니저에게 '부르기 전까지는 절대 들어오지 말라'고 말했다. 매니저는 정중히 '네'라고 답하며 비워진 물 잔에 유리병 안에 들어 있는 물을 따랐다. 쪼르르 물이 흘러내리며 유리병 안에 동동 떠 있는 레몬들의 새콤한 향이 은은하게 룸 안을 감싸안았다. 그 향으로 인해 잠시나마 심신이 편안해졌지만 말 그대로

'잠시'였다.

그녀가 사라진 후, 룸 안은 레몬 향 대신 적막으로 메워졌다. 둘 다 무슨 생각을 그리 골똘히 하는지 새빨간 입술을 앙 다물고 있었다. 나는 그동안 프라이빗 룸을 조심스럽게 훑어봤다. 셀러브리티들이 남의 이목을 피해 애인과 가족과 친구와 식사를 하는 곳으로 종종 잡지에서 접한 곳이다. 아마 한 끼 식사에 지금 들고 있는 가방 하나 값을 지불해야 할지도 모른다. 문득 돈이 많으면 좋을 것 같다는 생각이 들었다. 사람들이 북적북적한 곳에서 '빨리 줘요', '내가 먼저 왔는데요?' 따위의 신경질 섞인 클레임은 불필요할 것이다. 프라이빗 룸의 고객은 일단 비교할 다른 고객들조차 주위에 없다.

"말해봐. 어찌 된 일인지!"

환이가 먼저 적막을 깼다.

"흥분하지 말고 말해."

"어떻게? 지금까지 삼촌이라던 사람이 하루아침에 아빠라는데! 내가 지금껏 엄마라고 불러왔던 사람이 고모라는데! 어떻게 태연하게 '아, 그래요? 그렇군요! 저는 전혀 흥분이 안 되네요. 어? 오히려 막 침착해지네요.' 그래야 돼? 그게 될 거 같아?"

"…… 환아."

내 눈에 보이는 유상현의 얼굴에는 자신의 상처가 역력히 드러났다. 자신이 당했던 상처를 고스란히 자식에게 대물림해준 것이다.

"너무 유명해서 그랬어? 내가 있으면 그 잘난 인기에 지장이라도 생길까 봐? 그깟 인기 때문에 자식을 조카라고 세상에 속이냐? 그런 식으로 살 거면 나 같음 그까짓 거 안 해먹어. 셀러브리티들? 정말 마음에 안 들어. 겉으론 웃고 속으론 짜증내고, 물속에선 열라 바동거리는 백조처럼 태어날 때부터 모든 걸 얻은 듯 고고하게 행동하고! 평소에 마음에 안 든다고  칭얼거리던 제품도 씨에프 제의 들어오면 신나서 하고. 가식덩어리들!"

그렁그렁한 눈을 한 환이 쉬지 않고, 자신이 숨겨왔던 감정들을 폭발시켰다. 정말 텔레비전에서나 있는 일이었다. 삼촌이 아빠가 되고, 누나가 엄마가 되고, 그렇게 족보가 스크루처럼 꼬여버리게 되는 일 같은 것. 정말 겪어보지 않으면 감히 상상조차 할 수 없는 일임에 틀림없었다.

그래, 어릴 때 왜 우리 엄마나 아빠는 왕이나 왕비가 아닐까를 생각하며, 하룻밤 자고 나면 뭔가 달라져 있으면 좋겠다고 생각한 적은 있었다. 조금 더 나이를 먹어서 공주를 포기했을 때, 텔레비전 드라마에서 가난한 집의 딸인 여자 주인공이 실제로는 어마어마한 부잣집의 딸이라는 것이 밝혀지는 대목이 나오면 엄마를 툭툭 치며

'솔직히 말해봐! 나도 친부모님은 따로 있는 거지?'라며 진지한 표정으로 묻곤 했다. 하지만 그것은 어디까지나 투정이었고, 장난이었고, 상상이었다.

　문득, 자신의 아들을 버리고 '셀러브리티'의 삶을 택한 여자, 아니 '셀러브리티'가 될 수 있는 기회를 택한 여자인 지은서가 궁금해졌다. 환은 자신의 엄마가 지은서인 것을 알고 있을까? 유상현 역시 환이 어디까지 알고 있는지는 모른다고 했다.

　"일단!"

　이번에는 유상현이 적막과 나의 상상을 순식간에 깨버렸다. 고개를 돌려 환을 쳐다봤다. 어느새 그렁그렁한 눈은 없었다. 오로지 전투태세에 임하는 듯한, 단단한 의지만이 보일 뿐이었다. 유상현 역시 만만치 않았다. 차갑게 환을 바라보는 눈에는 환과 마찬가지로 '절대로 물러나지도, 더불어 지는 것은 더더욱 하지 않겠다'라는 투지가 느껴졌다. 마치 강도들이 인질의 무릎을 바닥에 꿇려놓고 머리에 총구멍을 겨눈 채 일 분 동안 백만 불을 007가방, 꼭 검정색 007가방! 에 넣어오지 않으면 '빵' 쏴버리겠다며 '60초, 59초, 58초, ……' 거꾸로 초를 세고 있는 영화의 한 장면을 보듯, 두 사람을 바라보는 것만으로도 숨이 막혀왔다. 게다가 유상현이 오른쪽 손목을 테이블 위에 올린 채, 검지손톱으로 테이블 위를 딱딱거리는 저 소리는 마치 위태롭고 아슬아슬한 이 상황에 긴장 효과를 더해주기 위한 효과음 노릇을 했다.

순간, 효과음이 멈추더니 유상현이 입을 열 모양새를 보였다. 그의 말이 나오기도 전에, 내 침이 기도로 꼴깍, 하고 넘어가는 소리가 먼저 들렸다. 나는 창피함을 감출 의도로 살짝 물 컵을 집어 들었고 그와 동시에 유상현이 갑작스레 고개를 꾸벅 숙이는 괴이한 행동을 했다. 그러고는 전혀 예상치 못한 말을 불쑥, 내뱉었다.

"미안."

푸핫, 하마터면 마시던 물이 공중에 뿜어져 이 어색한 공기 속에서 예쁜 오색 빛깔 무지개를 만들 뻔했다. 슬쩍 시선을 돌려 환의 표정을 보니 환도 의외인 유상현의 반응에 멍한 표정을 짓고 있었다. 뭐, 굳이 표현하자면! 강도가 마지막 일 초까지 세고 질끈 눈을 감은 채 당긴 방아쇠 소리에 다들 기겁해 '꺄악' 소리를 질렀는데, 총에서 빠른 속도로 삐져나온 것은 탄알이 아니라 폭죽이었던 것? 어쨌든 이런 맥 빠지는 상황들은 보는 사람으로 하여금 깊은 안도의 한숨을 내뱉게 하는 한편, 싸울 의지와 의욕 등을 한순간에 사라지게 만들기도 한다. 한마디로 전.의.상.실. 환도 마찬가지인 듯, 황당한 표정을 지으며 물 컵을 들어 벌컥벌컥 물을 들이켰다. 하지만 물 컵을 비운 후 소리 나게 탁, 내려놓는 환의 눈빛이 다시 차가워졌다.

"장난해, 지금? 이렇게 쉽게 사과해버릴 일이었다면 처음부터 하지 않았으면 좋았잖아!"

"정말, 미안하다. 너한텐 할 말이 없어."

유상현은 다시 한 번 사과했고 환은 그런 그

를 빤히 쳐다봤다. 한참을 그렇게 유상현을 바라보던 환이 길게 한숨을 내쉬곤 기가 차다는 듯 허탈하게 웃었다. 그러다 다시 먹먹한 눈으로 그를 바라보며 어렵사리 입을 떼었다.

"대체 왜 그런 거야?"

여전히 날이 서 있는 말투였지만, 아까보다는 조금 진정된 듯 보였다.

"나랑 삼촌이랑 얼마나 사이가!"

환이 중간에 말을 멈췄다.

"삼촌이라고 불러. 나도 아직은 그게 편해. 그리고 차근히 내 이야기 좀 들어줄래?"

유상현이 진지한 눈빛으로, 신뢰가 가는 목소리로 환을 바라보며 말했다. 지금부터는 정말 내가 있어야 할 곳이 아니라는 생각이 들었다. 엄밀히 따지자면 나는 이 사건에 있어서 '관계자 외'였다. 하지만 무슨 핑계를 대며 이 자리에서 일어나야 할지 괜찮은 아이디어가 번뜩 떠오르지 않았다. 게다가 긴장감이 살짝 해소되니 슬슬 내 걱정도 됐다. 내가 이 자리에서 사라지고 난 후, 유상현과 환이 묵혀둔 감정을 원만히 해소하고 만약 지은서의 이야기까지 끝낸다면, 그다음 이야기의 주제가 나로 흐를 가능성의 퍼센트는 생각건대 꽤나 높았다.

'그쪽, 할아버지, 청국장, 환과의 거래, 그리고 제일 중요한 환과의 키스.'

'환의 키스' 그리고 '유상현을 유혹한 후 자신과 만나자는' 거래의 조건이 환의 진심인지 장난인지는 모르겠다. 하지만 아버지와 아들이 한 여자와 키스를 나눴다는 건 깊게 생각하지 않아도 꽤나 꺼림칙한 일이다. 선덕여왕이나 미실이 살던, 아버지의 여자를 아들이, 형의 여자를 아우가 물려받는 일이 별 대수가 아닌 시대, 배륜과 비도덕보다 인간의 본성을 억압하는 게 더 나쁘다고 생각한 시대는 애석하게도 역사 속에 묻혀버렸다. 게다가 환은 아직 내가 유상현에게 사랑이라는 감정을 느꼈다는 것을 모른다. 그러니까 어쩌면 내가 정말로 자신과의 거래 조건대로 유상현을 유혹한 후 이제 자신에게로 올 거라고 생각할지도 모른다. 아니, 만약 유상현과 환의 관계가 완벽하게 호전된 후 유상현이 미워서 했던 그깟 거래 따위는 새까맣게 잊어버리고 나와 있었던 시시콜콜한 일들을 유상현에게 말한다면?

　불안으로 땀이 차오르니 왠지 모르게 핸드폰이 만지작거리고 싶어졌다. 그러고 보니 문자 한 통 없는 핸드폰의 소식이 궁금하기도 했다. 그리고 환에게 '얘기가 끝난 후, 우리 둘이 따로 잠시 이야기할 수 있을까?'라는 내용의 문자도 보내고 싶었다.

　환이 유상현의 시선을 애써 피하며 말하는 동안 나는 최대한 부산을 떨지 않으려 노력하며 무릎 위에 놓여 있던 가방 안에 손을 넣어 뒤적거렸다.

　"바로 이해해주는 건 바라지도 않았어."

"일 년, 아니 십 년, 아니 평생이 걸릴지도 몰라."

환의 그 말에 유상현이 잠시 고민을 하더니 휴우, 한숨을 내쉬며 말했다.

"내가 적어도 삼십 년은 더 살지 않을까? 이십 년으로 치자. 그래야 남은 십 년 동안 다시 사이좋게 지내지."

분명 환은 유상현의 이 말에 또 몇 퍼센트의 전의를 상실했을 것이다. 그러는 동안에도 나는 아직 가방 안에서 핸드폰을 발견하지 못했다. 아무래도 차에 두고 온 게 분명했다. 내가 슬쩍 자리에서 일어나자 두 사람의 시선이 잠시 내게로 집중됐다. 나는 미안한 표정을 지으며 잠시 차에 다녀오겠다고 말한 후 신경 쓰지 말고 하던 이야기를 계속하라는 고갯짓을 했다.

주차장으로 간 나는 발레파킹 요원에게 놓고 간 게 있다며 차 키를 받았다. 다행히 핸드폰은 운전석 시트 위에 얌전히 놓여 있었다. 손을 뻗어 핸드폰을 집어 드는 순간 기다렸다는 듯 진동이 울렸다. 액정을 바라보니 모르는 번호였다. 조심스레 폴더를 열었다.

"여보세요?"

곧, 핸드폰에서 낯설지만 낯설지 않은 여자의 목소리가 들렸다.

"백이현 씨 핸드폰인가요?"

"네, 그런데요."

"아, 다행이네. 맞아서."

그 말을 하고 꺄르르, 간드러지듯 웃는 여자의 목소리가 너무나 천진난만해서 오히려 무섭게 느껴졌다.

"당신이 다닌다는 〈플러스 텐〉에 전화했거든요! 강……윤지? 그 사람이 당신 번호 알려줬어요. 자신과 제일 친한 동료 기자라면서."

대체 이 정체불명의 여자가 무슨 말을 지껄이는 거야. 강윤지가 나랑 제일 친한 동료 기자라고? 내 입에서는 자연스럽게 헛웃음이 흘러나왔고, 그 소리는 고스란히 핸드폰을 통해 상대에게 전달됐을 정도로 컸다. 하지만 그녀는 내 반응 따위는 전혀 신경 쓰지 않았다.

"근데 어디예요?"

설마 잘못 들은 건가? 자신의 정체를 밝히기도 전에 상대방의 위치를 묻는 그녀의 목소리는 심히 건방지기까지 했다. 기분 나쁜 기운이 시커먼 색의 아지랑이처럼 스멀스멀 올라왔다.

"그…… 그쪽은 어딘데요?"

"나요? 지금 비행기 안이요. 아, 잠시만."

그녀는 잠시 말을 멈춘 후, 누군가에게 일본어로 뭐라고 말했다. 물론 한 마디도, 한 음절도 알아들을 수 없었다. 아니, 해석할 수 없었다. 하지만 그녀가 스튜어디스라고 추정되는 그 누군가에게도 굉장히 거만한 말투로 까칠하게 말한다는 것은 알 수 있었다.

"웃겨. 비행기는 꼭 이륙하기도 전에 핸드폰 끄라고 난리들이야. 그죠?"

뭐, 나도 그 말에는 동의하는 바이기에 대답 없이 고개를 끄덕거렸다. 비행기를 탈 때마다 스튜어디스들은 비행기가 이륙하기 훨씬

4. 안젤리나 졸리 vs 제니퍼 애니스톤 ✦ 213

직전부터 핸드폰을 끄라며 웃는 얼굴로 다정하게 협박한다.

"마음에 안 들어 죽겠어. 아, 그나저나 어디냐니까요?"

그녀가 대답했으니, 나도 이제는 답하는 수밖에 없다.

"아…… 전, 차 안인데요?"

"그래요? 자기 차?"

"네? 네. 제…… 차요."

"잘됐다. 그럼 운전할 수 있다는 거네? 나 지금 홍콩 가거든요? 그리고 모레 다섯시 인천공항 도착인데. 픽업 나올래요?"

"네?"

나도 모르게 목소리가 몇 옥타브나 올라갔고 근처에 서 있던 발레파킹 요원은 화들짝 놀라 나를 바라봤다.

"깜짝이야. 내가 지금 매니저 몰래 가는 거거든요. 그럼 모레 다섯시 인천공항에서 봐요. JAL항공. 계속 끊으라고 난리네. 그럼!"

그녀가 전화를 끊으려는 순간 나는 소리쳤다.

"잠깐만요! 누구신데요!"

사실, 묻지 않아도 어렴풋이 알고 있었다.

"어머! 내 목소리도 몰라? 강윤지는 바로 알던데. 나요…….."

갑자기 그녀가 목소리를 자그마하게 바꾸었다.

"나…… 지은서예요."

지은서. 지은서. 그래 예상했던 바다. 나는 뭐라 할 말을 찾지 못한 채 꿀꺽 침만 삼켰다.

"근데 그쪽, 여자들끼리의 약속 잘 지키죠? 음, 당신과 내가 만나는 거 상현 씨에겐 일단 비밀이에요. 물론, 환에게도. 근데 왜 유상현은 당신 같은 사람한테 매력을 느낀 거지?"

그녀의 황당한 질문에 나는 무의식적으로 "네?"라고 되물었다.

"왜 그렇잖아. 『보그』나 『싱글즈』, 『코스모폴리탄』같이 잘 나가는 잡지사의 편집장도, 발행인 딸도 아닌, '플러스 텐'에서 기자 같지도 않은 일 하는 유치한 직업을 가진 여자한테. 인터넷 사진 보니까 얼굴도 그냥 그렇던데. 사실 나, 수준 떨어져서 마음에 안 들어. 암튼, 그날 봐요. 아! 그리고 나, 유상현 다시 가질 거니까 잠시 동안이라도 마음 주지 마요. 이틀 동안 마음 정리해두면 더욱 좋고. 그럼!"

'나 유상현 다시 가질 거니까'를 강조하며 말한 그녀가, 내가 뭐라 반박할 틈도 없이 툭 전화를 끊어버렸다. 순간 내 뇌 속의 빨간색 파란색 사고회로 선들이 얼기설기 얽혀 파지직거리며 편두통이 시작됐다.

지은서. '싸가지가 하늘을 찔러 대기권 밖으로 나가 우주를 돌고 돈다'는 소문이 무색하진 않네. 대체 자기가 무슨 권리로 나한테 유치한 직업을 가진 여자래? 게다가 얼굴도 그냥 그렇다고? 대한민국 최고 셀러브리티면 그딴 이야기를 아무한테나 멋대로 하며 남을 모욕해도 되는 거야? 사실 지은서, 그녀에게 받은 모욕으로 화도 짜증도 났지만 그에 대해 아무 반박도 하지 못했던 나 자신에게 더욱 화가 났다. 무의식적으로 다시 발신 버튼을 눌러봤지만 핸드폰은 이미

오프 상태였다. 계속되는 분노 게이지와 자책 게이지의 상승 상태에서 나는 강윤지의 번호를 찾아 힘껏 눌렀다. 두세 번 통화음이 들리더니 '인터뷰 중'이라는 음성사서함으로 넘어갔다.

남자들은 종종 호기심 어린 얼굴로 이런 질문을 한다.

'여자들 참 이상해. 우리한테 잘 보이려고 미니스커트 입은 거 아니야? 근데 왜 힐끔힐끔 보면 기분 나쁘다고 해? 순 내숭덩어리들 아냐.'

그리고 그런 남자들에게 여자들은 혀를 끌끌 차고서는 검지를 가로로 휘휘 저으며 말한다.

'여자들은 자기 애인 만나러 갈 때보다 여.자. 친.구.들. 만나러 갈 때 더 신경 써. 아마 수백 번도 더 긴장하며 거울 볼걸? 왜? 그녀들한테 뒤지기 싫거든. 그리고 여자가 최고로 꾸미고 나가는 장소가 어딘지 알아? 자신이 만나는 남자와 연관되어 있는 여자를 만나러 갈 때!'

여자의 자존심 수치는 여자들로 인해 좌지우지되는 경우가 많다. 그녀들보다 더 예쁜 옷, 더 고급스러운 가방, 더 비싼 구두, 더 빛나는 귀고리, 더 근사한 애인. 여자들은 몸속 깊은 곳에서부터 그것들을 원한다. 그건 여자들이 '공주'의 신분을 원하는 것과도 연관되어 있다. 모든 여자들이 원하는 남자인 '왕자'에게 사랑받는 여자. 그러기에 모든 여자들이 부러워하는 여자.

나도 한때 공주를, 셀러브리티를 꿈꿨다. 내가 그토록 원했지만 가지지 못했던 것을 모조리 소유하고 있는 '여자'에게 무시당하는 것은 생각보다 정말! 끔찍한 일이다. 오늘 내 자존심의 수치는 그녀로 인해 바닥을 쳤다. 때때로 여자는 우스꽝스럽고, 불편하고, 소모적인 자존심이라는 감정 때문에 다른 중요한 문제들을 묻어두기도 한다.

유상현과 환이 어떤 결말을 지을지, 환이 유상현에게 어떤 말을 할지, 내일 강윤지에게 어떠한 말로 따질지, 이런 것 따위는 지금 생각하고 싶지 않다. 그냥 집에 가서 칼로리는 높지만 스트레스 지수는 줄여주는 새카맣고, 윤기가 잘잘 흐르는 초콜릿을 무지막지하게 입에 넣은 채 아작거리며 아무 생각 없이 누워 있고 싶었다.

나는 그대로 차에 들어가 시동을 걸고 엑셀을 밟았다. 부웅 차가 출발했고 나를 향해 뛰어오며, "아가씨, 발레 비 오천 원이요!"라고 소리치는 주차 요원이 백미러로 보였지만 전혀 개의치 않았다.

집에 들어가자마자 편안해서 눈물이 날 것 같은 파자마로 갈아입은 후, 소파에 앉아 두 다리 사이에 초콜릿이 촉촉 박힌 아이스크림 통을 끼었다. 그리곤 열심히 빠르게 퍼먹었다. 리모컨을 이용해 TV도 켰다. 하지만 방송은 나오지 않고 위(Wii) 화면이 떴다. 문득 '환'이 떠올랐다. 나는 재빨리 외부입력을 누른 후 케이블 전원을 켰다. 마침 OCN에서 영화 〈미스터 앤드 미세스 스미스〉가 방영되고 있었다. 안젤리나 졸리와 브래드 피트가 서로의 정체를 안 후 치열하게 싸우는 장면이었다. 얼굴이 터지고, 머리칼이 뜯겨가며, 죽기 살기로 서로를 구타하던 그들의 눈빛이 어느 순간 욕망으로 불타올랐다. 그들은 곧, 사랑을 나누었다. 아이스크림 한 덩어리가 꿀꺽, 소리를 내며 기도 안으로 흘러 들어갔다. 분명! 저때부터였을 거다. 브래드 피트가 제니퍼 애니스톤에게서 안젤리나 졸리로 마음을 옮기기 시작한 것이.

MTV에서 방영하는 〈올 액세스(All Access)*〉라는 제목의 프로그램에서 할리우드 최고의 두 스타 제니퍼 애니스톤과 안젤리나 졸리의 이색적인 대결을 방송한 적이 있다. 총 세 개의 대결로 이루어졌는데 첫번째 대결은 '누구의 아빠가 더 멋진가', 두번째 대결은 '누가 더 잠자리에서 뛰어날까', 세번째 그러니까 마지막 대결은 '둘이 몸으로 싸우면 누가 이길까'였다.

첫번째 대결은 제니퍼가 이겼다고 한다. 두 사람의 아빠는 모두 유명 배우였다. 아니, 유명도로 따지자면 안젤리나의 아빠인 존이 더 유명했다. 하지만 존은 안젤리나와 잦은 충돌을 일으켰으며 독설도 개의치 않았다고 한다. 반면에 제니퍼의 아빠는 딸이 배우가 되는 것에 큰 도움을 주며 그녀에게 사랑을 아끼지 않았다고 했다. 두

---

*할리우드 스타들이 보여주는 젊음에 대한 집착과 앙숙! 스타들이 벌이는 흥미진진한 대격돌! 등을 다루는 미국 MTV에서 방영하는 이색적인 프로그램.

번째 대결 '누가 더 잠자리에서 뛰어날까'는 예상대로 안젤리나의 승이었다. 그녀의 야생적이고 본능적인 섹스어필을 누가 당해낼 수 있을까. 세번째 대결에서는 치열한 승부가 벌어졌다고 한다. 둘 다 모두 탄탄한 몸매와 강한 체력을 자랑했기 때문이다. 〈툼레이더〉에서 강인한 여전사로 활약한 안젤리나의 모습을 생각하면 당연히 승자는 안젤리나지만 '올 액세스'는 제니퍼에게 손을 들어줬다. 이유인즉슨, 남편을 빼앗긴 분노로 인해 제니퍼가 안젤리나를 이긴다는 다소 억지스러운 주장 때문이었다. 어쨌거나, 이 말도 안 되는 대결의 승자는 제니퍼 애니스톤이었다.

'다음 달 셀러브리티 기사는 이 둘의 이야기로 가야지'라고 생각하며 계속해서 아이스크림을 퍼먹었다. 입안에서 반복적으로 아이스크림이 스르르 녹고, 초코칩이 톡톡 터지는 것을 즐기며 리모컨을 이리저리 돌렸다. 순간, 지은서가 인터뷰하는 모습이 눈에 띄었다. 달걀형의 조막만 한 하얀 얼굴, 웃으면 쏘옥 들어가는 사랑스런 보조개, 청순한 얼굴에 어울리지 않는 볼륨 있는 몸매, 윤기가 흐르는 흑색 웨이브 머리, 자신감과 애교로 무장된 톡톡 쏘는 말투, 특히나 웃을 때 가느다란 하얀 손을 이용해 자신의 찰랑대는 머리를 귀 뒤로 넘기는 그녀 특유의 제스처는 뭇 남성들을 설레게 하기 충분했다.

문득, 만약 내가 〈올 액세스〉에서 했던 것과 같이 그녀와 대결한다면? 이라는 엉뚱한 생각이 들었다. 더 멋진 아빠? 그녀의 아빠는 잘 모르겠다. 하지만 내가 아빠에게 지극한 사랑을 받았다는 것만은 확실하다. 집구석에서는 나도 한때 '공주님'이었단 말이다. 그렇다면 잠자리? 이건 함부로 가늠할 수 없는 문제다. 그리고 여자로서 내가 그녀에게 한 표를 던지기도 싫다. 마지막으로 몸싸움? 그것만큼은! 단연코 내가 이길 자신 있다. 만약 이런 대결 구도의 승부라면 내가 그녀에게 승리를 얻어낼 수 있을지도 모른다. 아니면 무승부라든지. 하지만 만약 다른 대결들이 첨가된다면 나는 그녀에게 99퍼센트 패배하고 말 것이다. 그것도 처참하게.

 나는 그녀의 목소리를 토해내는 텔레비전을 꺼버렸다. 그리고 이미 반쯤 비워버린 아이스크림 통을 바닥에 내려놓고는 숟가락을 입에 문 채 누워버렸다. 숟가락이 천장을 향해 달랑거렸다. 언제나 그렇듯, 왕자를 사랑한 공주는 행복하지만 왕자를 사랑한 시녀는 가슴앓이를 해야만 했다. 옛 시절, 시녀만큼 가슴앓이를 한 이들이 있을까? 공주 곁에 있는 왕자를 보며 가질 수 없는 환상을 쫓는 기분으로 평생을 살아가야 하는 그녀들이었다.

 지은서가 유상현을 다시 되찾는다면, 그들은 국민 커플이 된다. 세상은 나 같은 건 금세 잊고 우월한 유전자를 지닌 그들을 추앙하고 부러워하겠지. 지금 대부분의 국민들이 현빈과 송혜교 열애설에 열을 올리는 것처럼. 나는 그런 모습을 텔레비전에서, 신문에서, 인터넷 매체에서 날마다 접할 게 분명하다. 싫다. 눈이 점점 감겨왔고, 뭉클뭉클 피어오르던 생각들이 형체를 잃고 방황하기 시작했다. 이대로 잠든 후 깼을 때, 유상현에게 마음을 빼앗기기 전으로, 환을 만나기 전으로, 아니 조금 더 바란다면 유상현의 차를 박기 이전으로 아예 시간이 되돌려졌으면 좋겠다. 날카로운 세간의 이목, 상대를 언제 빼앗길지 모르는 불안감, 전투를 시작하기도 전에 느끼는 패배감, 이런 것들을 모른 채 셀러브리티를 동경하고, 왕자님과의 사랑을 꿈꾸며, 발랄하고 발칙하게 하루하루를 보내던 그때로 말이다.

그렇게 서서히 잠이 들었다. 몽롱한 기운이 가득 찬 정체 모를 곳에서 초인종과 핸드폰 벨소리가 계속해서 울려댔지만 내가 핸드폰을 향해 아무리 손을 뻗어도 핸드폰은 깔깔대며 내 손을 요리조리 피해갔다. 그 웃음소리와 몸짓은 마치 지은서를 닮아 있었다.

시간이 얼마나 흘렀을까. 힘겹게 눈꺼풀이 떠지는 동시에, 양손은 자연스레 지끈거리는 관자놀이로 향했다. 띵띵 부어서일까. 하루 사이에 질량 불변의 법칙을 위배한 걸까? 몸이 어제보다 백 배 더 무겁게 느껴졌다. 하지만 지은서로 인해 찝찝하고 불쾌했던 기분은 어디론가 종적을 감춘 듯했다. 나의 단순함에 감사하며 고개를 돌려 거실 벽 중앙에 걸려 있는 시계를 바라봤다.

열한시. '꽤 잔 듯한데 열한시야?'라며, 침대로 가 편하게 자야지 생각하고 몸을 반쯤 일으켰는데 정신이 번쩍 들었다. 어렴풋이 느껴지는 저 햇살은 절대 내가 생각하는 열한시에 존재할 수 없는 거나. 지구 멸망 일보직전이 아니고서야. 나머지 몸을 벌떡 일으켜 행방불명인 핸드폰을 찾기 위해 햄스터처럼 쿵쿵거리며 거실 바닥을 한동안 기어 다녔다. 그때, 부르르르 핸드폰 진동 소리가 들렸다. 소리가

나는 곳으로 가서 재빠르게 손을 뻗었다. 대체 소파 밑에 있던 핸드폰이 무슨 재주로 TV 밑까지 이동한 거지? 부산스럽게 핸드폰을 집어 폴더를 여니, PM 열한시가 아니라 AM 열한시였다!

액정 위에서 깜박거리는 부재중 전화 서른 통, 미확인 메시지 열 개쯤은 일단 가볍게 무시해준 채, 빛의 속도로 회사에 갈 준비를 했다. 실핀, 자, 가위, 발목양말 한 짝 등과 더불어 아무리 사 모아도 끊임없이 사라지는 아이템 중 하나인 검정 머리끈으로 머리를 질끈 동여매며 후다닥 밖으로 나갔다.

교통신호를 철저히 무시하고, 몇 번이나 목숨을 걸고서야 도착한 사무실은 이미 아침 회의가 끝난 후 각자 일을 하는 분위기였다. 나는 자리로 살금살금 걸어갔다. 그 과정에서 강윤지와 이야기를 나누고 있는 편집장과 눈이 마주쳤다. 순간 심장은 덜컹, 하고 내려앉을 정도로 놀랐지만 편집장은 눈이 아닌 입으로만 씨익 웃은 후 내게 있던 시선을 다시 강윤지에게로 돌렸다. 휴우, 한숨을 내쉰 후 조심스럽게 자리에 앉았다.

사실, 유상현과의 열애설이 터진 후 편집장은 나지순이라는 본명과 어울리게 나에게 지고지순하게 굴었다. 마치 내가 무슨 연예계

가십거리라도 한 움큼 물고 와줄 행운의 '조커'라도 되는 양 관대하기가 마치 미륵보살 같았다. 열애설이 시들시들해 약발이 떨어질 때쯤 결별설이 떠돈다면 분명 결별의 이유를 알기 위해 내게 더 지극정성을 쏟을 것이다. 술 한 잔, 꽃등심 고기 몇 점, 조각 케이크에 술술 내뱉어진 나의 말들은 진공청소기의 위력처럼 토씨 하나 빠지지 않고 수집되어 다음 달 〈플러스 텐〉 특집 기사로 나올 것이다. 여기저기 내 기억에 존재하지 않는 일과 말 들이 과하게 포장된 채로. 그다음에 나에 대한 그들의 태도는 불 보듯 뻔하다. 그러니, 긴장을 늦춰서는 안 된다.

"이현 씨, 많이 늦었네?"

편집장과 면담을 마친 강윤지가 내 자리로 다가오며 물었다.

"근데, 대체 지은서랑은 무슨 관계야? 응?"

나는 강윤지를 물끄러미 바라봤다. 지은서, 강윤지 이 두 여자가 정말 싫다. 문득 신데렐라의 두 새 언니들이 이런 분위기가 아니었을까 싶었다. 하지만 한 명은 신데렐라보다 우수한 사무 능력을 지녔고, 다른 한 명은 비교조차 할 수 없는 외모를 지녔다. 그런데 왕자는 어째서 신데렐라를 선택한 거지? 단순히 그의 '호기심'을 자극했기 때문일까?

"응? 자기 오늘 저녁에 뭐해? 나랑 술 한잔 안 할래? 괜찮은 와인 바 하나 발견했거든. 이건 자기한테만 말하는 건데……."

강윤지가 허리를 숙여 내 귀에 자신의 입을 가까이 댔다.

"거기, 연예인 커플들 되게 많이 와."

순간, 드르륵 하고 핸드폰 진동 소리가 들렸다. 유상현이었다. 내가 선뜻 전화를 받지 않고 망설이자 강윤지가 "유상현이야? 아, 유상현도 부르는 게 어때? 소개시켜주라. 친한 직장 동료잖아"라고 사근사근 웃으며 말했다. 그런 그녀가 너무나 가증스러웠고, 미치도록 얄미웠다. 난데없이 불쑥 솟아오른 용기에 핸드폰 넘김 버튼을 누르며 강윤지에게 또박또박 말했다.

"전, 강 기자님을 단 한 번도 친한 직장 동료라고 생각해본 적 없어요."

강윤지의 얼굴이 순간 일그러졌지만 그녀는 금세 능숙하게 표정을 제자리로 돌리며 "그래? 되게 섭섭한걸? 난 그렇게 생각했는데! 뭐, 그럼 앞으로 친해지면 되지 뭐. 그럼 오늘도 수고"라고 넉살 좋게 말한 후 자리로 돌아갔다. 그녀가 자신의 자리에 앉는 것을 확인하고 나서야 나는 핸드폰의 부재중 전화와 메시지들을 확인했다. 대부분 유상현과 환의 전화였다.

'어디야?'

'집 앞인데, 왜 전화 안 받아?'

'누나, 전화 안 받아서 보조키 우유 통 안에 넣고 갈게요. 전화 주세요.'

그러고 보니 어제 지은서와 통화 후, 유상현과 환에게 어떠한 메시지도 남기지 않은 채 무작정 집으로 가버렸다. 그리고 안젤리나,

제니퍼 그 둘에게 나와 지은서를 대입시키는 살짝 뻔뻔한 상상을 해 보다가 까무룩 잠이 들었다. 유상현과 환의 대화가 어떤 식으로 마무리 지어졌는지 무척 궁금했지만, 막상 그들에게 전화해 그것을 묻기는 꺼려졌다. 나는 핸드폰을 뒤집어놓은 후, 안젤리나와 제니퍼 관련 기사를 수집하는 데 열을 올렸다. 제니퍼가 '안젤리나는 골룸을 닮았다'고 발언한 기사를 보자 나도 모르게 웃음이 새어 나왔다. 〈스타 매거진〉에서는 한 술 더 떠, 그녀와 골룸를 비교하며 '거짓말에 능하고 피골이 상접한 졸리는, 브래드 피트의 **절대 결혼반지**를 노리고 있다'는 특집 기사까지 실었다. 그녀와 골룸의 외모를 비교해놓은 사진을 보니 다시 한 번 큭큭 웃음이 흘러나왔지만, '만약 지은서와 내 기사가 저리 뜬다면?' 하는 데에 생각이 미치자 웃음이 뚝 끊겨버렸다. 어쩌면 매스컴이나 일반 사람들 눈에는 내가 유상현과의 결혼을 꿈꾸는 어둑하고 축축한 습지에 사는 골룸처럼 비쳐질지도 모른다. 씁쓸한 얼굴로 기사 창을 닫고, 마침 메신저 아래 뜬 '아이돌 귀국, 인천공항 마비'라는 제목의 기사를 클릭했다. 귀국. 인천공항. 그 키워드에 '모레 다섯시, 인천공항 도착인데 픽업 나올래요?'라는 낯익은 목소리가 뇌리 속을 스쳐 지나갔다. 어제 '모레'라고 했으니, 바로 내일이었다.

 나는 내가 그 장소에 나가야 하는 이유, 나갈 필요가 없는 이유, 나가서는 안 될 이유, 이 세 가지를 머릿속에 그려봤다. 하지만 그 이유들은 곧 뒤죽박죽 뒤엉켜 단 하나의 이유가 세 가지 모두에 적

합하게 들어맞는 이상 현상을 일으켰다. 나는 고개를 절레절레 흔들며 '절대! 공항에 나가지 않아'라고 스스로 굳게 다짐했다.

　나는 다시 안젤리나와 제니퍼의 기사들을 스크랩하기 시작했고, 그 일은 오후 여덟시가 돼서야 마무리됐다. 배에서 꼬르륵 소리가 당차게 들렸다. 뭐든 요기라도 한 후 집에 가야지, 라는 생각에 수민에게 전화를 걸었다. 하지만 수민은 '회의 중이니까 나중에 전화할게'라고 황급히 전화를 끊은 후 '무슨 일 있는 건 아니지?'라는 문자를 보냈다. 대체 누구와 끼니를 때울까를 고민하며 핸드폰 전화번호부를 하나하나 넘겨보는데, 이미 지워버린 태지의 번호가 문득 떠오르면서 그와 알코올을 섭취하며 이야기를 나누고 싶다는 생각이 들었다. 난 '대체 왜?'라는 의문을 해소하기도 전에 무턱대고 번호를 눌렀다. 누군가에게 새로이 마음을 빼앗기면, 옛 애인에게 전화하는 일이 이토록 쉬워지나 보다. 태지는 단번에 전화를 받았다. 그리고 내 저녁 식사 제안에 흔쾌히 오케이를 했다.

　약속 장소로 가던 도중, 내가 태지에게 전화를 건 무의식 속에 가려져 있었을 듯한 이유 하나가 떠올랐다. 내 기억이 맞다면 지은서가 이십대 초반이었던 시절, 태지가 그녀의 스타일리스트 보조를 했다. 언젠가 태지가 와인 한 병을 비운 후 옛 시절을 토로하던 중 '지은서 그년! 은 천사의 얼굴을 가진 악마야'라고 과격하게 표현하더니 젓가락을 하늘 위로 붕붕 휘저으며 울분을 토한 적이 있다. 그때는 그 말을 허투루 듣고 넘겼는데 이제는 백 번, 아니 온 마음을 다해 공감하게 되었다.

그와 만나기로 한 곳은 청담동의 'Lynss'라는 바였다. 모 엔터테인먼트 기획사 대표가 얼마 전 오픈한 가게라고 하는데, 혹시 아까 강윤지가 말한 가게가 그곳일지도 모르겠다는 생각이 문득 들었다. 지하 일층에 위치한 이 바는 곳곳에 개인형 룸이 위치해 몰래 사귀는 연예인 커플들이 한잔씩 하러 들르기 적합한 구조였다. 고개를 두리번거리자 구석진 곳에 혼자 앉아 잡지를 뒤적이는 변태지가 눈에 띄었다. 그곳으로 간 나는 테이블 위에 가방을 탁, 소리 나게 얹어놓았다.

"어! 왔어?"

태지가 잡지를 내려놓은 후, 나를 보고 씨익 웃었다. 여전히 예쁜 미소였다. 나는 대답 없이 자리에 앉았다. 그리고 바로 앞에 놓여 있는 레몬티를 마셨다. 막상 만나서 얼굴을 보고 나니 내 안에 여태껏 묶어두었던 배신, 원망, 미움 등의 감정들은 찾아보기 힘들었다. 수민보다 더 조잘거리며 시시껄렁한 얘기를 쉴 새 없이 하는 이런 남자와 어떻게 연애라는 걸 했을까 하는 데까지 생각이 미치자 뭔가 허탈하고 헛헛한 마음까지 들었다. 게다가 그가 내게 커밍아웃을 하기 전까지 그의 정체성 혼란을 전혀 눈치 채지 못한 게 바보같이 느껴졌다. 그런 생각에 씁쓸히 웃고 있는데, 그가 미리 주문한 화이트 와인 한 병과 식사가 될 만한 안주거리가 나왔다.

"잘 지냈어?"

"응. 덕분에."

"하하, 근데 유상현과 정말로 사귀는 거야?"

태지가 실눈을 해서는 소곤거리듯 물었다.

"뭐, 그런 것 같아."

"에이, 대답이 그게 뭐야?"

"그럼 넌 유상현한테 마음 둔 적이 있다는 건 사실이야?"

내가 흘러가듯 아무렇지도 않은 투로 태지에게 말했고, 태지는 적잖이 당황하는 눈치를 보였다.

"뭐, 살짝? 그땐 나도 내 정체성을 의심하던 때니까."

"근데 그게 나랑 만날 때야, 안 만날 때야?"

내가 그의 말을 끊으며 물었다. 하지만 태지의 머뭇거리는 표정을 보니 대답을 듣지 않는 게 정신 건강에 이로울 거라는 생각이 들었다. 나는 손사래 치며 "됐어, 됐어. 이미 지나간 일인데 뭐."라고 말했다.

"그런데 웬일이야? 니가 먼저 연락을 다 주고."

"왜? 베스트 프렌드 하자며. 그냥 배도 고팠고 술도 땡겼어."

내가 잔을 들자, 그가 내 잔에 소리 나게 자신의 잔을 부딪쳤다. 와인 반병이 비워지도록 우리는 시시콜콜한 이야기를 나누었다. 중간중간, 그는 내게 유상현과 사귀게 된 경위를 물어봤고 나 또한 중간중간 괜스레 꺼내는 이야기인 척 지은서에 대해 물었다. '내 친구가 그러는데, 지은서 진짜 가관이래'라고 말하니까 신이 난 태지는

'거 봐, 내가 그년은 악마랬잖아'로 시작해 주저리주저리 떠들어댔다. 뭐, 딱히 유상현과 관련된 특별한 정보는 없었다.

패션쇼에 갈 때 다른 연예인이 자신과 같은 백을 소지하고 있으면 그 순간 자신의 스타일리스트를 불러 근처 백화점에 가서 이들 중 아무도 들고 있지 않은 백을 사오게 하는 것, 얼굴에 0.1밀리미터 크기의 작은 뾰루지라도 나면 그날 촬영을 모조리 엎어버린다는 것, 드라마 찍을 때 자신의 분량이 적은 듯싶으면 상대역과 분량을 비교한 그래프까지 그려 감독과 작가 앞에 들이민다는 것, 이름난 재벌 2세들과는 모두 한 번씩 만남을 가졌다는 것, 스타일리스트나 매니저들을 자신의 몸종처럼 부리고 쇼핑할 때 이것저것 다 입혀보고 신겨보면서 단 한 번도 사주지 않는다는 것 등등. 여느 잘 나가는 셀러브리티들이 할 만한, '못됐지만 그녀니까 이해돼!'라는 반응이 나오는 행동들이었다.

"내가 초특급 비밀 하나 알려줄까?"

살짝 취기가 오른 태지가 내게 가까이 오라는 손짓을 하며 속닥거리듯 말했고, 나는 급히 허리와 고개를 숙여 그에게 가까이 갔다.

"진짜 비밀이야. 일본에 있는 지은서 스타일리스트가 내 친구거든? 걔가 그러는데, 지은서가 며칠 전에 술 먹고 어딘가 전화해서 힘들다며 그랬대. 자기한테……."

"지은서한테?"

혹시나 하는 마음에 심장이 덜컹거렸다.

"에이, 설마 그건 아니겠지. 말도 안 돼."

갑자기 말을 멈춘 태지가 얼굴을 찡그린 채 고개를 좌우로 흔들며 손사래를 쳤다.

"뭐……데?"

"아니야. 그냥 정말 헛소리야."

"그러니까, 그 헛소리란 게 뭔데?"

나는 의자를 태지 쪽으로 바싹 끌어당겼다. 그러고는 두 눈을 동그랗게 뜨고 태지에게 대답을 재촉했다. 태지는 약간 인상을 쓰더니 이리저리 눈썹을 씰룩씰룩 움직였다. 뭔가 심각히 고민할 때 나오는 그만의 습관이다. 물론, 커밍아웃을 고백하던 날도 이랬다.

"정말 말도 안 되는 소린데! 뭐, 그러니까 말해도 되겠지?"

나는 힘차게 고개를 끄덕이며 과한 긍정의 표시를 했다. 결국 태지는 주위를 두리번두리번 하더니 '에라 모르겠다'와 비장함이 적절히 섞인 표정으로 속삭이듯 말했다.

"지은서가……."

"지은서가?"

"…… 숨겨둔 애가 있대!"

"뭐?"

의식할 겨를조차 없이 목소리가 크게 흘러나왔고, 태지가 재빠르게 오른손 검지를 내 입에 갖다 대더니 "쉿" 하고 주의를 줬다.

"아. 미안, 미안."

나는 혼돈스러운 머리를 재빠르게 정리하려 애쓰며 일부러 피식 웃었다. 그러고는 어이없다는 표정을 지으며 "말도 안 돼. 천하의 지은서한테 애가? 장난해? 누가 그래?"라고 물었다.

"그지? 말도 안 되지? 근데! 그 친구가 지은서가 누군가랑 통화하는 이야길 몰래 엿들었나 봐. 이제 지긋지긋한 연예계를 떠나 그 아이의 엄마로, 평범한 여자로 돌아가고 싶다나 뭐라나."

"…… 엄마? 평범한 여자?"

순간 지은서가 정말 환의 엄마로, 유상현의 아내로서 인생을 살고 싶은 건가 하는 생각이 들었다. 그렇다면 장해물 제거 목적으로 내게 만나자고 한 것일까?

"하하. '엄마'와 '평범한 여자'는 지은서에게 절대 어울리지 않는 단어들이지! 내 생각엔 아마 새로 들어갈 영화 대본 연습한 게 아닐까 싶어."

자신의 말에 스스로 납득한다는 듯 고개를 끄덕이던 태지가 카망베르 치즈 한 조각을 냉큼 입에 넣고 우물우물 했다.

"그런 거겠지. 지은서한테 애가 있을 리 절대 없지! 어디 그 몸이 애를 난 몸이야?"

그의 말에 적극적으로 동의한 나는 그를 따라 치즈 한 조각을 입에 넣으며 털털하게 웃어댔다. 치즈 겉면의 텁텁한 맛, 그 안의 짭조름하면서도 시큼털털한 맛이 지금 내 기분과 정확히 일치했다.

"근데, 지은서 요즘 좀 슬럼프긴 한가 봐. 하긴, 이제 나이가 서른

넷이니 뭐. 주연이 들어와도 미혼모나 이혼녀, 골드미스 역할로 들어오니까. 한때 죽을 만큼 반짝이던 것들이 조금씩 빛을 잃어가는 기분은 어떨까? 그렇게 생각하면 약간 측은하기도 해."

태지가 먼 산을 바라보듯 공허한 눈빛을 하고는 말했다.

"야! 뭐가 측은해? 그런 경험을 해본 것만으로도 행복한 거야! 그런 빛나는 사람들의 들러리만 하며 평생을 사는 사람도 수두룩하거든!"

나는 어쩐지 지은서를 두둔하는 듯한 태지의 발언에 발끈하며 신경질적으로 말했다.

"뭐, 그것도 그렇지만……. 예전에 니가 사극 보면서 '저 시절엔 TV, 핸드폰, 샤워실, 초콜릿, 아이스크림도 없이 어떻게 살았을까!'라고 말한 적 있잖아. 근데 생각해보면 그땐 그게 당연한 거고 익숙한 거잖아. 음…… 있다가 없으면 미치도록 불편하겠지만 아예 처음부터 없는 건 불편하지 않은 거야. 왜냐? 아예 그 편의와 맛을 모르거든. 한마디로 그게 없어서 불편하다는 걸 못 느껴! 그게 당연한 거니까! 근데 지은서의 경우는 있던 것들이 서서히 사라지게 되는 거지. …… 뭐 대충 이런 거 아닐까?"

태지가 머리를 긁적이며 짐짓 심각한 표정으로 조곤조곤 말했다. 그러더니 자신의 한 말에 깊은 감동을 받았는지 고개를 주억거리기까지 했다.

"그래서 지금 넌 지은서가 불쌍하다는 거야?"

사실 태지의 말에 어느 정도 수긍이 가긴 했지만 지금 내 입장에서는 절대 지은서의 편을 들어줄 수 없었다.

"에이…… 설마! 얼른 그런 날이 오면 좋겠는걸? 내가 당한 만큼 실컷 비웃어주게!"

태지는 장난스러운 표정을 지으며 깔깔 웃어대더니 금세 억울하다는 표정으로 말을 이었다.

"그렇지만 아직 그날이 멀지 않았을까 싶다. 요즘 보톡스니, 마사지니, 태반주사니, 워낙에 미용의학 기술이 발달했잖아! 그리고 만약 그녀가 평범한 아내, 엄마가 되고 싶다면 그 또한 그녀 마음대로 이룰 수 있지 않을까? 이 세상에 지은서의 매력에 넘어가지 않을 남자가 어디 있을까? 나 빼고! 아, 난 남자에서 제외지!"

태지는 씁쓸한 표정으로 와인 잔을 들어 내 잔에 부딪치더니 또다시 홀로 원샷을 했다. 우리는 그렇게 주거니 받거니 와인 두 병을 더 비웠다. 어느 순간부터 우리는 혀 꼬인 소리를 하염없이 내뱉으면서 남들은 전혀 알아들을 수 없는 말들을 서로만 이해하며 깔깔깔 웃어댔다. 더 이상 와인 잔을 들 수조차 없는 상황이 왔을 때, 나보다 살짝 주량이 약한 태지가 테이블 위로 피식 고꾸라졌다.

바 매니저의 도움으로 쓰러진 태지를 택시에 태웠다. 눈앞에서 빠른 속도로 사라지는 택시를 보고 있자니 이제는 그가 '커밍아웃'을 외치며 떠나갔던 그 얼토당토않은 일을 웃으며 기억할 수 있을 것만 같았다. 그와 동시에 어쩌면 정말 그와 '베스트 프렌드'가 될 수 있지 않을까? 하는 생각마저 들어 허탈한 웃음이 지어질 정도였다. 대리운전 기사에게 집 위치를 설명해준 후 멍하니 창밖을 바라봤다. 취기 때문인지 새벽녘 불빛들과 하늘 위에 낮게 날고 있는 비행기가 하염없이 흔들리는 듯했다.

태지의 말대로라면 지은서는 모두의 사랑과 관심으로 살아가는 '셀러브리티' 역할에 싫증이 난 것이다. 그래서 그 화려한 옷을 벗어 던지고 유상현과 환에게 다시 돌아가고 싶은 건지도 모른다. 하긴, 환이 그녀의 아들인 건 부인할 수 없는 사실이다. 그리고 어찌 보면 나는 그들에게 '제3자'다. 항상 느끼지만 버려지는 것보단 버리는 게 낫다. 태지와의 일도 그렇다. 내가 태지와 나 사이의 그림을 객관적으로 보고, 냉정히 판단했다면 나는 태지에게 버려지지 않았을 거다. 오히려 내가 그를 냉정히 버렸을 거다. 순간, 내가 먼저 유상현을 버려야겠다는 생각이 들었다.

어차피 이웃 나라 공주의 왕자가 될 사람이다. 내 마음이 인어공주처럼 물거품이 되어 하늘 위로 두둥실 날아가서 의미 없이 펑펑 터져 형체 없이 사라지기 전에 내가 먼저 그를 떠나야겠다고 결심했다. 그리고 그 고백은 만남보다는 통화가, 통화보다는 문자가 낫겠다고 생각했다. '문자 이별 통보'를 치사하고 비겁하다는 사람이 다수지만 구질구질하지 않고 쿨하게 이별할 수 있는 '문자 이별 통보'야말로 문명이 낳은 이기 중 하나다. 물론 내가 당한다면 치사하니, 비열하니, 겁쟁이니 등의 욕지거리를 내뱉겠지만 원래 내가 하면 로

맨스, 남이 하면 불륜이라고 했다.

어쨌든 결심을 하고 나니 왠지 모르게 마음이 편해졌다. 집에 도착해 대리운전 기사를 보내고 잠시 멍하니 서 있던 나는 밀려드는 취기에 잠시 쪼그리고 앉아 핸드백에서 핸드폰을 찾았다. 그리고 유상현에게 메시지를 썼다. 이러저러한 말들을 써내려갔다 지웠다를 몇 번이나 반복하던 중 갑자기 액정 화면이 변하며 좌측 상단에 '0초'라는 시간 표시가 보였다. 0초는 곧 1초, 2초로 빠르게 바뀌었다. 느릿한 두뇌회전으로 사태 파악을 하지 못한 채 어리둥절해하고 있는데 핸드폰에서 "여보세요?"라는 귀에 익은 누군가의 목소리가 들렸다. 그리고 그 귀에 익은 목소리는 분명 유상현이었다.

"너 거기서, 그리고 뭐해?"

중요한 건, 유상현의 목소리가 두 군데에서 들린다는 것이었다. 마치 서라운드 입체 음향처럼 핸드폰 안, 그리고 내 뒤통수 너머에서. 반사적으로 고개를 돌려 뒤를 돌아봤다. 약 1미터 근방에 블랙슈트를 근사하게 차려입은 유상현이 핸드폰을 귀에 댄 채 시뻘건 얼굴로 흉측하게 쪼그려 앉아 있는 나를 의아한 표정으로 바라보고 있었다. 젠장. 난 이별도 멋지게, 쿨하게 할 수 없는 팔자를 타고난 것이 틀림없다.

구두, 샌들, 플랫슈즈, 운동화 등이 너저분히 놓여 있는 내 신발장에 그의 블랙 에나멜슈즈가 가지런히 놓여졌다. 집 안으로 성큼

들어온 유상현은 겉옷을 벗어 소파에 올려놓은 후 화이트 셔츠에 장식되다시피 한 나비넥타이를 신경질적으로 풀며 투덜댔다.

"불편해 죽는 줄 알았네. 암튼 시상식은 수상이나 시상이나 피곤해! 아, 나 여기에 앉아도 되나?"

유상현이 어울리지 않게 소파를 가리키며 내게 허락을 구했고, 나는 고개를 끄덕였다. 소파에 편히 앉은 유상현은 곧 나비넥타이를 푸는 데 성공했다.

"두 시간 내내 계속되는 시상식에 어떻게 웃고만 있어? 근데 잠시라도 멍한 표정을 짓고 있으면 금세 인터넷에 오른다니까. 성의가 없네, 자기 상 받을 때 아니라고 무심하네, 싸가지가 없네, 등등."

주절거리듯 내뱉는 그의 말을 듣자 시뻘건 얼굴이 더욱 시뻘겋게 달아올랐다. 작년, 연말 시상식이 한창일 때 나는 '베스트 드레서, 워스트 드레서'가 아닌 '베스트 자세, 워스트 자세!'라는 제목의 기사를 썼다. 배우들이 지칠 때쯤 몸을 꿈틀거린다거나, 하품을 한다거나, 멍 때리고 있는 사진들을 삽입한 채. 기사 내용도 방금 유상현이 말한 그대로였다.

"뭐 마실래요?"

나는 재빠르게 주제를 바꿨다. 하지만 그는 "필요 없어"라고 말하며 팔을 휙 뻗어 가까이 있던 내 오른손을 덥석 잡은 후 힘 있게 끌어당겼다. 안 그래도 술기운에 힘이 없던 나는 맥없이 유상현의 옆자리에 풀썩 쓰러지듯 앉았다.

"왜 전화 안 받아?"

"전화요? 몰랐는데."

"거짓말."

"…… 환과는 이야기 잘 끝났어요?"

"일찍도 물어본다. 말해줘?"

나는 고개를 끄덕였다. 문득 어제 환이 내게 보낸 원망 어린 시선이 떠올랐다. 그래서 환이 우유 통에 넣어뒀다는 열쇠도 차마 빼낼 수 없었다.

"그럼, 내 질문에 대한 대답은 좀 있다 듣지"라며 유상현이 말을 시작했다. 그날 환은 유상현에게 지금 당장은 혼란스러우니, 이해할 수 있고 납득할 때까지 시간을 달라고 말했단다. 그리고 환이 유상현에게 진심으로 이현 누나, 그러니까 나를 어떻게 생각하느냐를 물었다고 했다. 그 대목에서 번뜩 정신이 들었다.

"그…… 그래서요? 뭐라고 대답했어요?"

침착하게 말하려 노력했지만 목소리가 살짝 흔들리는 건 어쩔 수 없었다.

"뭘 뭐라고 대답해? 지금 우리가 진짜 연인 사이인 건 맞잖아. 마음에도 없는 상대랑 사귀지는 않으니까."

"그래서요? 환인 뭐래요?"

"별 말 않던데? 재미있는 여자 같다고. 그 말만 했어."

나도 모르게 휴우, 한숨이 내쉬어지며 지금껏 있었던 일들을 유상현에게 말하지 않은 환에 대한 미안함, 고마움 등의 감정이 솟구쳐 올랐다.

"환이는 지금 어디 있는데요?"

"오늘 오후에 엄마랑 누나가 있는 미국에 갔어."

"그럼 지은서 이야기는요?"

"못 했어. 그런 와중에 차마 지은서의 이야기까지는 꺼낼 수가 없더라고. 은서한테 기다려달라고 말해야지."

말을 마친 유상현이 나를 바라보더니 화제를 전환했다.

"자, 이제 말해봐. 왜 그날 갑자기 그렇게 사라지더니 연락이 두절된 건데?"

나는 약간의 미소를 지은 후 마음을 다잡았다. 환과의 관계도 정리됐다면 이제 나만 이들과 정리하면 된다. 그는 원래 셀러브리티의 자리로, 나는 셀러브리티 기사를 쓰는 기자로 돌아가면 되는 것이다. 유상현은 지은서에게 돌아가고 난 나만의, 나에게 어울리는 왕자님을 찾으면 되는 것이다.

"우리 이제 그만해요."

내가 말했고, 유상현은 자신이 잘못 들었다는 듯 나를 노려봤다.

"셀러브리티 역할 놀이 재미없어졌어요. 그게 생각보다 좋은 것도 아니더라고요. 다들 날 귀찮게 하지, 내 미니 홈페이지 다이어리엔 욕만 써놓지!"

나는 애써 담담한 척, 과장된 제스처까지 취해가며 조잘거렸고 유상현은 입을 꾹 다문 채 그런 내 모습을 빤히 바라봤다.

"어제는 어떤 초딩이 내 핸드폰 번호는 어떻게 알았는지 전화를 해서는 막 얼굴도 못생긴 게 꺼지라고, 유상현은 절대 너랑 어울리지 않는다고. 근데 듣고 보니 또 그런 것 같더라고요. 객관적으로 봐도 당신은 나보단…… 지은서 같은…….''

내 말이 채 끝나기도 전에 입술에 촉촉한 감촉이 느껴졌다. 느닷없는 키스에 당황한 나는 반사적으로 입술을 떼어내고 놀란 두 눈을 껌벅거리며 유상현을 바라봤다. 그가 설명하기 귀찮은 듯, 살짝 거만한 투로 말했다.

"그거 알아? 원래 왕자들이 마지막에 고른 공주들은 그렇게 빼어나게 아름답거나, 완벽하거나 그러진 않았어. 왜냐, 왕자들은 그런 여자들을 수없이 만나봤거든. 재미없어. 완벽함은 이미 자신이 지니고 있으니까."

저렇게 재수 없는 멘트를 아무렇지도 않게 술술 내뱉는 유상현보다 더 이상한 건 그런 그의 말이 묘하게 설득력 있게 다가온다는 것이었다. 유상현이 휴, 하고 한숨을 내쉬더니 다시 한 번 나지막이 말했다.

"그러니까 상대는 완벽에서 살짝 모자라도 상관없어. 까짓것 내가 다 채워주면 되거든."

그렇게 말하는 유상현의 눈빛에는

흔들림이 없었다. 심장이 두근거렸고, 술기운 탓인지 온몸이 뜨거워지는 듯했다. 이내 그의 입술이 다시 한 번 내게 서서히 다가왔다. 문득, 내가 어릴 적 공주들을 분석했던 게 떠올랐다.

'그런데 이상하게도 공주라는 족속들은 하나같이 아름다움, 우아함, 지혜로움, 고상함 등의 면모를 고루 갖추고 있으면서 살짝 모자란 모습(가시에 찔리질 않나, 패션의 필수 아이템인 구두를 흘리고 다니질 않나, 남이 주는 사과를 덥석 받아 깎.지.도. 않은 채 함부로 먹질 않나)을 보이기도 했다. 그래서 곧잘 위험에 빠졌지만 진실한 사랑만이 모든 것을 이겨낸다고 믿어서 그 믿음의 힘으로 늘 악의 무리들을 물리치고 왕자님과 달콤한 사랑에 빠지곤 했다.'

아름다움, 우아함, 지혜로움, 고상함 등을 골고루 갖춘 것은 잘 모르겠으나 살짝 모자란 모습을 보이는 것과, 특히 '구두를 흘리고 다니질 않나'라는 대목을 보자면(분명 유상현과의 첫 만남에 구두 한 짝을 잃어버려 맨발이었다) 나는 다분히 그녀들과 닮아 있었다. 게다가 제일 중요한 건 마지막 문장이다. 진실한 사랑만이 모든 것을 이겨낸다고 믿어서 그 믿음의 힘으로 늘 악의 무리를 물리치고 왕자님과 달콤한 사랑에 빠지곤 했다는 것! 불현듯 내가 상대에 비해 얼마나 부족하고 모자란지를 헤아리는 것보다 더 중요한 건 그 사람과 사랑을 믿는 거란 생각이 들었다. 그와 함께 믿음과 용기만 있다면 상처 따윈 두려워할 게 못 된다는 생각도 들었다.

안젤리나 졸리는 세계가 인정하고 할리우드가 공인한 제니퍼 애니스톤과 브래드 피트 커플 사이를 비집고 들어가 끝내 그를 가졌다. 언론들이며 수많은 팬들이 이러한 그녀의 행동에 반기를 들고 일어났지만 그녀와 피트는 흔들리지 않았고, 지금 누구보다도 행복하게 잘 살고 있다.

순간, 지은서와의 일이 아무것도 아닌 것처럼 느껴졌다. 안젤리나처럼 대담하고 완벽하게 해낼 자신은 없었지만, 지금 이 사람만 곁에 있어준다면 무엇도 문제가 되지 않을 것만 같았다. 이런 일들이 종종 있다. 고민 고민 끝에 힘들게 내린 결정이 누군가의 한마디로 사르르, 허탈하게 사라져버리는 마치 마법과도 같은 일. 나는 그의 키스를 받아들였다. 여전히 가슴 한 켠에 환이 딱딱한 응어리로 남아 있었지만, 그 생각은 잠시 접어두기로 했다.

몽롱한 상태에서 익숙지 않은 핸드폰 벨 소리가 귓가를 '간질였다 말았다'를 끊임없이 반복했다. 파르르 떨리는 눈꺼풀을 반쯤 뜨고 달갑지 않은 소음의 위치를 찾아보려 손을 쭉 뻗다가, 내 옆에서 쌔근쌔근 잠들어 있는 누군가가 아직은 흐릿한 내 시야에 들어왔다. 살짝 헝클어진 머리에 짙고 긴 속눈썹, 잡티 하나 없는 뽀얀 피부. 순간 어젯밤의 일들이 어렴풋이 떠올랐고, 반사적으로 흐뭇한 미소가 지어졌다. 뻗던 손 방향을 살짝 틀어 그의 얼굴 앞에서 흔들어봤다. 그는 자신의 얼굴 앞에서 손이 붕붕 왔다 갔다 하는데도 미동조차 없었다. 꿈틀, 몸을 뒤집어 턱을 괴고 누워 한참 동안 유상현의 얼굴을 바라봤다. 신은 분명 이 남자에게 특별한 사랑을 느끼고 편애하셨음이 틀림없다. 그렇지 않고서야 이런 완벽한 외모를 하사하실 리가 없지 않은가. 불공평한 세상이라 생각하지만, 또 그렇지도 않다. 완벽한 자가 완벽하지 않은 자에게 완벽을 나눠주면 되는 것 아닌가? 어제 유상현이 말한 대로 말이다. 다시 한 번 풋, 하고 쑥스러운 웃음이 새어 나왔다. 그때, 잠시 멈췄던 벨 소리가 다시 들리기 시작했고 아직은 잠에 잠겨 있는 목소리가 나지막이 들렸다.

"그렇게 쳐다보고 있으니 눈 뜰 타이밍을 영 찾을 수가 없잖아."

그러더니 유상현은 곧 머리맡에 있던 핸드폰을 집어 들며 내게 잠시 조용하라는 주의를 줬다.

"어! 나 집 아니야."

유상현의 매니저인 모양이었다.

"올 필요 없어. 숍으로 바로 갈게."

그렇게 말하고 핸드폰을 끊은 유상현은 한 손을 뻗어 내 머리칼을 쓰윽쓰윽 문질렀다. 그 바람에 내 머리는 이리저리 헝클어져버렸다. 그 모습이 재미난지 유상현은 몇 번이나 그 행동을 반복했다. 내가 설핏 짜증을 내자 참아왔던 웃음을 푸핫, 터뜨리더니 슬며시 내게 다가와 내 입술을 막아버렸다. 아파트 밖으로 나온 유상현은 회사까지 태워다주겠다고 했지만 나는 그의 제의를 거절하며 내 차에 올라탔다. 지은서를 만나러 택시를 타고 공항까지 갈 수는 없는 노릇이었다.

　기사를 쓰다 네시 반이 되자마자 부산스럽게 카메라를 어깨에 둘러메며 바로 옆에서 과자를 우적거리고 있는 윤 기자에게 "저, 취재하러 가요"라고 슬쩍 말했다. 그 말에 강윤지가 힐끔 나를 쳐다봤지만 그녀의 시선을 외면하며 밖으로 나왔다.

　올림픽대로를 타다 인천공항으로 가던 도중 차가 잠시라도 멈춰 설 때마다 룸미러를 통해 거울로 내 얼굴 상태를 확인했다. 불행히, 인천공항 전용고속도로에 들어서고부터는 시속 100킬로미터를 유지하며 곧장 달렸기 때문에 룸미러를 볼 새가 없었다. 세월아 네월아 달리는 차들을 추월하기 위해 차선을 바꾸며 속도를 올릴 때마다 긴장감도 같은 비율로 올라갔다. 인터체인지에서 전용고속도로 금액을 지불한 후 일차선 위를 달리다보니 곧, 인천공항 안으로 내 차가 미끄러지듯 들어갔다. 공항 입구 여기저기 픽업 나온 차들이 누군가를 기다리며 어슬렁거리고 있었. 나는 두리번거리며 JAL항공이 표기되어 있는 위치를 찾아 기어가듯 천천히 액셀을 밟았다.

　'JAL항공'이 표기된 곳에 마침 하얀색 벤 하나가 스르륵 빠져나갔고 나는 빠

르게 그 자리를 차지했다. 시계를 보니 다섯시 십오분이었다. 이제 곧 도착하겠구나 싶어 조수석에 놓아둔 가방 안에서 핸드폰을 꺼냈다. 폴더를 여니 부재중 전화 세 통이 성을 내듯 깜박거리고 있었다. 순간, 핸드폰이 부르르 몸을 떨었고 반사적으로 핸드폰 폴더를 열었다. 열자마자, "어디예요?"라는 하이 톤의 목소리가 들렸다. 지은서였다.

"네? 여기 공항인데요?"

"몇 번 게이트?"

고개를 돌려 보니 C 게이트라고 쓰여 있었다.

"아…… C 게이트요."

"무슨 차?"

"노란색 폭스바겐인데요. 벌써 도착……."

채 말을 다 하기도 전에 전화가 끊어졌고 곧바로 누군가 조수석 문을 세차게 열었다. 블랙 보잉 선글라스를 쓴 그녀가 선뜻 차에 올라타며 자그마한 빨간색 캐리어를 뒷좌석에 던지다시피 했다. 그러고는 내 쪽으로 고개를 휙, 돌렸다. 순간 긴장 기류가 내 몸 전체를 휩쌌고 나는 재빨리 전투태세에 돌입했다. 그녀가 한 십 초간 나를 빤히 쳐다보더니 천천히 선글라스를 벗었다. 그러고는 활짝 웃었다. 그녀의 사랑스러운 미소에 심장이 두근거렸다. 방어하려고 단단히 쳐놓은 바리케이드가 순식간에 와르르 무너져버렸다. 지은서가 하얗고 가느다란 손을 내밀며 말했다.

"지은서예요."

나는 미묘하게 떨리는 몸을 애써 진정시킨 후 뻣뻣하게 핸들을 잡고 있던 손의 위치를 옮겨 그녀의 손을 잡았다.

"백……이현이에요."

"생각보다 예쁘네요? 하긴"이라며 고개를 끄덕이던 지은서가 갑자기 기분 나쁜 듯 재잘거리기 시작했다.

"대부분 여자들은 자신이 화면발 사진발 잘 받는다고 생각하는데 그거 완전 착각이라니까? 화면발 사진발은 한순간에 포착되는 거잖아! 딱 세워놓고 수백 명의 기자들이 이 각도 저 각도에서 사진 찍어봐. 그중 잘 나온 사진이 몇 장이나 될지? 그리고 ENG 카메라들이대봐. 완전 엉망일걸? 그래서 여자 연예인들이 괴로운 거야. 항상 방심하면 안 되거든! 아, 요즘엔 티비 화질 수준이 높아진 만큼 여배우들 스트레스 지수도 높아진다니까! 뾰루지 하나만 발견돼도 관리가 엉망이니, 이제 망가지기 시작하느니 하면서 자기네들끼리 난리지. 아, 출발 안 해요? 여기 오 분 이상 정차하면 경찰 와요."

그녀의 일방적인 수다에 잠시 정신을 놓았던 나는 '아……'라고 고개를 끄덕이며 엑셀을 밟고 핸들을 왼쪽으로 꺾었다. 내가 빠져나온 자리는 금세 또 다른 차가 차지해버렸다. 오던 길을 돌아 인터체인지에 도착해 통행료를 내려는데, 지은서가 지갑을 꺼내더니 카드를 내밀었다.

"오던 길 통행료와 기름값은 근사한 식사로 대신할게요. 일식 좋아해요?"

지은서는 내 대답을 듣기도 전에 제멋대로 내비게이션을 켜더니 손가락으로 화면을 눌러댔다. 그러자 곧, 내비게이션이 길 안내를 시작하겠다는 멘트를 흘려보냈다.

"아직은 덜 막히니까 삼십 분쯤 걸리려나? 나 잠깐 눈 좀 붙일게요. 그래도 되죠?"

지은서는 말이 끝나기가 무섭게 조수석 의자를 휙 뒤로 제끼더니 무릎에 가지런히 놓아뒀던 선글라스를 다시 착용했다. 나는 차마 '안 돼!', '싫어!', '왜 나는 운전하고 너는 자는데!'라는 말을 하지 못한 채 끊임없이 계속되는 도로를 달렸다. 신호등이라도 있으면 순간순간 급브레이크를 밟아 지금 내 옆에서 잠든 얄미운 그녀의 단잠을 무참히 깨우고 싶은 심정이었으나 도로는 올림픽대로에 합류해 일반 도로로 나오는 그 순간까지 정지할 기미를 한 번도 보이지 않았다. 그렇게 억울해 죽을 것 같은 심정으로 애꿎은 액셀만 꾸욱, 꾸욱 짓밟아댔다.

내비게이션이 안내한 곳은 논현역 근처의 일식집이었다. 차가 정차하자 발레파킹 요원이 빠른 속도로 달려와 운전석 문을 열었다. 나는 그에게 잠시 기다리라는 제스처를 취한 후 잠들어 있는 지은서의 어깨를 톡톡 건드렸다. 그녀는 짧은 신음소리를 내며 인형처럼 기다란 속눈썹을 가진 눈을 깜박이고는 느릿하게 고개를 좌우로 두리번거렸다. "다 왔어?"라며 그녀는 앙증맞은 디올 클러치백 안에서 그 백과 도무지 매치되지 않는 빅 사이즈의 안나수이 나비 거울을 꺼낸 후 선글라스를 쓰고, 채 반도 보이지 않는 조막만 한 얼굴을 요리조리 살피면서 "나 안 이상하지?"라고 내게 물었다. 나는 고개를 끄덕이며 덩달아 룸미러를 열어 내 얼굴을 찬찬히 살폈다.

우리는 지은서와 친해 보이는 지배인의 안내를 받아 식당 안 가장 깊숙한 곳에 자리한 개인 룸으로 들어가서 서로를 마주 보는 자리에 앉았다. 미닫이문을 닫던 지배인이 곧 양 무릎을 꿇은 채 다소곳이 앉으며 지은서에게 "아니 대체 언제 한국에 온 거예요?"라고 반가운 듯 물었다.

"방금요. 근데, 비밀이에요."

선글라스를 벗으며 지배인을 향해 살짝 눈을 찡긋한 지은서는 세팅돼 있던 물을 마시며 "아, 항상 먹던 걸로 2인분이요. 그리고 중요한 이야기를 할 거니까 지배인님이 직접 서빙 좀 해주세요"라고 말을 이었다.

"네. 그럼 편히 이야기 나누세요."

그 말을 끝으로 지배인은 소리 하나 내지 않고 자리에서 일어났다. 곧 미닫이문이 닫히는 소리가 미세하게 들렸다. 그와 동시에 내 정신도 번쩍 들었다. 적과의 동침, 아니 적과의 저녁 식사가 시작된 것이다. 일단 제일 먼저 뇌리에 스친 불쾌함은 내 동의도 구하지 않고 지은서가 '항상 먹던 것!'이라는 메뉴를 주문했다는 것이다. 그런 생각에 분해하고 있는 동안 새우, 전복, 소라, 은행, 마 샐러드, 매실주 등의 식전 음식들이 아기자기한

그릇에 소담스럽게 담겨 나왔다. 지은서가 매실주로 입안을 살짝 축이며 입을 열었다. 내가 마시지도 않았는데 시큼하며 달짝지근한 매실의 향내가 입안 가득 퍼지는 느낌이 들었다. 저절로 꿀꺽 하고 침이 넘어갔고 나도 손을 뻗어 매실주를 집었다.

"어떻게 꼬셨어요?"

"네?"

"유상현, 어떻게 꼬셨냐고요."

'어떻게 만났어요', '어떻게 시작했어요'가 아닌 '어떻게 꼬셨어요?'라니. 그 황당한 질문에 입안에 넣은 매실 향이 어디론가 실종되어버렸다.

"꼬신 적 없는데요?"

"그럼 상현 씨가 꼬셨나? 그 남자, 여자한테 먼저 다가가는 스타일 아닌데!"

물론 유상현이 먼저 내게 다가온 건 아니다. 내가 그의 차를 박았으니 어찌 보면 표면적으로는 내가 접근한 게 될 수도 있다.

"뭐, 어찌 됐건. 당신이 유상현과 내 관계를 안다는 건 들었어요. 환에 대해서도. 그래서! 앞으로 어떻게 할 생각이에요?"

지은서의 눈동자 크기만 한 동그란 은행알이 지은서의 입으로 쏘옥 들어갔다.

"난 다시 상현 씨와 시작하고 싶어요. 그래서 당신이 방해돼!"

"…… 네?"

"그래서 난 당신이 사라져줬으면 좋겠어."

그녀가 내 눈을 똑바로 바라보며 도도하게 말했다. 나는 그 시선을 피하지 않고 응대했다. 그리고 물러서지 않기로 다시 한 번 다짐했다. 유상현이 나를 택했으니 내게는 그럴 권리가 있다. 성난 파도처럼 세차게 일렁이는 마음에 매실주가 든 잔을 바닥에 탁! 소리 나게 내려놓은 후 '내가 물건이냐? 사라지게!', '이제 와서 왜 그러냐! 난 그럴 마음이 없다. 너나 사라지세요' 등등 머릿속에 윙윙대는 말들 중 가장 근사한 것 하나를 골라 내뱉으려 하는데, 미닫이문이 열리며 지배인이 들어왔다.

테이블에 놓인 고급스러운 배 모양의 커다란 나무 그릇 안에는 갖가지 회들이 무리 지어 맛깔스럽게 놓여 있었고, 배 앞머리에는 추정 불가능한 생신 미리가 큰 눈을 뜬 채 자리하고 있었다. 지배인이 나간 후, 지은서가 간장종지에 와사비를 풀며 나보다 먼저 입을 열었다.

"난요. 다 버릴 각오로 왔어요."

"…… 다 버릴 각오요?"

"응. 내가 가지고 있는 지위를 버릴 각오. 여배우에게 이 정도의 스캔들은 굉장한 타격이잖아요. 근데 난 괜찮아요. 유상현과 환을 다시 얻을 수만 있다면."

"하지만! 당신은 그들을 버렸어요. 이제 와서 그럴 권리는……."

"권리 따위가 무슨 상관이죠? 내가 가지고 싶으면 갖는 거지."

그녀가 내 말을 끊으며 말했고, 그녀의 당당함에 나는 그만 말문이 막혔다.

"난 지금껏 내가 가지고 싶은 건 다 가지면서 살아왔어요. 그리고 지금 나, 지은서는 유상현과 환이 갖고 싶어요."

한 치의 망설임도 없이 자신의 의견을 내뱉는 지은서의 태도에 울컥 화가 치밀어 올랐다.

"지은서 씨. 그 두 사람은 가지고 싶으면 갖고 필요 없으면 버리는 물건이 아니에요."

내 격앙된 목소리가 빳빳한 긴장감으로 둔갑해 이 방 안을 가득 메웠다. 지은서는 예상 밖의 내 반응에 동그랗게 눈을 뜨고 의외라는 듯 나를 바라봤다. 그러더니 피식, 하고 웃음을 흘린 후 회 한 점을 입에 쏘옥 집어넣었다. 몇 번의 우물거림 끝에 회는 그녀의 목 안으로 넘어갔다. 그녀가 만족한 듯 입맛을 다시더니 물로 목을 축이고는 유유히 말을 시작했다.

"난 물건이라고 말한 적 없어요. 그리고! 만약 그렇다 해도 그게 뭐가 나빠요? 원래 사람은 갖고 싶은 건 원하고 필요 없는 건 버리는 본능을 갖고 있지 않아요? 난요, 지금껏 그렇게 살아왔어요. 내가 갖고 싶은 건 다 갖고, 내가 필요로 하는 상대도 날 필요로 하게 만들면서요. 그럼 나쁜 거 없잖아요? 바보처럼 못 가진 자들이 그런 이야길 하는 거예요. 나도 못 가지니 억지로라도 갖는 당신들이 나쁜 거다. 근데, 난 못 가지고 불평하는 자들이 더 한심해 보이는걸요? 인간의 도리 어쩌고 하면서. 사실, 안젤리나가 브래드를 뺏은 것도 어찌 보면 이기적이죠. 하지만 너무 당당하니까 누구도 반기를 못 들잖아요. 난 그런 여자들이 좋아. 빼앗기는 쪽이 나쁜거야."

그렇게 청산유수처럼 흘러내린 말이 일리 없지는 않았지만, 고개를 끄덕이며 동의할 수도 없었다. 하지만 뺏기는 자가 잘못이라는 말은 확실히 틀린 말이다. 만일 그녀가 그렇게 생각한다면 나는 그녀에게 절대 유상현을 빼앗기고 싶지 않다는 전투심이 불끈 솟아올랐다.

"그렇다면! 빼앗아보세요. 난 절대 빼앗기지 않을 테니까."

그녀의 두 눈을 바라보며 똑똑히 말한 나는 핸드백을 들고 자리에서 일어서 미닫이문을 열었다. 저벅저벅 성난 걸음으로 복도를 걸어가는 도중 음식을 든 지배인이 나를 발견하곤 "화장실은 저쪽에 있어요"라고 상냥하게 말했지만 난 대꾸 없이 계속해서 걸음을 옮겼다. 물론, 지은서는 나를 부르거나 쫓아오는 행위는 하지 않았다.

갑작스레 환이 보고 싶어졌다. 우리 엄마는 지은서처럼 아름다움도, 고상함도, 여왕 같은 포스도 존재하지 않지만 날 우리 공주님이라고 불러줬으며, 어릴 적 밤마다 동화책을 읽어줄 만큼 다정했고, 그녀의 품은 어떤 푹신한 소파보다 아늑했다. 여왕을 엄마로 둔 공주나 왕자들이 결코 행복하지만은 않았을 거라는 생각이 문득 들었다. 씩씩대며 벽인지 자동문인지 도통 구분이 되지 않는 곳에 다다랐을 때, 그녀의 목소리가 다시 한 번 두둥 떠오르며 발걸음이 멈춰졌다.

'빼앗기는 쪽이 나쁜 거야.'

지금쯤 그녀는 날 도발한 것에 대해 즐거워하며 만족한 얼굴로 회를 한 점 한 점 입에 넣고는 잘근잘근 씹고 있을 게 틀림없었다. 나는 열린 문을 무시한 채, 몸을 홱 돌려 다시 그곳으로 향했다. 쿵쾅쿵쾅, 성난 내 발소리에 종종걸음으로 다소곳이 걸어 다니는 종업원들이 한 번씩 시선을 돌렸다. 하지만 전혀 개의치 않았다. 양손으로 힘차게 미닫이문을 여니, 지은서가 젓가락으로 회 한 점을 집고 있다가 드르륵 문 열리는 소리에 반자동적으로 나를 바라봤다.

"간 거 아니었어? 뭐 놓고 간 거라도 있어?"

"아니요. 놓고 갈 게 있어서요."

나는 내가 앉았던 자리에 다시 앉았다. 쿵, 하는 소리와 함께 테이블이 들썩거렸다. 그 바람에 매실주가 살짝 잔에서 흘러넘쳤고 나는 재빠르게 그 잔을 들어 입속에 털어 넣었다. 알싸한 맛이 온몸 전체에 퍼져나가며 알코올이 용기를 업그레이드시켰다.

"뭔데요? 놓고 갈 게?"

그녀는 여전히 당당했다. 아니, 오히려 더 당당해졌다. 나는 그런 그녀의 눈을 똑바로 쳐다보고는 말했다.

"피자, 콜라, 사이다, 순대, 떡볶이."

내 입에서 줄줄이 흘러나오는 음식들에 의아한 표정을 짓던 지은서가 피식 웃음을 터뜨리며 내 말을 쉽게 툭, 끊어버렸다.

"난 그런 거 안 먹는데? 피자는 칼로리 덩어리고 탄산음료는 치아 미백에 치명적이야. 순대, 떡볶이. 그런 것들도 별로. 자극적인 음식이 피부에 좋지 않다는 것 정돈 그쪽도 알죠?"

"…… 청국장."

"하하. 그걸 먹으면 하루 종일 그 냄새가 몸에 배잖아. 이현 씬 그런 걸 좋아하는가 봐. 난 칼로리도 적고, 냄새도 안 배고, 건강에도 좋은 음식들을 좋아해요. 바로 이런 거?"

그녀가 도미 한 점을 뒤적거리며 말했다.

"그럼, 닌텐도 '위' 같은 건 할 줄 알아요?"

"위? 게임? 난 승마를 좋아하는데?"

"…… 탱고 배우고 싶지 않아요?"

"탱고? 배우고 싶진 않았는데 배웠지. 근데 썩 좋아하진 않아. 그런데 그건 왜?"

그녀가 이해할 수 없다는 듯 고개를 갸웃거리며 물었고, 나는 대답 대신 허탈하게 피식 웃음을 흘렸다. 그녀는 정말 유상현과 환에 대해 아무것도 모르고 있다. 그들을 안 지 얼마 되지도 않은 나보다도. 나는 그녀의 두 눈동자를 정면으로 응시하며 또박또박 말했다.

"있잖아요. 피자, 콜라, 떡볶이, 순대, 사이다는요, 환이 제일 좋아하는 음식들이고요. '위'는 환이 죽고 못 사는 게임기예요. 청국장은 유상현이 가장 사랑하는 음식이고요."

줄곧 자신만만하던 그녀의 표정이 조금씩 굳어지며 나를 바라보는 시선이 차가워졌다. 살짝 아랫입술을 깨물며 애써 평정심을 잃지 않으려는 듯한 그녀를 보며 다시 말을 이었다.

"'탱고 배우고 싶지 않아요? 지금이요? 제가 가르쳐드릴게요.' 이건 〈여인의 향기〉에 나오는 대사고요. 유상현은 그 대사를 외울 정도로 이 영활 사랑해요. 알아요? 당신은 그들에 대해 잘 몰라요. 지금 당신 눈앞에 앉아 있는 나. 보. 다. 도."

그녀의 얼굴이 새파랗게 변하며 속눈썹이 파르르 떨려왔다. 지은서, 그녀가 과연 살면서 이런 수모를 겪은 적이 있었을까. 하지만 그녀에게 수모를 안겨주기 위해 환과 유상현에 대한 얘기를 꺼낸 건 절대 아니다. 다만, 그들에 대해 잘 알지도 못하는 그녀가 단지 자신이 다시 갖고 싶어졌다는 이유만으로 그들 앞에 나타나는 건 옳지 않다고 생각했다. 나는 다시 자리에서 일어나며 "놓고 가고 싶었던 건 이 말이에요. 그럼"이라고 말한 후 꾸벅, 고개를 숙여 인사했다. 그리고 발걸음을 옮겼다.

"그래서!"

그녀의 말이 조용히, 하지만 무게감 있게 입 밖으로 흘러나왔다.

"그쪽이 유상현이랑 결혼이라도 하겠다는 거야?"

"모르죠."

"뭔가 착각하나 본데, 유상현은 절대 당신을 택하지 않아."

"괜찮아요. 제가 택했으니까요."

그 말을 마지막으로 나는 밖으로 나와버렸다. 한참 운전을 하면서 그 일식집과 멀어지고 나서야 내가 무슨 일을 저질렀는지 알 수 있었다. 나는 한국 최고의 '셀러브리티' 앞에서 말도 안 되는 선전포고를 한 것이다.

집에 도착해 멍하니 있자니 여러 가지 생각들이 머릿속을 어지럽혔다. 누구나 사랑을 얻기 위해 엄청난 노력을 한다. 제니퍼는 브래드를 유혹하기 위해 〈프렌즈〉에 출연할 당시 고단백 다이어트로 9킬로그램이나 감량했다고 한다. 게다가 그의 취향을 고려해 갈색이었던 자신의 머리칼도 완전히 금발로 바꿨다고 한다. 스팅의 뉴욕 콘서트 도중 무대 위에 올라가 브래드에게 〈Fill her up〉이라는 노래를 불러주는 깜짝쇼를 펼쳤고, 그를 위해 스트립쇼도 준비했다. 그 노력 끝에 브래드는 그녀의 손가락에 다이아몬드 반지를 끼워줬다. 하지만 안젤리나도 브래드를 얻기 위해 노력했다. 그를 위해 직접 식사 준비를 하

고, 자신의 최고 무기인 섹시함을 최대한 이용했다. 한 관계자의 말에 의하면 영화의 가장 중요한 러브신을 촬영할 때 처음에는 모두 살색의 언더웨어를 입었지만 마지막 장면에서 졸리는 언더웨어를 벗고 과감히 알몸인 상태로 피트와 침대 속으로 들어갔다고 한다.

백설공주는 독이 든 사과를 눈 딱 감고 먹었으며, 신데렐라는 비싼 유리 구두를 담보로 왕자를 유혹했다. 라푼젤은 자신의 머리카락이 다 뽑힐 위험을 무릅썼으며, 잠자는 숲 속의 미녀는 잠드는 동안 자신의 아름다움이 사그라질지도 모르지만 모험을 강행했다. 그래서 그녀들이 사랑을 쟁취한 것일지도 모른다.

문득 안젤리나 졸리와 브래드 피트, 제니퍼 애니스톤의 결말이 궁금해졌다. 브래드는 샤일로와 쌍둥이까지 낳고도 안젤리나와의 혼인신고를 꺼렸다. 그리고 브래드가 술에 취하면 제니퍼가 그립다고 말한다는 루머도 있다. 그래서 그가 제니퍼에게 다시 돌아가는 핫이슈가 생길지도 모른다는 이야기가 종종 흘러나온다.

그렇다. 그건 정말 그 누구도 모르는 일이다. 아니, 그보다 더 알 수 없는 건 나와 유상현과 지은서를 둘러싼 이 관계의 결말이다.

5. 20세기 마지막 신데렐라, 파파라치의 희생자 다이애나 비!

다이애나 비(Diana Frances Spencer)
영국 찰스 왕세자의 빈이었으나 1996년 8월에 이혼했다. 이혼 후 대인지뢰 사용금지운동 등 활발한 사회활동을 벌이며 새로운 사랑을 찾아다녔지만 1997년 8월 프랑스 파리에서 원인 모를 교통사고로 사망했다. 결혼에서부터 이혼, 사망하기까지 그녀는 황태자비 그 이상의 의미로 대중의 사랑을 받는 스타였다. 20세기 마지막 신데렐라, 하지만 파파라치에 의해 생을 마감하게 되는 비운의 왕세자비!

"카드가 아니라 인생을 가지고 도박을 해요……."

카펫 위에 엎드려 누운 채 왼손으로 턱을 괴고는 인터넷 서핑을 하던 내 귀에 나지막이 중얼거리는 소리가 들려왔다. 그 소리가 나는 방향으로 고개를 돌리자, 화이트 소파에 긴 다리를 뻗고 누워 책을 보고 있는 유상현의 모습이 보였다. 그런 그의 모습은 흡사 잡지 안의 화보를 연상케 했다. 그가 언젠가부터 '집이 작아서인가? 편안해'라는, 어찌 들으면 살짝 기분 나쁠 수도 있는 발언과 함께 자주 이 집에 드나들었지만 아직까지 그가 우리 집 식탁에 앉아 밥을 먹는다거나, 이렇듯 화보와 같은 포즈로 책을 본다든가 하는 장면들은 여전히 날 설레게 했다.

"카드? 인생? 그게 무슨 소리예요?"

"다이애나 비가 한 말이야."

"다이애나면 의문의 사고로 죽은 영국 왕세자비?"

"응. 파파라초의 집요한 추적을 벗어나려다 봉변을 당했지."

"파파라초? 파파라치가 아니라?"

"아, 이탈리아어로 단수는 파파라초, 복수는 파파라치. 뭐든 상관없지만."

문득 불거져 나온 다이애나 비 이야기에, 검색창에 다이애나 비를 쳤다. 인물 정보를 포함해 그녀에 관한 기사들이 주르륵 쏟아져 내렸다.

'왕가 사람. 1961년 7월 1일 출생. 1997년 8월 31일 사망. 가족 아들 윌리엄 윈저. 아들 해리 윈저.'

윌리엄 윈저? 윌리엄……. 맙소사! 머릿속에 어릴 적 내가 저질렀던 사건 하나가 빠른 속도로 스쳐 지나갔다. 각국의 왕자들에게 보낸 구애 편지! 정확히 기억나지는 않지만 내가 두번째로 편지를 쓴 이가 윌리엄 왕자였을 것이다.

"파파리치들이 문제야. 근데, 누구는 뭐 찔리는 거 없나?"

유상현은 그 자세 그대로 무심히 말을 건넸다.

"난……."

애당초 당신을 찍을 생각으로 주구장창 당신을 미행한 것은 아니라는 말을 내뱉으려다 다시 입안으로 쑤욱, 밀어 넣었다. 만약 이 이야기를 깊게 파고든다면 '그쪽'과 환 등의 이야기가 거론될 게 분명했다. 그러다 자칫 잘못하면 내가 유상현을 도발하고 속였다는 것이 탄로 날지도 모른다. 거기까지 생각이 미치자 나는 재빨리 다른 이야기로 전환했다.

"뭐, 파파라치도 일종의 직업이잖아요."

"한 인간의 사생활을 모조리 빼앗아버리는데도?"

"사실 유명인들, 그러니까 셀러브리티들의 이름은 보통명사 취급받잖아요. 그만큼 공공연하게 알려져 있는 사람이라는 거죠. 사랑은 받으면서 내 모습은 보여주기 싫다. 감추고 싶다. 그건 좀 아니잖아요."

"그래서 넌, 파파라치 행위들이 옳다고 생각하는 거야?"

"꼭 그런 건 아니지만……."

사실, 나조차도 유상현과 연인 사이로 알려지면서 인터넷 기사나 타블로이드지에서 멋대로 떠들어대는 나의 이야기들, 미니 홈페이지의 자유가 침범당한 것이 불쾌하고 화가 났다. 또한 유상현의 집에서 나오면서 기자들의 거침없는 플래시 세례에 얼마나 당황했던가. 하지만 지금 유상현에게 그것을 인정하며 나와 같은 직업을 가진 동료들을 하지 말아야 될 일을 하는 못된 사람으로 치부해버리고 싶지는 않았다. 적어도 내 입으로는 말이다.

"연예인도 사람이야. 사람이니까 실수도 해. 그래서 보여주고 싶지 않은 생활이나 모습도 있게 마련이고. 그런데 그런 모습 하나하나가 여기저기 올라가 자신도 모르는 사이에 새로운 이야기들이 만들어져. 당연히 상처받지 않겠어? 사람이니까."

 마지막에 그가 말한 '사람이니까'라는 대사가 왠지 모르게 서글프게 다가와 나는 어떠한 대답도 할 수가 없었다.

 "다이애나 비는 파파라치 때문에 죽임도 당했고."

 "하지만…… 다이애나 비 죽음은 우연한 사고가 아니었다잖아요……."

 나는 기사 하나를 클릭해 조심스럽게 줄줄 읽어 내려갔다.

 "사고 당시 함께 있었던 다이애나의 연인 도디의 부친 모하메드 알 파예드는 이 사고에 대해 엘리자베스 2세 여왕의 남편 필립 공과 영국 정보기관이 다이애나를 살해했다는 음모론을 제기해왔다. 사고 직후 다이애나 비의 개인적인 편지들이 사라졌고, 사고 현장에서 목격된 흰색 피아트 차량의 운전사가 실종됐으며, 운전사 도디의 사고 전 세 시간 동안의 행적도 풀리지 않았다."

 나는 말을 멈춘 후 조용히 듣고 있던 유상현의 표정을 살펴봤다. 그는 살짝 불쾌한 듯한 표정을 짓고 있었다.

 "음모론은 어디든 존재해! 그게 사실이라고 해도 파파라치가 그녀의 죽음에 일조했다는 건 부정할 수 없는 사실이야."

그는 보던 책을 소리 나게 덮었다. 탁, 하는 소리와 함께 그가 허리를 치켜세우고 자리에서 일어났다. 반사적으로 나도 그를 따라 몸을 일으켰다.

"가, 가게요?"

"어. 저녁 약속 있어."

그가 소파 위에 가지런히 걸쳐놓은 블랙 카디건을 낚아채 어깨에 걸쳤다. 그러고는 저벅저벅 걸어 현관 앞에 다다랐다. 그에게 무슨 말을 해야 할지 먹먹하기만 했다. '사실, 나도 파파라치 행위는 좋지 않다고 생각해요', '차 박은 그날은 정말 미안했어요' 등등. 하지만 막상 그 말들은 목 언저리만 술렁술렁 배회할 뿐이지 입 밖으로 나올 생각을 하지 않았다. 그가 손잡이를 잡았고 덜컹 소리가 나며 현관문이 열렸다.

"저기, 그럼 나중에 전화……."

내가 그렇게 중얼거리는 순간, 유상현이 동작을 멈춘 채 다시 뒤를 돌아보며 말했다.

"아, 네가 달마다 쓰는 셀러브리티 특집 기사 있지?"

나는 무의식적으로 고개를 끄덕였다.

"가끔은 이런 사람들도 다뤄보는 게 어때? 다이애나 비, 힐러리 클린턴, 오프리 윈프리 등등. 뭐, 좋은 사람들 많잖아? 이들도 셀러브리티 아닌가?"

그는 고개를 갸우뚱거리더니 '저녁에 전화할게'라는 말을 남긴 후 사라졌다. 그가 사라진 후에도 나는 그 자리에 우두커니 멈춰 서 있었다. 뭔가로 머리를 강타당한 느낌이 들었다. 그러고 보니, 유상현이 말한 그녀들도 셀러브리티에 속했다.

'다이애나 비, 힐러리 클린턴, 오프라 윈프리.'

그랬다. 내가 지금까지 기사의 주인공으로 삼은 린제이 로한, 패리스 힐튼, 빅토리아 베컴 등, 그녀들도 셀러브리티지만 그녀들 말고도 다른 셀러브리티들이 이 세상에는 많이 존재했다.

그날 밤, 유상현의 연락은 새벽 세시가 다 되어서야 왔다. 물론 나는 그 시간 동안 그의 연락을 목이 빠져라 기다리며 주인을 잃은 채 소파 팔걸이에 놓여 있던 '다이애나 비'라는 제목의 두꺼운 책을 3분의 2 이상 읽었다.

그녀의 삶은 정말이지 드라마틱했다. 평범한 스펜서가의 딸로 태어난 다이애나는 열세 살이나 많은 찰스 왕세자의 눈에 띄어 결혼을 하게 된 전형적인 '신데렐라'형 여자였다. 어찌 보면 내가 그토록 소원하던 것을 이룬 여자였던 것이다. 하지만 그녀는 이혼했고, 숱한 염문을 뿌렸으며, 동시에 세계무대를 상대로 대인지뢰 금지, 자선사업 활동 등으로 왕궁과 대중매체를 뛰어넘어 국민들과 진정한 관계를 맺기 위해 무던히 노력했다. 하지만 그녀는 자신만의 진정한 꽃을 피우려고 하던 찰나, 의문의 교통사고로 사망했다. 그 사건은 영국인들을 비롯한 전 세계인의 가슴을 아프게 했다. 그리고 그 사건은 '신데렐라의 환상'을 품었던 많은 사람들에게 경종을 울려주는 계기가 됐다.

그녀의 일대기를 다룬 책을 읽으면서 문득, 일본의 '미치코' 천황비(이하 천황비)가 떠올랐다. 일반 대중과의 거리감을 없애기 위한 목적으로 간택된 천황비는 궁 내부에서 심한 핍박을 받았으며, 그녀를 반대했던 자들에게는 무시의 대상이 됐다. 그녀(천황비)는 친아버지가 돌아가실 때도 궁 내부의 압력으로 인해 가보지 못했다고 한다. 아마, 다이애나나 천황비를 우리나라로 치면 재벌가에 시집간 아름답지만 평범한 여인들로 비교할 수 있을 것이다. 그녀들이 느끼는 스트레스가 엄청나다는 것은 재벌가와 이혼한 여인들의 이야기를 다룬 기사들을 통해 우리는 익히 알고 있다.

그 자리. 모든 행운을 거머쥐는 동시에 자신의 의지로 할 수 있는 모든 걸 포기해야만 하는 자리. 그녀들은 과연 행복했을까? 사소한 일이나 말 한 마디에도 가십거리가 되기 쉽고 자유를 구속당하는, 왕실에 혹은 재력에 귀속된 '일반인'들은 진정 행복했을까? 이런 몽롱한 생각이 들면서 갑자기 다이애나 비에 관한 기사를 쓰고 싶어졌다.

유상현 말대로 그녀도 셀러브리티다.

"다이애나 비?"

"네. 영국 왕세자비였던 다이애나 비요."

퇴근 시간을 얼마 남겨두지 않은 시각, '안젤리나 졸리 vs 제니퍼 애니스톤' 기사 컨펌을 받기 위해 편집장에게 간 자리에서 다음 달 셀러브리티 특집 기사의 주인공을 '다이애나 비'로 하고 싶다고 넌지시 건넸다.

"왜? 벌써 쓸 만한 인물들이 다 떨어졌어? 섹스 심벌 마돈나, 약물 중독자로 자리매김했다가 이번에 재기하는 미샤 버튼, 상속녀 패리스 힐튼의 골 때리는 베스트 프렌드 니콜 리치 등등 얘깃거리 풍부한 애들 아직 많잖아? 그리고 다이애나는 이미 이 세상 사람이 아니고."

"그렇죠. 근데 '카드가 아니라 인생을 가지고 도박을 해요'란 말이 마음에 들더라고요."

나는 어제 유상현에게 들은 말을 그대로 전달했다.

"그래? 그 말뜻이 뭔데?"

그녀는 내가 건넨 A4용지 다섯 장으로 된 기사를 설렁설렁 눈으로 바라보며 툭 내뱉었다.

"뭐, 그녀가 자신의 생의 모든 것을 걸고 사랑과 자기 신념을 찾아다녔다는 뜻 아닐까요?"

"말뜻은 좋네. 근데 그것만으로 자극적인 부분을 끄집어낼 수 있겠어? 예를 들어, 그래! 지금 이 기사처럼 브래드 같은 근사한 남자 하나를 두고 펼쳐지는 셀러브리티들의 치열한 싸움. 근데 정말 안젤리나 졸리가 제니퍼에게 '내 남편에게 집적대지 말고 그만 사라져줄래(back off)!'라는 경고 문자를 보냈어?"

"네."

나는 단답형으로 대답했다. 그리고 어제 본 다이애나의 책 내용과 기사 들을 떠올렸다.

"음…… 다이애나 비도 드라마 같은 삶을 살았잖아요."

"그래. 뭐, 백 기자가 재미있게 쓸 수 있다면 써! 될 수 있는 한 자극적으로. 그래야 판매부수를 조금이라도 올리지. 음, 이번 건 이대로 내보내도 되겠어. 오케이."

그녀가 건성으로 대답하며 페이퍼에서 시선을 내게로 옮긴 후 고개를 끄덕거렸다. 자극적이라는 단어가 마음에 걸렸지만 일단은 '네'라는 긍정의 대답을 한 후 밖으로 나가려는데 편집장이 나를 다시 불러 세웠다.

"자기, 유상현이랑은 잘돼가?"

블랙 계열의 차가운 뿔테 안경 안에 가려진, 내 대답을 기다리는 그녀의 눈동자는 건썹을 내기 위해 기사를 볼 때보다 더욱 반짝거렸다. 나는 '그런 것 같아요'라고 애매하게 대답한 후 밖으로 나갔다. 그와 동시에 커다란 하품을 했다. 눈가에 살짝 눈물까지 고였다. 그러고 보니, 새벽 세시에 온 유상현과 한참을 소소한 이야기와 사랑을 나누고, 그의 팔을 베고 잠이 든 시간이 새벽 대여섯시쯤 될 것이다. 그러니까, 내가 수면을 취한 시간이 총 두 시간도 안 된다는 이야기다. 카페인으로 수면욕을 쫓아내볼 심산으로 자판기 쪽으로 향했다.

그때, 복도 근처에서 '그게 정말이에요?'라는 낯익은 목소리가 들렸다. 소리가 나는 쪽으로 발걸음을 살짝 옮겨보니 그곳에는 강윤지가 핸드폰을 든 채 놀란 듯 입을 벌리고 서 있었다. 그러다 나를 발견하고는 깜짝 놀라 '그럼, 저녁에 봬요'라고 말한 후 서둘러 전화를 끊었다. 그러고는 내게 다가오며 "아, 이현 씨 커피 마시려구? 내가 한 잔 뽑아줄까?"라고 물었다. 나는 "괜찮아요. 전화 통화 내용 들은 거 없어요"라고 말한 후 그녀를 쓰윽 지나쳐갔다. 그녀는 방금 그 통화에서 꽤나 괜찮은 가십거리에 대한 이야기를 나눈 게 분명했다. 그래서 그 기사를 제공해준 그 누군가와 저녁에 만날 것이고, 행여나 내가 그 기삿거리의 힌트가 될 만한 단어 하나라도 들었을까 봐 저리 놀란 것이다. 안 봐도 훤하다.

아마도 그녀의 가십 기사는 또 우리 잡지의 최고 지면을 차지하며 가십에 목마른 독자들의 지갑을 열게 할 것이다. 그 가십의 주인공이 누군지, 무슨 내용인지 살짝 궁금해졌지만, 며칠 후면 알게 될 거란 생각에 그냥 다이애나에 관한 기삿거리를 어떤 방향으로 쓸 것인지 고민하면서 인스턴트커피를 후르륵거렸다.

'다이애나, 그녀만의 비밀!'

아니다. 하품에 옵션으로 눈물 한 방울이 똑 떨어질 것 같은 식상한 제목이다. 비운의 왕세자비 다이애나? 이것도 패스. '비운의 왕비 마리 앙투아네트'를 패러디한 듯한 창의적이지 못한 제목이다. 다이애나, 스캔들의 여왕? 뭐, 그녀가 가는 곳마다 늘 스캔들이 터져 나왔고 가십거리가 제공됐다고 한다. 전 왕세자비에다 세계 패션을 주도하며 염문을 뿌리고 다닌 그녀는 언론의 먹잇감으로는 최고의 상대였다. 톰 행크스(소문에는 다이애나가 끈질기게 구애를 퍼부었으나 톰 행크스가 바쁘다는 핑계로 거절했다고 한다), 음유시인 스팅*, 미 프로농구의 악동 로드먼, 파키스탄 의사 래스탯 칸 등등. 물론 그녀와 염문설이 난 이들 중 다이애나가 인정한 사람은 래스탯 칸밖에 없지만.

하지만 이 제목 역시 성의 없는 제목이다. 게다가 늘 기재하던 기사와 다를 바 없는 분위기를 풍긴다. 이번만큼은 새롭고, 신선한 뭔가를 만들어내고 싶었다. 특히나 그녀는 내가 한때 그토록 원했던

---

*레옹의 OST 〈Shape Of My Heart〉의 작곡가로 유명한 스팅. 독특한 사운드와 실험 정신으로 자신의 음악에 대한 고집과 열정을 버리지 않았으며, 사회운동에도 관심이 많았다. 국제사면위원회(Amnesty International, 사상이나 신조 등에 의해 투옥된 자들의 석방 운동을 위해 1961년 설립된 조직)에 적극 관여했고, 에티오피아의 기아돕기 운동에도 동참했다. 정치 투쟁을 벌이면서도 에릭 클랩튼, 다이어 스트레이트의 마크 노플러와 같은 슈퍼 록커와 음악 활동도 함께했다. 그 역시 훌륭한 셀러브리티다.

'신데렐라'의 삶을 살았다. 신데렐라와 다른 점을 꼽자면 신데렐라는 '왕자님과 오래오래 행복하게 살았습니다'로 마침표를 찍었고, 다이애나는 '파파라치에 의해 의문의 죽음을 맞는'으로 끝난다는 거다.

"야, 이현! 내 말 안 들려? 육수 끓는다니까! 그냥 다 넣는다."

수민이 내 눈앞에서 손을 휘휘 저으며 인상을 찌푸렸다. 내가 무의식적으로 고개를 끄덕이자 수민은 보글보글 끓고 있는 전골냄비 안에 소쿠리 가득 담긴 어슷썰기한 파, 팽이버섯, 표고버섯, 배추, 쑥갓, 청경채 등의 야채를 쏟아 부으면서 입맛을 다시며 말했다.

"먹을 걸 앞에 두고 대체 무슨 생각이야?"

"미안, 미안."

"뭐야, 유상현 생각한 거야? 야, 좀 말해줘 봐! 스타 유상현 말고, 인간 유상현에 대해서."

수민이 목을 쑤욱 빼고서는 의미심장한 웃음을 지어 보이며 물었다.

"야! 진짜 듣고 싶은 게 뭔데? 에두르지 말고 말해봐."

"유상현의…… 키스?"

"키스만?"

나는 수민의 말을 빠르게 받아치며, "야채 다 익은 것 같은데 고기 넣어서 먹자. 맛있겠다"라고 화제를 전환했다. 평소의 나라면 수민에게 애인과의 시시콜콜한 모든 것을 이야기하며 공유했을 것이다. 하지만 유상현은 달랐다. 그는 우리나라 최고 유명인사다. 이 분야에 종사하는 수민이 자신도 모르는 사이 흘러가듯 유상현에 대해 언급할 수도 있다. 그렇다면 그게 부풀려진 채 기사가 될 게 분명하다. '유상현 연인의 친구 입에서 나온 확실한 정보'라는 제목의 메인 기사로.

스타와 연애할 때 안 좋은 점 중 하나는 분명 친구에게 시시콜콜한 이야기를 하며 까르르 웃어댈 수 없다는 것이다. 음…… 나는 유상현이 집에 들어오자마자 '밥 먹을래요? 아니면, 마실 것부터 줄까요?'를 물어봐. 그럼 유상현은 장난 섞인 눈빛을 보내며 '아니, 너부터'라고 말한다니까, 라는 말을 대체 어찌 남에게 한단 말인가. 절대 안 된다.

수민은 종잇장처럼 얇은, 핏빛 선명한 고기들을 넣자마자 몇 번 휘휘 저은 후 건져내고는 입속에 넣어 행복한 표정으로 우물거렸다. 그러더니 갑작스레 무엇이 생각났는지 먹던 것을 꿀꺽 넘긴 후 다급하게 말했다.

"아, 맞다. 그저께 '린즈'라는 바에 미팅이 있어서 갔는데, 변태지랑 강윤……."

"강윤지?"

"아아, 응. 강윤지. 니가 만날 재수 없다던 그 기자가 강윤지 맞지?"

"응."

"변태지, 강윤지. 그 둘이 있는 거 봤어. 둘이 원래 만나는 그런 사이야?"

하마터면 놀라서 홀짝대던 맥주 캔을 바닥으로 낙하시킬 뻔했다. 그저께면 편집장에게 기사 컨펌을 받던 날이다. 그날, 강윤지는 복도에서 누군가와 비밀스레 전화를 했다. '그럼 저녁에 봬요'라고 말하던 강윤지의 목소리와 얼굴이 선명히 떠올랐다.

"아니, 아예 안면이 없는 건 아니지만…… 특별히 친한 사이도 아니야."

"그래? 아무튼 그 둘이 이야기하고 있더라고. 뭐, 그럼 인터뷰했나 보지."

그렇게 말한 수민은 그러면 별거 아니네, 라는 표정을 지으며 또다시 고기 몇 점을 전골 안에 집어넣었다. 따뜻한 불 앞에 있음에도 불구하고 갑작스런 한기가 온몸을 휘감았다. 나는 테이블 위에 올려놓았던 핸드폰을 들어 변태지에게 전화했다. 통화음은 중간에 끊이지 않고 울렸지만 그의 목소리까지 연결되지는 않았다. 두 번이나 더 걸었지만 마찬가지였다.

"왜 그래? 안 먹어? 맛없어?"

"응. 먹어, 먹어."

나는 젓가락으로 전골냄비 안을 성의 없이 뒤적였다. 이미 입맛이 저만치 사라진 후였다. 여자의 직감이 연애 문제를 제외하고도 적용되던가? 사실 지금 느끼는 내 불안에는 원천이 있었다. 그날, 변태지와 와인을 마시던 그날, 내가 변태지에게 유상현에 대해 어디까지 이야기했는지 전혀 기억나지 않는다는 것이었다. 사실 내 기억은 택시를 타고 온 후 유상현과 만났던 감격스러운 장면을 빼고는 모두 모자이크로 처리되어 있었다. 그것도 무척 심하게.

"아, 그리고 이건 극비 사항인데, 지금 일본 쪽에서 지은서가 사라졌다고 비상이래!"

"뭐?"

"업계 소문으로는 지은서랑 일본 재벌 쪽이랑 결혼 이야기가 있었는데 무산됐나 봐. 이유는 모르겠고. 암튼 그 여자도 요즘 문제 많나 봐. 스타일리스트한테 하루에도 몇 번씩 일 다 때려치우고 싶다고 짜증낸대. 근데, 그러려면 돈 많은 남자 잡아야 하잖아. 평소 생활하던 '가다'가 있는데 평범한 남자랑 평범하게 돈 쓰면서 살 수 있겠어? 근데 재벌가들과는 연애에서 결혼까지는 못 가나 봐. 뭐, 그게 슬픈 현실이지. 끼리끼리들 많이 노니까. 그리고 설사 그 재벌가에 들어간다 한들 몇 년 못 버티고 나올 게 분명하니까."

그때였다. 테이블 위에 있던 핸드폰이 몸을 떨었다. 변태지인가 싶어 급하게 핸드폰을 들어보니 '나지고지순은개뿔'이라는 긴 글씨가 화면 위에서 깜박였다. 편집장이었다. 잡지 인쇄는 어제 넘어갔다. 그러니 원고 수정 이야기는 절대 아닐 것이다. 혹시, 다이애나 비 말고 다른 셀러브리티를 찾으라는 내용인가? 계속해서 입을 우물거리던 수민이 진동 소리를 들었는지 고개를 들어 슬쩍 나를 쳐다봤다. 그러고는 왜 받지 않느냐며 천진난만하게 고갯짓을 했다. 나는 불안감을 그득 안은 채 핸드폰 폴더를 열었다.

"네, 편집장님."

"백 기자, 대체 어떻게 된 거야?"

다짜고짜 어떻게 된 일이냐고 물으면서도, 어딘가 묘하게 절박한 편집장의 목소리가 귀에 꽂히자마자 숨이 턱 막혀버렸다. "네? 무슨 일이신데요"라고 물으면서도 이미 내 머릿속은 최악의 시나리오가 제멋대로 펼쳐졌다.

"지은서와 유상현 사이! 백 기자도 알고 있었다며!"

"네? 편집장님, 그게……."

목소리의 떨림이 감춰지지 않은 채 여실히 드러났다. 심장이 미친 듯 두근댔고, 입안은 바짝바짝 타들어갔다. 그제야 심상치 않은 사태를 눈치 챈 수민이 젓가락을 놓은 채 나를 바라보며 '왜?'라고 입모양으로 말했다. 나는 애써 마음을 진정시킨 후 편집장에게 "잠시만요"라고 소리내어 말한 후 자리에서 일어났다. 그리고 수민에게는 단지 눈빛으로 사태의 심각성을 말했다. 수민은 고개를 끄덕이더니 쭈그린 두 다리를 양손으로 모은 채 걱정스러운 표정으로 나를 바라봤다. 침대 방으로 가서 문을 닫은 나는, 크게 심호흡을 한 후 침대에 앉았다. 순간 매트의 울렁임에 속이 메스꺼워졌다. 아니, 매트 때문이 아니다. 이 상황 때문이었다. 휴대전화를 쥔 손이 미세하게 떨리고 있었다.

"강윤지 기자가 다른 일간지에 이 기삿거리를 팔아넘겼대. 이제 곧 연합페이퍼에서 뜰 거고, 그럼 모든 매체에 퍼지는 건 순식간이야. 정말이야? 유상현과 지은서 사이에 아이가 있다는 게? 그리고 백 기자는 그걸로 협박해서 유상현과 애인 관계로 발전시킨 거라는 게, 다 맞는 사실이냐고!"

손에서 스르르 힘이 풀렸다. 그리고 말문이 턱 막혀버렸다. 역시나 나쁜 예감은 언제나 정확히 들어맞는다.

"백 기자? 백 기자?"

핸드폰에서는 연신 나를 불러대는 편집장의 목소리가 들렸다. 하지만 어떤 말도 입 밖으로 낼 수가 없었다. '다 사실이에요'라고 말할 수도, '아뇨. 절대, 아니에요. 그건 다 루머일 뿐이에요'라고 딱 잡아떼며 억울한 듯 설레발을 칠 수도 없는 노릇이었다. 머릿속에 산발적으로 드는 여러 가지 생각 중 제일 큰 자리를 차지하는 것은 유상현과의 연락이었다.

만약 이 기사가 뜬다면 유상현은 내가 기삿거리를 제공했다는 오해를 할지도 모른다. 아니, 어찌 보면 오해가 아닌 사실이다. 내가 술에 취해 변태지에게 멋대로 떠들어버렸기에 이런 일이 일어난 것이다. 자업자득이었다. 나는 나지막이 한숨을 내쉬며 눈을 깊게 감았다가 떴다.

"편집장님, 죄송한데요……. 전화 다시 드릴게요."

내 말에 끊지 말라고 다급히 말하는 편집장의 목소리가 들리긴 했지만, 나는 핸드폰의 종료 버튼을 눌렀다. 그리고 바로 유상현의 번호를 재빠르게 눌렀다. 신호음이 이어졌다. 제발, 제발, 받아라. 마음속으로 간절히 바랐지만 그의 전화는 삼십 초에서 끊겨버렸다. 몇 번을 다시 시도해봐도 마찬가지였다. 어쩔 줄 몰라 하며 침대에 앉은 채 발을 동동 굴리고 있는데 문이 슬며시 열리면서 빼꼼이 수민의 얼굴이 드러났다.

"무슨 일 있어?"

걱정스러운 표정으로 조심스레 말하는 그녀의 얼굴을 보고 있자니 참고 있던 눈물이 왈칵 쏟아져 나올 것만 같았다. 하지만 애써 울음을 삼키고는 자리에서 벌떡 일어나 거실로 나갔다. 그리고 소파 위에 놓여 있던 노트북을 열고서 급하게 전원 버튼을 눌렀다. 부팅이 되자마자 인터넷 창을 연 나는 검색창에 유상현을 쳤다. 하지만 최근 기사는 어제저녁 영화 VIP 시사회에 간 그의 드레스 코드에 관한 기사밖에 나오지 않았다. '아직인가?'라고 생각하며 자리에서 일어난 나는 빠른 걸음으로 부엌에 가 무작정 손에 집히는 컵에 물을 받았다. 차가운 물을 벌컥벌컥 들이켜는데 거실에서 다급한 수민의 목소리가 들렸다.

"이현아, 얼른 와봐! 이게 무슨 말이야?"

수민의 호들갑스러운 목소리에 마시던 물을 다시 식탁에 내려놓고는 거실로 달려갔다. 그리고 수민이 들고 있던 노트북을 빼앗듯이 낚아챈 후 윈도 창에 떠 있는 기사를 봤다.

―톱 셀러브리티 유상현―지은서, 두 사람의 숨겨진 아이?

―유상현―지은서, 비밀 연애부터 숨겨둔 아이까지 풀 스토리 긴급 독점 취재!

―발칙한 사기꾼 백이현, 유상현이라는 대어를 낚다!

"야야, 이게 다 무슨 소리야?"

옆에서 다급하게 묻는 수민에게 아무런 대답도 하지 못한 채, 계속해서 빠르게 업데이트되는 기사들을 바라봤다. 한 기사에서 출발한 내용이 아무런 검증도 거치지 않은 채 복사와 붙여넣기로 만들어져 무서운 속도로 업로드되고 있었다. 핸드폰이 울렸지만 유상현은 아니었다. 모르는 번호들이 태반이었다. 다시 한 번 유상현에게 연락했지만 여전히 유상현은 전화를 받지 않았다. 매니저 번호라도 알아둘걸 하는 후회에 어쩔 줄 몰라 하는 사이, 핸드폰에 '환'이라는 이름이 떴다. 나는 반사적으로 핸드폰 폴더를 열었다.

"누나! 이게 대체 무슨 말이에요? 지은서라니? 지은서가 내……, 아니 일단 누나 어디예요?"

핸드폰을 열자마자 다급스럽게 들리는 환의 목소리에는 놀람, 당혹, 슬픔, 그리고 걱정 등의 감정이 고스란히 느껴졌다.

"환이, 니 미국 아니야?"

"지금 그게 중요해요? 누난 지금 어디예요?"

"집."

"누나…… 거기 있어도 괜찮겠어요?"

그 말을 듣는 순간 내가 이렇게 느긋하게 기사를 보며 유상현에게 전화하고 있을 때가 아니란 것을 깨달았다. 그렇다. 곧 기자들이 집으로 몰려들 것이다. 만일 내가 기자가 아니라 일반인이었다면 그 정도는 아니겠지만, 기자라는 타이틀을 지닌 내 신상명세는 이미 모든 기자들에게 뿌려져 있었다.

"그래, 무슨 일인지는 모르겠지만 일단 우리 집으로 가자."

내 옆에 꼭 붙어 통화 내용을 듣고 있던 수민이 걱정스러운 목소리로 말했다.

"지금 통화하는 애도 일단 집으로 불러."

그렇게 말한 수민은 일어서서 "얼른!"이라고 다시 한 번 내게 말했다. 나는 환에게 수민의 집 주소를 말한 후 잠시간 필요한 물건들을 가방 안에 쑤셔 넣은 채 밖으로 나왔다. 계속해서 전화벨이 울려댔지만 유상현의 전화는 한 통도 없었다. 그리고 틈틈이 변태지와 강윤지에게 전화를 걸었지만 둘은 짜기라도 한 듯, 아니 유상현과 더불어 셋이 짜기라도 한 듯 내 전화는 아무도 받지 않았.

수민이 테이블 위에 하얀 김이 모락모락 피어오르는 코코아 두 잔을 조심스레 내려놓더니, 빈 의자에 앉을까 말까 몇 번이나 엉덩

이를 들썩대며 나와 환의 눈치를 살폈다. 그러더니 '아, 그러고 보니 우유가 없네! 금방 사올게. 둘이 이야기하고 있어'라며 다소 오버스러운 말과 행동을 남긴 채 자리를 떠났다. 분명 코코아 만들 때 우유를 넣었다. 그리고 그 우유팩을 다시 냉장고 안에 넣어둔 것도 알고 있다. 어쨌거나 그런 수민의 배려에 고마웠지만, 그녀가 떠난 후에도 환과 나는 한참을 말없이 그녀가 남기고 간 코코아 마시기에 열중했다.

양손에 커다란 머그잔을 잡고 코코아가 담긴 컵 속으로 코를 폭 박은 채 코코아를 후르륵대고 있는 나뿐 아니라 환도 어떤 말을, 어떻게, 무엇부터, 어떤 표정으로, 심각하게? 아니면 우스꽝스럽게? 꺼내야 할지에 대해 갈피를 못 잡은 채 고민 중일 것이다. 나는 그 자세 그대로 살짝 고개와 눈을 치켜들었다. 그때 환도 나와 똑같은 포즈로 나를 바라보고 있었다. 서로의 코에 송골송골 수증기가 맺혀져 있었다. 환과 나는 누가 먼저랄 것 없이 푸훗, 하고 웃음을 터뜨렸다. 그리고 그 웃음은 쉽게 깨어지지 않을 것 같던 적막과 고요를 어느 정도 불식시켜줬다.

"너…… 미국에 안 간 거야?"

"응. 가려다가 말았어요."

"왜?"

"음, 그냥요. 유상현을 이해하려고는 하는데 잘 안 되고, 사실 누나에 대한 미련도 남고…… 내 엄마가 누군지도 궁금했고. 뭐, 이제 알게 됐지만. 아무튼 그런 모든 걸 남기고서 도망치듯 가기는 싫었어요."

말을 마치고 멋쩍은 듯 웃던 환은 다시 머그잔을 들고 코코아를 마셨다. 그리고 내 머릿속에서는 환이 미국으로 떠나지 않은 그 여러 가지 이유 중에 '사실 누나에 대한 미련도 남고'라는 대목이 자동적으로 반복됐다.

"난 그냥 너랑 나랑 나이차가 너무 많이 나니까…… 니가 한 말들, 대수롭지 않게 받아들였던 것 같아. 미안해."

"나이차요?"

코코아를 홀짝대던 환이 갑작스레 발끈하며 머그잔을 테이블 위에 탁, 소리 나게 내려놓았다. 그리고는 표정에서 장난기를 송두리째 제거한 후 단호하게 말했다.

"우리 여덟 살 차이예요."

"그래. 그러니까 너무 많다는 거야."

"누나랑 유상현도 여덟 살, 누나랑 나랑도 여덟 살 차이인데 왜 유상현은 되고 나는 안 되는데요?"

그렇다. 환의 말이 절대 틀린 말은 아니었다. 공교롭게도 유상현과는 위로 여덟 살 차이, 환과는 아래로 여덟 살 차이.

"그냥요!"

환이가 다시 입을 열었다. 그리고 긴장한 나는 꿀꺽 침을 삼켰다.

"차라리 나이차가 아니라 유상현이 남자로서 훨씬 더 매력이 있다고 해요. 인정하기는 싫지만 어쨌거나 그 인간이 나보다 훨씬 더 오래 살았고, 그 시간 동안 여자에게 매력적으로 어필하는 법 같은 걸 터득했을 테니까. 근데요, 누나!"

한층 목소리가 차분해진 환이 나를 불렀고, 애꿎은 머그잔만 만지작거리던 나는 목소리 대신 눈빛으로 대답했다.

"아마, 후회할 거예요. 몇 년만 지나면 내가 유상현보다 만 배는 더 멋진 남자가 돼 있을 테니까!"

이렇게 말하며 피식 웃는 환의 얼굴에서, 그와의 약속을 지키지 못했던 죄책감으로부터 조금은 해방된 듯 편안해짐을 느꼈다. 내가 어떻게 말해야 할까 고민하고 있던 그때, 환은 내 마음을 알아채고 혼자 아파하고 고민하면서 결정을 내렸다. 그리고 내 마음이 좋지 못할까 봐 저렇듯 억지로나마 웃어주고 있었다. 무슨 말이든 해주고 싶은데 쉽사리 마땅한 말을 찾지 못했다.

"우리 이야기는 이쯤에서 그만해요. 근데 누나는 알고 있었어요? 내가 그 여자 아들인 거?"

"…… 아니, …… 응. 아마 너보다는 먼저 알고 있었을 거야."

나는 아랫입술을 살짝 깨물었다. 환의 표정은 의외로 덤덤했다. 살짝 미간을 찌푸렸다가 머리를 긁적거리고서는 몇 번 고개를 끄덕거렸을 뿐이었다. 그러고는 씁쓸히 피식, 하는 웃음을 터뜨리더니 중얼거리듯 말했다.

"어쩐지…… 내 외모가 남다르긴 했어."

그의 반응에 어찌할 바를 몰라 멍하니 바라보고만 있던 나를 보며 환은 장난스러운 웃음을 지었다. 나는 그런 환에게 더 이상 숨길 수가 없었고 그간 있었던 일을 차근히 말해줬다. 환은 가끔 씁쓸한 표정을 짓거나, 고개를 끄덕거리기도 하고, 놀란 표정을 짓기도 하며 내 이야기를 끝까지 성의 있게 들어줬다. 특히나 지은서의 이야기가 나오는 대목에서는 애써 무심한 척했지만 엄마에 대한 호기심과 작은 것 하나라도 허투루 듣지 않으려는 진지함을 감출 수가 없었다.

"그럼, 유상현은 아직 연락이 없는 거야?"

"응. 그는 내가 이 이야기를 퍼뜨렸다고 생각할지도 몰라. 그리고 그 이야기가 어쩌면 맞는 말일 수도 있고."

"그 변태지, 강윤지란 사람들도 전화는 안 받고?"

"응."

"강윤지와 변태지가 거래한 뭔가가 있겠네. 하지만 그걸 안다 해도 이미 돌이킬 수 없게 됐잖아요."

환의 직설적인 말에 나도 모르게 한숨이 흘러나왔다.

"저기, 혹시 지은서가 이 일에 가담한 건 아닐까?"

환이 명탐정 코난을 연상케 하는 표정으로 무언가를 골똘히 생각하다가 넌지시 물었다.

"뭐?"

"그럴지도 모르죠. 도박을 걸었을지도 몰라요. 점점 사라져가는 자신에 대한 관심, 유상현, 그리고 나를 가질 수 있는 방법. 나 몰라 했던 새로운 인생을 사는 방법. 그래요. 인생을 가지고 도박을 한 거네요. 내 생각엔 그런 것 같아. 기사 내용들을 보면 모조리 지은서가 불쌍하다는 쪽으로 몰고 가고 있어. 아무리 강윤지가 이 바닥에서 알아주는 기자라 해도 이 정도 언론 플레이가 가능하려면 지은서가 필수불가결해요."

문득, 다이애나가 말했던 "카드가 아니라 인생을 가지고 도박을 해요"라는 말이 떠올랐다. 만약 정말 이 사건에 지은서가 가담되어 있다면 정말 그녀는 자신의 인생을 걸고 도박을 한 것이다. 과정이나 결과가 어떻게 되든 간에 그녀는 대단한 용기를 낸 거다. 뜬금없이 '내가 살아가며 한 번쯤 그런 용기를 낸 적이 있었나. 내 인생을 걸고 가지고 싶은 것, 원하는 것을 위해 나를 건 적이 있었나' 하는 생각이 들었다. 각국의 왕자들에게 편지를 보낸 것이나, 유상현의 차를 박은 것이나, 하는 것들은 단지 순간을 위한 단순한 객기일 뿐이었다.

나는 지금껏 나를 걸고, 내 인생을 송두리째 걸고 용기를 낸 모험은 단 한 번도 하지 않았다. 아니, 살면서 그런 순간이 몇 번이나 올까? 아니, 온다 해도 그런 과감한 결정을 내릴 수 있을까? 또 아니, 그런 순간이 오는 게 과연 좋은 일일까?

"…… 누나는 누나가 하고 싶은 대로 해요. 난 내가 하고 싶은 대로 할 거니까."

"환아."

"지은서가 이제 와서 뭘 하고 싶다고 해도 순순히 들어줄 생각 같은 건 전혀 없어요. 그렇다고 누나가 유상현이랑 잘되게 밀어줄 생각도 없고. 그러니까 누나는 누나가 하고 싶은 대로 해요. 나 신경 쓰지 말고. 난 내가 하고 싶은 대로 할 테니까."

말을 마친 환은 약간 서글픔이 묻어난 표정으로 환하게 웃으며 이미 식은 코코아를 원샷 한 후 '캬!' 하고 오버스럽게 소리를 냈다. 지금만큼은 그가 나보다 여덟 살 아래가 아닌, 여덟 살 위 오빠같이 느껴졌다.

"누나는 당분간 여기서 지내는 게 좋을 것 같아요."

자리에서 일어나 깨끗이 비운 머그잔을 싱크대로 가지고 가던 환이 갑자기 생각난 듯 불쑥 말을 꺼냈다.

"응?"

"오는 길에 슬쩍 들렀는데 취재진들 장난 아니었어. 저번보다 더 심하던데? 쓱, 모르는 척 지나가니까 옆집 사는 사람이냐고 잡고 묻는 통에 심하게 짜증 내주고 왔어."

"…… 어떻게?"

"당신들!"

싱크대 반대편으로 몸을 홱 돌린 환이 오른손을 쓰윽 들더니 나를 향해 손가락을 가리키며 큰 소리로 말했다.

"'어차피 당신네들 맘대로 기사 쓸 거면서 왜 몰려와서 귀찮게 구는 건데!'라고."

순간, 환이 한 말이 그들이 아니라 내게 한 말인 듯 착각할 정도로 가슴 한 켠이 찌릿했다.

"그리고 나 애마 생겼어요."

"애마? 차?"

"아니, 오토바이. 유상현이 미국 갔다 오라고 준 경비로 하나 구입했죠. 답답할 땐 언제든 말해요! 신나게 소리 지르게 해줄게요."

이렇게 말하는 환의 표정이 너무나 천진난만해서 나도 모르게 그를 따라 웃었다. 곧 수민이 돌아왔고, 환은 볼 일이 있다며 밖으로 나갔다. 수민은 아무것도 묻지 않고 양손에 들고 온 커다란 봉투를 내려놓더니, 그 안에서 평소 내가 좋아하던 과자들을 꺼냈다. 그러더니 "먹을래?"라고 묻곤, 내가 뭐라고 대답하기도 전에 바나나킥 과자 봉지를 힘 있게 뜯은 후 내 입에 하나 불쑥 넣어줬다.

스르륵, 바나나킥이 입안에서 녹아내렸다. 그 달콤함에, 아니 수민의 따뜻하고 달콤한 배려에 문득 눈물이 쏟아져 나올 것 같았다. 우리는 한동안 과자를 먹으며 데면데면한 상태를 유지했다. 빈 과자 봉지로 만든 딱지가 다섯 개 정도 주위에 굴러다니고, 혀가 단맛과 까슬함에 지칠 때쯤 그녀가 먼저 말을 꺼냈다.

"그래도 나한테 말하면 조금은 편해지지 않을까? 뭐, 죽을 때까지 비밀 지킬게, 라고는 말 못 하지만, 이 이야기들이 아무 쓸모 없어질 정도의 시간이 흐르기 전까진 지킬게. 꼭!"

잠시 멍하니 그렇게 말하는 수민을 바라보다가 힘없이 고개를 주억거리고는 그녀에게 그동안 있었던 일들을 이야기했다. 이야기를 들으며 '정말 드라마틱한 인생이다. 아, 드라마틱은 꼭 굴곡이 있어야 하는 거 알지? 기.승.전.결. 클라이맥스. 하하. 그래도 마지막은 꼭 해피엔드였으면 좋겠어'라고 내 어깨를 툭툭 치며 말하는 수민의 말에, 괜찮을 거라고 그러니까 힘내라고 말하는 듯한 그녀의 표정에 안도감이 느껴졌다.

순간, 지금껏 내게 지나쳐간 일들이 마치 한 편의 드라마처럼 느껴졌다. 드라마의 여주인공. 드라마틱한 인생! 어쩌면 항상 바라왔던 일이었다. 하지만 반짝반짝 빛나고 좋아 보이기만 하던 드라마틱한 인생의 이면을 알았다면 그토록 간절히 바라지 않았을지도 모른다는 생각이 들었다. 드라마틱한 인생은 절대 순탄할 수 없는 거니까. 직접 겪어보지 않았다면, 이토록 아프고 험난한 길에 서 있는 게 내가 아니라면 그렇게 말했을 것이다. 순탄하기만 한 드라마를 누가 보겠냐고. 아슬아슬함과 조마조마함을 반복하며 시청자들의 마음을 들었다 났다 하는 게 바로 드라마의 묘미 아니냐고.

휴, 저절로 한숨이 흘러나왔다. 유상현의 전화가 없다는 게 자꾸만 마음에 걸렸다. 대체 그는 지금 어디에 있는 건지, 뭘 하기에 전화 한 통 없는 건지 답답하고 걱정됐다. 내가 의도했든 아니든 지금 표면적으로 드러난 상황으로만 보면 나는 그에게 거짓말을 했고, 그를 이용했다. 차라리 따져 묻거나 화라도 냈으면 좋겠는데, 더 이상 말할 가치가 없다고 스스로 판단해 나를 피하고 있는 게 아닐까? 실망으로 아예 내게서 돌아서버린 게 아닐까 하는 생각이 마음을 무겁게 짓눌렀다.

이틀째 무단결근을 한 후, 하루 종일 불이 꺼진 거실 소파에 누워 멍하니 유상현에게 전화를 했다, 까무룩 잠이 들었다만을 반복했다. 내가 깬 것은 다름 아닌, 수민의 호들갑 때문이었다.

"야야야, 이것 봐봐! 집에 오는 길에 차가 막혀서 내비게이션으로 텔레비전을 봤거든? 근데⋯⋯."

수민이 다급하게 거실 텔레비전 전원을 켜 채널을 이리저리 돌리다 멈춘 곳에서 지은서의 기자회견 뉴스가 나오고 있었다. 나는 반사적으로 무거운 몸을 추스르고 일어나 두 눈을 비벼대며 텔레비전 앞으로 기다시피 갔다.

지은서가 수십 명이나 되는 기자들 앞에서 청초한 차림과 창백해 보이는 얼굴로 기자들 질문에 차분히, 하지만 똑똑히 대답하고 있었다.

"정말 유상현 씨와 지은서 씨 사이에 아들이 있는 겁니까?"

"…… 네. 본의 아니게 그동안 여러분을 속인 점, 고개 숙여 사과드립니다."

지은서의 말에 기자회견장이 웅성거리기 시작했고, 지은서는 애써 울음을 참다가 고개를 숙이고 한동안 울었다. 그녀의 눈물에 기자회견장의 웅성거림은 잦아들었지만, 여기저기서 터지는 플래시는 그에 반비례하는 듯했다. 한동안 울던 그녀가 눈물을 닦고 조심스레 입을 떼었다.

"그땐 정말 바보 같았어요. 덜컥 겁부터 났거든요. 그런데 차마 지우지는 못하겠더라고요. 내 아이고, 내가 사랑하는 사람의 아이니까. 어리고 아무 힘도 없는 제가 낳아서 잘 키울 자신은 없었지만, 그래도 이 아이의 생명까지 제멋대로 할 수는 없었어요."

"그럼, 왜 지금까지 모른 척했다가 이제 와서 아이와 유상현 씨에게 다시 돌아가고 싶어 하는 거죠?"

그 질문에 휴, 하고 깊은 한숨을 내쉬던 지은서의 눈에 다시 눈물이 그렁그렁 고였다. 금방이라도 눈물 한 방울이 톡 하고 떨어질 듯한 그녀의 모습에 기자들은 잠시 쏟아 붓던 질문을 멈추고 그녀의 대답을 기다렸다. 나도 그들과 마찬가지였다.

"사실 영원히 이렇게 모르는 척 사는 게 서로에게 좋다고 생각했어요. 유상현 씨도 저도 공인이니까 새롭게 시작한다는 것은 감히 상상도, 엄두도 못 냈죠. 그리고 그게 그 아이에게도 좋겠다고 생각했고. 그런데 애써 피해왔던, 외면했던 그 아이의 소식을 듣게 되고 성장한 모습을 우연히 보게 된 후부터 밤에 잠을 잘 수가 없었어요. 모든 걸 버리고서라도 그들을 원한다는 마음이 점점 커지면서…… 모든 희생을 감수하더라도 그들 옆으로 가고 싶다고…… 더 이상은 그 마음을 주체할 수가 없을 정도로……."

촉촉이 젖어 있던 그녀의 왼쪽 눈에서 눈물 한 방울이 볼과 입술을 타고 주르륵 흘러내려 테이블 위로 똑 떨어졌다. 모두 다 숨을 죽이고 그런 그녀를 지켜봤다. 아마 모두 같은 생각이었을 것이다. '지은서를 이해한다.' 물론 나도 제3자의 입장에서 본다면, 아니 지금 내 입장에서조차도 그녀의 그런 모습에 안타까움과 동정을 느꼈다.

"그럼, 최근 난 유상현 씨의 열애설은 알고 계셨나요?"

맨 앞줄 오른쪽에 앉아 있던 여기자 하나가 정적을 깨고 질문을 던졌고 그 순간, 나와 수민은 무의식적으로 서로를 한 번 마주 봤다가 다시 급하게 시선을 텔레비전으로 돌렸다. 지은서의 도톰한 입술이 열리는 찰나, 나와 수민은 동시에 꿀꺽 침을 삼켰다.

"네. 그 여자분도 만나봤어요. 그분 저에게 지지 않겠다고 하더군요. 유상현의 마음은 자신이 가지고 있다고. 그때 포기할까 생각했어요. 하지만 우연한 기회에 그녀가 유상현과의 만남을 계획했다는 것, 유상현을 속였다는 것을 알게 됐어요."

땀이 날 정도로 손에 꼭 쥐고 있던 핸드폰이 바닥으로 떨어졌다. 그와 동시에 기자회견장 내부가 다시 술렁이기 시작했다. 이제는 그녀에게 '왜 아이를 숨겼냐', '이제 와서 왜 그러냐'라는 종류의 질문은 단 하나도 나오지 않았다. 오로지 나와 유상현에 관한 것들뿐이었다. 그 질문들에 그녀는 교묘하게 나를 나쁜 여자로 몰고 갔다. 이 기자회견만 봐도 명백히 알 수 있었다. 그녀의 승리. 백이현 패배. 스르륵, 온몸에 힘이 빠져버렸고 수민은 '뭐, 저런 게 다 있냐'고 화를 내며 텔레비전 전원을 껐다.

그날 밤, 노트북을 배 위에 올려놓고 온갖 포털 사이트에 도배되다시피 한 나를 향한 악플들을 찬찬히 살펴봤다. 나조차도 처음 보는 내 이야기들이 수없이 쏟아져 나오고 있었다. 나를 잘 안다는 고등학교 친구는 부모님까지 싸잡아 욕하고 있었고, 나와 친했다는 또 다른 여자는 나를 원래 욕심 많고 허영에 차 물불을 가리지 않는 사람이라고 말했다. 이렇게 한 사람을 사회에서 매장시킬 수 있구나, 그리고 나는 이 안에서 이런 일을 조장하는 일원으로 지금껏 살고 있었구나, 라는 생각이 머릿속을 어지럽혔다.

사실 두어 달이 지나고 또 다른 사건이 터지면, 나를 비난하던 누군가는 또 다른 상대를 찾아 비난하고 있을 것이다. 그리고 그들의 기억 속에 내 이름쯤은 유상현과 지은서 사이에 낀 여자? 정도로 희미하게 남을 것이다. 그래서 스타들은 사건이 터지면 휴식 겸 해외에서 오랜 기간 머무르기도 한다. 아마 그것이 지은서가 바라던 바일 것이다. 강윤지는 이미 이 사건으로 커다란 이익을 챙겼을 것이고, 변태지는 강윤지나 지은서에게 원하는 뭔가를 얻었을 것이다. 내가 소리 소문 없이 고개를 숙이고 얌전히 패배를 인정하는 것. 그것은 분명 지은서만이 바라는 바였다. 절대 그렇게 바보처럼 당하고 싶지는 않지만, 아무리 생각해도 지은서에게 대응할 방도가 보이지 않았다.

'제가 바로 백이현입니다'라는 말을 시작으로 구구절절한 내 사연을 이야기하는 글을 써 네이트톡이나, 미즈넷, 디시인사이드 등등에 올려봤자 네티즌의 비난은 더 심해질 게 분명했다. 아니, 괜히 찔리는 게 있으니까 변명하는 거라는 식으로 해석돼서 여론은 더욱 들끓게 될지도 모른다. 게다가 유상현과 연락도 되지 않은 이 상태에서는 어떠한 행동도 취할 수 없었다. 나뿐 아니라 유상현에 대한 비난도 민민치 않게 많았다. 각종 기사 밑에 지금껏 그렇게 깔끔한 이미지로 자기 아이와 아이를 낳아준 여자를 외면하고 뻔뻔하게 살았다느니, 자기를 좋아해주는 팬들을 속였다느니, 지은서만 불쌍하다는 등의 댓글들이 빗발쳤다. 그리고 그에 만만치 않게 유상현과 지은서의 숨겨진 아들을 궁금해하고 추측하는 글도 꼬리에 꼬리를 물고 이어지고 있었다.

나는 씁쓸히 한숨을 내쉬며 창을 하나씩 껐다. 그러고는 다시 한 번 유상현에게 전화를 걸었다. 하지만 그의 전화는 여전히 삼십 초 만에 끊겨버렸다. 마지막 창을 닫는 순간, 화면 우측 상단에 수시로 변하는 실시간 검색어에 '유상현 사고'가 반짝거렸다. 검색창에 빠르게 '유상현 사고'를 치자마자 최신 순으로 기사가 주르르 떴다. 재빨리 그중 하나를 클릭했다.

─유상현 갑작스레 쓰러져 대한병원으로 이송 중.
─스트레스 때문인가? 갑자기 복통을 호소하며 쓰러진 유상현.

나는 반사적으로 자리에서 벌떡 일어났다. 그 바람에 배 위에 올려놓았던 노트북이 바닥으로 떨어졌지만 전혀 개의치 않고 핸드백을 집어 들었다. 그리고 엘리베이터를 타는 동안 쪼그리고 앉아 핸드백 안에서 차 키를 찾았다. 엘리베이터 문이 열림과 동시에 차 키가 손에 쥐어졌지만 그때야 깨달았다. 그날 나는 수민의 차를 타고 이동했다는 것을. 그러니까, 내 차는 우리 집 주차장에 있었다. 택시를 잡을 생각으로 급하게 도로로 뛰어나가는데 오토바이 한 대가 내 앞에 끼익 소리를 내며 섰다. 그 때문에 한층 두근거리는 심장을 애써 진정시키며 고개를 들었다. 누군가가 헬멧을 벗고 있었고, 곧 환의 얼굴이 보였다.

"누나, 어디 가요?"

환이 물으며 오토바이에서 내렸다. 성큼 내 앞에 다가와 오른손으로 이마를 짚더니, 깜짝 놀란 표정을 지으며 양손으로 내 볼을 감쌌다.

"왜 그래요? 얼굴이 뜨거워!"

"환아, 나 잠시 우리 집 앞으로 데려다줄래?"

"왜요? 지금 집 앞에 기자들 많을 텐데?"

"차 좀 가지러 가게."

"어디 가게요? 내가 데려다줄게요."

'대한병원. 지금 상현 씨가 쓰러졌대. 빨리!'라는 말을 꺼내려다 고개를 절레절레 흔들었다. 환에게 유상현의 사고를 알리고 싶지 않았다. 그리고 환과 함께 그곳에 갈 수는 없었다. 아무리 운이 좋아도 기자들에게 들키지 않고 유상현이 입원해 있는 병실에 가는 것은 아마 불가능할 것이다. 그리고 남다른 촉을 가지고 있는 기자들은 환을 보는 순간 떠올릴 것이다. '유상현의 숨겨진 아이.' 이미 환이 유상현의 조카라는 것을 아는 기자도 있을 테고, 그럼 그 기자는 사실 확인을 서지지도 않은 채 '알고 보니 유상현의 꽃미남 조카가 유상현의 숨겨진 아이?'라는 식의 기사를 실시간으로 낼 것이다. 환을 그런 상황에 몰아넣고 싶지 않았다. 더 이상 유상현을 곤란하게 만들고 싶지 않았다.

"아니야. 내 차로 내가 갈게. 집 앞까지만 데려다줘."

나의 단호한 표정과 말투에 고개를 끄덕인 환은 뒷좌석 수납함을 열더니 보조 헬멧을 꺼내 머리에 씌워줬다. 환이 하라는 대로 그의 허리에 양팔을 두르자마자 오토바이는 굉음을 내며 빠른 속도로 출발했다.

병원 앞에서 기자들과 대면하게 되더라도 일단 한 마디도 하지 않을 작정이다. 우선 유상현을 만날 것이다. 내가 미안해해야 하는 건 지은서도, 강윤지도, 변태지도, 유상현과 지은서의 팬이라며 날 힐난하는 네티즌도 아닌, 유상현과 바로…… 환이었다.

집 가까이에서 오토바이를 멈추게 한 나는 오토바이에 내려 헬멧을 환의 손에 쥐어줬다. 그리고 오른손으로 환의 곱슬곱슬한 머리칼을 쓰윽 쓰다듬은 후 "고마워"라고 말했다.

"정말 괜찮아요?"

환이 걱정스러운 표정으로 재차 물었고 나는 씨익 웃으며 '전화할게'라고 답했다. 그리고 뒤를 돌아 주차장으로 달렸다. 이상하게 환에 대한 미안한 마음과 함께 만약 유상현과의 만남이 오늘로 끝난다면 내가 다시 환을 볼 수 있을까 하는 생각에 안타까운 기분이 들었다.

집 앞에는 역시나 기자들이 진을 치고 있었다. 내가 아는 기자들도 듬성듬성 눈에 띄었다. 불행히 내 차 근처에서 나와 안면이 있는 기자가 쭈그리고 앉아 전화 통화를 하고 있었다. 나는 가방에서 급하게 선글라스를 꺼내 쓰고선 당당히 차 쪽으로 다가가 조용히 차문을 열었다. 슬쩍 전화 통화를 하는 기자를 바라보다 눈이 마주쳤지만, 그는 나를 알아보지 못한 듯 고개만 갸우뚱거렸다. 아예 뻔뻔하게 '아, 무슨 일 있나 봐요?'라고 물어볼까도 생각했지만, 그건 너무나 위험한 도박이었다. 다행히 차 문에 올라탈 때까지도 그는 긴가민가한 표정으로 나를 바라봤다. 시동을 걸고 찬찬히 후진을 하며 안도의 한숨을 내쉬던 찰나! 쭈그리고 앉아 있던 기자의 찌푸리던 인상이 풀리며 크게 소리를 질렀다.

"어? 백이현이다! 저 노란색 풍뎅이차! 그래, 백이현이야!"

순간, 곳곳에 포진되어 있던 기자들의 시선이 내 차로 향했다. 그들은 다들 하던 일을 멈추고 카메라를 집어 들었다. 다급해진 나는 엑셀을 밟던 발에 힘을 줬고, 차는 빠르게 후진을 하며 반원을 그렸다. 차를 정지시키지도 않은 채 기어를 후진에서 드라이버로 바꾸었다. 차가 시끄러운 소리를 내며 앞으로 튕겨지듯 나갔고, 슬쩍 눈을 치켜들어 룸미러를 봤다. 몇몇의 기자들이 자신의 차에 올라타는 장면이 보였다. 단지에서 빠져나온 나는 재빨리 도로로 진입했다. 그들도 마찬가지였다. 다시 한 번 엑셀에 힘을 주자마자 RPM 수치가 급속도로 올라갔고, 새벽녘 자유로에서나 낼 수 있는 속도를 내기 시작했다. 다행히 열두시가 다 돼가는 시간이라 그런지 도로에는 차가 몇 대 보이지 않았다. 나는 룸미러와 백미러를 번갈아 바라보며 뒤에 따라오는 차들을 요리조리 피했다. 내가 차선을 변경하면 그들도 얼마 후 그대로 뒤쫓아왔고, 내가 속도를 올리면 그들도 지지 않고 속도를 올렸다. 바퀴가 아스팔트를 긁는 듯한 굉음과 함께 평소에는 상상조차 해보지 못했던 속도에 차체마저 흔들리는 기분이 들었다. 마치 액션 영화를 찍고 있는 듯했다. 아니, 내가 스파이들에게 쫓기는 비밀요원이 된 듯도 했다.

200미터 근방 앞 사거리에서는 직진 신호가 걸려 있었다. 하지만 수년 간 이 길을 다녀본 나는 저 신호가 곧 좌회전 신호로 바뀐다는 것을 알고 있었다. 무의식적으로 좌측 깜빡이를 켜다가 문득, 내 뒤를 따르는 저들에게 내 행적을 알려줄 필요가 없다는 생각을 했다. 그리고 곧 교란작전을 펼쳐야겠다는 스스로도 기특한 생각을 하고서는 우회전 깜빡이를 켰다. 재빨리 삼차선에서 일차선으로 옮긴 나는 일직선으로 뻥 뚫린 길을 달리며 미끄러지듯 좌회전했다. 금세 신호가 바뀌었고, 룸미러를 통해 좌회전 신호를 받지 못한 채 우측에서 오는 차와 맞물려 정지해 있는 차 몇 대가 보였다. 지금 현재 나를 따라오고 있는 차는 세 대 정도 되는 듯했다. 지금 위치에서 대한병원까지는 약 이십 분이 더 소요된다. 이런 식으로 잘만 한다면 저 차들도 따돌릴 수 있을 것 같다는 생각이 들었다. 그들에게 절대 내 목적지를 알리고 싶지 않았다. 애써 도착한 병원에서 저들의 취조로 시간을 낭비하고 싶지는 않았다. 분명, 병원에 포진되어 있는 기자들도 이들에게 합류할 것이 분명했다. 그렇다면 병원 안으로 몰래 들어가는 건 애초에 불가능해진다. 그들을 따돌리며 운전을 하다가 문득 '다이애나의 마지막'이라는 제목의 기사 내용이 떠올랐다.

　도디와 결혼하기로 마음먹은 다이애나는 주로 호텔에서 도디와 만나 밀회를 즐겼다고 한다. 아마도 그들은 파파라치들에게 노출되어 언론에 자신들의 사진과 기사가 실리는 것을 꺼렸을 것이다.
　사고 당일 도디와 다이애나는 리츠호텔에서 식사를 했고, 사랑을 속삭이다 런던으로 향하기로 했다. 물론 다이애나는 파파라치들 때문에 런던행을 꺼렸지만 도디를 믿고 따르기로 결심한 것이다. 도디는 자신의 호텔 전속 운전기사들에게 자신들로 가장하여 자신의 차를 몰고 가 파파라치들을 따돌리는 임무를 줬다. 하지만 똑똑한 파파라치들은 진짜 도디와 다이애나가 탄 차로 따라붙었고, 도디는 오토바이를 탄 채 빠르게 쫓아오는 파파라치들을 따돌리기 위해 전속력으로 달렸다. 그들을 태운 차는 센 강 북쪽 강변로를 지나, 알마교 바로 앞 교차로의 터널로 진입했다. 하지만 어찌된 일인지 자동차는 지하차도 안에서 급하게 회전을 하며 무시무시한 굉음을 냈고, 곧 자동차는 차도 벽을 들이박고 폭발해버렸다.
　지하차도 안은 금세 연기와 먼지로 가득 찼다. 그런 그들에게 다가온 파파라치들은 도디와 다이애나를 구할 생각은 하지 않은 채 사진 찍기에 여념이 없었다. 그러자 다른 자동차에서 내린 사람들이 그런 파파라치들에게서 사진기를 빼앗았다.

곧, 경찰이 도착했다. 도디는 그 자리에서 즉사했고 다이애나는 응급실로 급히 후송되었다. 그녀는 두 시간 만에 "날 홀로 내버려둬요"라는 말을 남기고는 숨을 거두었다.

20세기 마지막 신데렐라였던 다이애나의 36년의 삶은 엘튼 존의 추모 노래 가사처럼 홀연히 장미처럼, 촛불처럼, 연기처럼 살다가 끝나버렸다.

백미러를 흘깃 보니 나를 따라오던 차들이 보이지 않았다. 그들을 따돌리는 데 성공한 듯했다. 끝까지 밟고 있던 엑셀에서 살짝 힘을 떼고는 약간 속력을 줄였다. 이제야 이마에 맺힌 식은땀이 느껴지고 힘차게 뛰는 심장 소리가 들렸다. 하긴, 이렇게 속력을 내본 적이 없었다. 아니, 평범한 인생이라면 누군가에게 쫓겨 영화의 아슬아슬한 장면을 연출하는 듯한 운전을 해볼 일이 없는 게 당연하지 않은가.

멀지 않은 곳에서 대한병원의 대형 간판이 어렴풋이 보였다. 나도 모르게 안도의 한숨이 내쉬어지고, 가서 유상현을 만난다면 어떠한 이야기를 어떻게 무엇부터 해야 할지도 고민됐다. 아니, 그전에 유상현의 상태가 걱정됐다. 어서 빨리 병원으로 가고 싶다는 생각을 하는데, 백미러에 방금 전까지 끈질기게 따라붙던 차 한 대가 작게 보이기 시작했다. 그리고 점차 그 차의 크기는 커져만 갔다. 순간적으로 속력을 높인 나는 다시 한 번 전속력을 냈다. 하지만 상대의 속력도 점차 빨라지며 곧 따라잡힐 것만 같았다. 이제 병원이 약 1킬로미터도 남지 않았을 텐데 여기서 따라잡히는 건 억울했다.

마침 바로 앞에서 좌회전 신호가 노란불로 바뀌었다. 나는 숨을 죽인 채 RPM을 최고치로 높이며 핸들을 좌측으로 꺾었다. 차가 미끄러지듯 좌회전을 하는데, 맞은편에서 신호를 받고 빠른 속도로 달려오는 차가 나와 점점 가까워졌다. 눈앞에 그 차의 헤드라이트가 비춰졌고, 연신 빵빵대는 소리가 들렸다. 급하게 브레이크를 밟았지만 차의 속력은 줄어들 생각을 하지 않았다. 이대로라면 저 앞에 달려오는 차와 정면으로 충돌할 게 분명했다. 그렇다면 나는 아마 도디가 그랬던 것처럼 그 자리에서 즉사할 게 분명했다. 맞은편 차에 타고 있는 사람도 무사하진 못할 것이다.

질끈 눈을 감은 채 핸들을 끝까지 좌측으로 꺾었다. 바퀴에서 나는 굉음이 커질수록 눈앞에 가드레일은 다가왔다. 삶의 끝과 죽음의 시작이 닿는 순간 과거가 될 삶의 흔적들은 짧은 추모 영상이 되어 타다 만 성냥의 남은 불꽃처럼 희미해졌다.

다이애나의 죽음으로 식음을 전폐했다는 엘튼 존이 다이애나의 추모식 때 '그녀가 하늘에서는 부디 자유롭게 행복하기를……'이라고 말한 후 떨어지는 영국의 장미를 이별하며 부른 노래가 불현듯, 히미하게 떠올렸다.

난 그녀처럼 한 나라의 왕비도 아니었고, 자선단체에 기부를 한 일도 없고, 테레사 수녀 같은 훌륭한 분을 만나지도 않았고, 사랑과 평화를 위해 노력하지도 못했다. 더군다나 이런 노래를 만들어줄 친구도 없다. 아니, 그 변태 같은 변태지 놈이 내 장례식에 와서, '제 오랜 연인이자 벗인 이현이를 위해 식음을 전폐하고 옷을 디자인했습니다. 관에 함께 넣어주었으면 좋겠습니다'라며 뻔뻔하게 울음을 터뜨릴지도 모른다. 아니면 평소 사이가 안 좋은 사람들도 장례식에 와서는 '정말 세상 사람들 눈에는 어땠는지 몰라도 그녀와 난 각별한 사이였어요'라고 하듯 강윤지도 그렇게 말한다면?

가드레일을 받는 그 짧은 순간에 내 머릿속은 많은 걸 그리고 있었다. 죽음의 순간 앞에서는 시간의 길이 따위는 사라지나 보다.

"쿵" 하는 굉음과 함께 나는 의식을 잃었다.

안개가 자욱하게 낀 저 먼 곳에서 근사한 턱시도를 입은 남자와, 스스로 빛을 발할 정도로 화사한 드레스를 입은 여자의 뒷모습이 아련히 보였다. 언약식을 하는 듯한 실루엣을 그리는 그들의 그림은 마치 동화 속 해피엔드의 한 장면처럼 다정하고, 성스럽고, 행복해 보였다. 여자가 하얀 손을 내밀자, 남자가 반짝이는 반지를 그녀의 손에 끼워주려 했다. 얼핏 남자의 옆모습이 보였다. 유상현. 분명 그였다. 그렇다면 지금 유상현이 누군가에게 결혼반지를 끼워주는 건가?

갑작스레 다급해진 나는 여자의 정체를 보기 위해 안간힘을 쓰며 뛰었지만 뛰면 뛸수록 그들은 한없이 멀어져만 갔다. 단지 행복해하는 그들의 모습만 점차 또렷하게 보였다. 그의 앞에서 이제 세상 그 무엇도 부럽지 않다는 듯 충만한 미소를 짓는 그녀의 모습이 드디어 보였다. 지은서였다.

그녀의 모습을 확인하는 순간 힘차게 뛰어가던 내 발이 멈춰졌다. 그와 동시에 눈앞에 낭떠러지가 보였다. 한 발짝만 더 디디면 나는 아마 하염없이, 끝없이 추락할 것이다. 그와 동시에 추락 전의 공포와, 두려움, 쓸쓸함, 그리고 사랑으로 인해 얻었던 상처의 자국들은 나와 함께 흔적 없이 영원히 사라질 것이다. 내가 꿈꾸던 인생은 이런 게 아니었다. '어릴 적 잠들 때마다 수없이 들었던 왕자님과의 해피엔드는 내 몫이 아닌 건가?'라는 생각이 들면서 한쪽 발을 허공에 내딛었다. 질끈 눈이 저절로 감겼다. 아찔함의 힘을 빌려 나머지 한쪽 발마저 허공에 맡기려는 순간, 예전에 어디선가 읽었던 문장이 떠올랐다.

'누구보다 반짝거리는 해피엔드를 맞고 싶다면, 매 순간 자신을 소중히 여기고 사랑해야 한다. 그런 사람만이 타인에게 올바른 사랑을 받을 수 있다.'

나는 먼저 자신을 사랑하고서 상대에게 사랑해달라고 요구했던가? 단지 왕자님을 기다리며, 비싼 백을 들고, 고급 숍에서 마사지를 받기 위해 하기 싫은 일을 억지로 하던 내가 과연 나 자신을 사랑했다고 말할 수 있을까? 이런 생각이 들면서, 지금 이 한 발짝을 내딛는 것은 내가 나
자신을 사랑하는 것을 완벽히 위반하는 행위라는 생각이 들었다. 조심스럽게 한 발을 다시 땅으로 가져가려는 순간, 아득한 곳에서 바람이 불어왔고 내 몸이 휘청거렸다. 온몸이 허공에 가뿐히 내려앉는 순간 억울함과 미련이 몰려왔다.

 '아직은 죽기 싫어. 난 아직 목숨 걸고 사랑을 한 적도, 온 힘을 다해 내가 하고 싶은 일을 한 적도 없는 것 같아. 무엇보다 나 자신을 끔찍이 사랑하지 못했어. 남들의 사랑을 한 몸에 받는 셀러브리티를 원하기 전에, 내가 나를 아끼고 사랑해주고 싶어.'

 순간 번쩍 눈이 뜨였다. 안개 낀 낭떠러지들은 모두 사라지고, 병실 분위기가 풍기는 다섯 평 남짓한 방이 흐릿하게 보이기 시작했다. 고개를 살짝 돌려보니 사람의 형체 하나가 역시 흐릿하게 보였다. 오른손을 들어 두 눈을 힘껏 비비자 그 형상이 좀더 또렷해졌다. 다시 한 번 눈을 깜박이자 입에서 '헉' 하는 소리가 새어 나왔다.

 내 눈앞에 보이는, 딱딱한 의자에 앉아 팔짱을 낀 채 꾸벅꾸벅 졸고 있는 사람은 다름 아닌 유상현이었다. 당황해 허리를 일으키자 삐끗하는 소리와 함께 미세한 통증이 느껴졌다. 그때서야 사고가 났던 그 순간이 떠올랐다. 가드레일을 박은 내 차. 희뿌옇게 피어오르던 연기. 희미하게 들리던 앰뷸런스 소리. 그 모든 상황이 하나씩 떠오르자 그제야 내 두 손과 두 다리의 안부가 궁금해졌다. 급하게 그들을 확인했지만 다행히 멀쩡했다. 나는 허리를 살짝 숙인 채 곤히 잠든 유상현의 얼굴을 바라봤다. 오랜만인 듯한 그의 모습에 왠지 모르게 안타까움이 샘솟았다.

그가 눈을 뜨면 무슨 말을 해야 하지? 아까는 대체 무슨 용기로 그가 있는 병원까지 올 생각을 했을까? 내가 박은 가드레일은 무사할까? 공공기물 파손으로 법정에 서야 하거나 뭐 그러진 않겠지? 날 따라오던 그 기자의 손에 의해 '이제는 공공기물까지 파손한 백이현' 뭐, 이런 식의 기사가 나진 않았을까? 꼬리에 꼬리를 무는 생각 덕에 이제는 두통에 갈증까지 느껴졌다.

고개를 돌려보니 문 옆에 미니 냉장고가 보였다. 분명 저 안에 갈증을 해소할 뭔가가 있을 거라 생각한 나는 이불을 들춰내고 한 발을 조심스레 침대 밑으로 내딛었다. 하지만 바닥을 디딘 발은 맥없이 무너져버렸고, 그 바람에 난 '윽' 소리를 내며 유상현에게로 쓰러졌다. 다시 눈을 떴을 때 잠에서 깬 유상현의 눈과 마주쳤다. 하필 이런 모양새로 유상현과 다시 마주한다는 것이 못마땅했던 나는 얼른 다시 침대에 걸터앉았다. 거울로 지금 내 얼굴 상태를 확인하고 싶었으나 불가능했다. 내가 머뭇머뭇 하며 어쩔 줄 몰라 하자 그가 먼저 말을 꺼냈다.

"정신 좀 들어? 몸은 괜찮아? 어디 아픈 덴 없어?"

유상현이 걱정스레 물어왔다. 그를 만나고 그가 이토록 짧은 시간에 많은 질문을 할 수 있다는 사실을 처음 깨달았다. 신기하다는 듯이 쳐다보는 나를 보던 그는 자신이 호들갑을 떨었다는 걸 알았는지 괜히 헛기침을 하며 애써 태연한 척 자리에 앉았다.

'대체, 왜 병원에 있어요?', '어디가 아픈 거예요?', '당신을 속인 건 미안해요' 중 무엇부터 꺼내야 할지 고민했지만 정작 튀어나온 말은 그게 아니었다. 억울한 듯 내뱉은 말은 "대체 왜 그렇게 전화를 안 받아요?"였다. 하지만 유상현은 내 질문을 간단히 무시하고는 아무 말 없이 나를 빤히 쳐다봤다.

"너 말야."

그가 어떤 말을 할지 몰라 덜컥 겁부터 났다. 나는 마른침을 꼴깍 삼키며 그를 쳐다봤다. 그는 무표정한 얼굴로 살짝 눈썹을 찡긋해 보이더니 나지막이 한숨을 쉬고는 입을 뗐다.

"원래 여기저기 차 박고 다니는 게 취미야?"

생각지도 못한 질문에 의아해진 나는 두 눈을 동그랗게 뜬 채 "네?" 하고 지금 상황과 전혀 맞지 않은 얼빵한 표정으로 되물었다.

"저번엔 내 차, 이번엔 가드레일. 무슨 카트라이더 선수도 아니고. 목숨이 붙어 있는 게 신기하다. 민폐야. 너 같은 애가 운전하고 다니는 거."

생각지도 못한 그의 발언에 스르륵 긴장이 풀려버린 나는 피식,

하고 조그맣게 웃어버렸다. 그 소리를 들었는지 듣지 못했는지 유상현이 무언가를 골똘히 생각하는 듯 머리를 긁적이며 말을 이었다.

"아, 전화 왜 안 받았냐고 물었지? 잃어버렸어. 사건 터지자마자 정신없었거든. 환의 일을 비밀로 하고 속인 건 내 잘못이니까. 소속사에서 일단 얌전히 있으라고 하는 말에 따랐지. 하긴, 이럴 때 잠잠히 있는 게 가장 현명한 방법이긴 해. 그들의 흥분이 가라앉을 때쯤 입을 여는 게 최고거든. 미안."

"……."

"아, 매니저 번호로 몇 번 전화했는데 안 받더라고. 문자를 남길까 했는데 혹시나 누군가 네 핸드폰을 훔쳐갔을까 봐. 그 문자를 또 누가 보면 큰일이잖아."

"아…… 그랬구나."

조용히 말이 새어 나왔다. 그러고 보니 모르는 번호는 죄다 기자들이나, 걱정하는 척하면서 이 일에 관해 은근슬쩍 물어댈 얄미운 지인들의 전화로 치부해 받지 않은 나였다.

"그럼…… 입원은 왜?"

"그나마 병원이 가장 안전한 휴식처거든. 스트레스 때문에 평소보다 세 배나 무거운 머리를 들고 사는 것 같아."

그가 관자놀이를 누르며 말했다. 핸드폰을 잃어버려서 전화를 못 받았다니. 그동안 해왔던 무수한 상상 중에 저런 건 없었다. 하긴 그 상황에서 통화한들 내가 뭐라고 할 수 있었을까. 왜 자신을 속인 거냐고, 왜 솔직히 말할 수 있었음에도 불구하고 계속 거짓말을 한 거냐고 묻는다면 뭐라고 답할 수 있었을까. 하지만 이렇게 만난 이상 더는 숨길 수 없었다. 이대로 그와 끝나버린다고 해도, 그래서 다시는 볼 수 없게 된다고 해도 말해야만 했다. 나는 마른침을 삼키며 힘겹게 입을 열었다.

"아…… 저, 그 일은 제가."

"일부러 그랬다고는 생각 안 해."

유상현이 내가 그토록 힘들게 꺼낸 말을 너무도 쉽게 끊어버렸다. 마치 내 속을 빤히 들여다보기라도 한 것처럼.

"그리고 지나간 일에 그렇게 신경 쓰는 편도 아니고. 환이 내 아들이라는 사실. 지금 나에게 계속 신경 쓰이는 사람이 너라는 사실. 그리고 난 절대 지은서랑 다시 시작할 생각이 없다는 것만 확실하면 되는 거 아냐?"

"…… 나한테 화나거나 그러지 않았어요?"

"물론 났지. 처음에는. 그런데 기사에서 떠드는 대로 믿기에는 네가 너무 허술했던 게 생각나서. 기사로 보면 네가 의도적으로 접근해서 지능적으로 행동했다고 하던데…… 뭐, 어느 정도 사실인 부분도 있긴 하겠지만 신경 안 써. 뭐, 너도 어쩌다 보니 그렇게 돼버렸을 테니까."

'어쩌다 보니, 그렇게'라는 대목에서 나는 긍정의 표시로 고개를 끄덕거렸다. 나도 모르게 고개를 끄덕거리는 데 힘이 실렸던 탓인지 머리가 어질했다. 나는 몇 시간 전에 있었던 사고를 떠올리며 나지막이 한숨을 내쉬었다. 그러고는 그간 있었던 이야기들을 모조리 꺼낼 결심을 하고 입을 열었다. 유상현의 차를 박게 된 진짜 계기. 우연인 줄만 알았던 환과의 만남. 그 만남으로 유상현을 속이게 되고 환에게는 상처를 주게 된 것. 지은서와의 만남. 변태지에게 나도 모르게 술에 취해 나불거린 이야기. 강윤지에 대한 이야기까지 모조리 고백해버렸다. 유상현은 내 이야기를 들으며 피식 웃음을 흘리기도 했고, 심각한 표정을 짓기도 했으며, 때로는 괘씸한 눈빛과 황당한 눈빛을 보내기도 했지만 시종일관 진지하게 들어줬다. 마지막에는 짧게 한숨을 내쉬더니, 천천히 고개를 끄덕였다.

"그래. 니가 그 정도로 치밀하거나 똑똑하진 않다고 판단했어. 그들은 아마 니가 얼마나 허술하고 바보 같은지 모르고 엄청나게 과장된 소설을 쓴 거지. 린제이 로한 기사 하나 때문에 무작정 차를 박고, '그쪽' 이야기 하나로 객기를 부리고, 세상 무서운지 모르고 그런 이야기를 술 먹고 나불거리는 허술한 애라는 건 몰랐을 테지."

"내가 허술하긴 뭐가 허술해요?"

나는 살짝 발끈하며 열을 올렸다.

"아니야? 얌전히 지내도 모자랄 판에 날 만나러 병원 오다가 사고낭해, 아, 나 만나러 온 거 맞지? 아닌가?"

나는 모른 척 대답을 회피했다.

"방금 교통사고가 난 성치 않은 몸으로 무리하게 몸을 일으켜 세우지 않나. 아, 그러고 보니 좀 눕지 그래? 뭐 필요해? 물 마실래?"

유상현은 괜찮다는 나를 애써 눕히고는 냉장고를 향해 걸어갔다. 냉장고 문을 열고서는 '먹을 게 별로 없네', '냉장고가 뭐 이렇게 더러워?' 등을 중얼거리면서 매니저를 시켜 생수와 종이컵을 새로 사오라고 전화를 걸었다. 얼마 지나지 않아 그의 매니저가 생수와 종이컵 그리고 과자와 음료수 들을 잔뜩 담은 봉지를 양손에 쥐고 왔다. "거기 두고 나가"라는 유상현의 말에 덩치 좋은 매니저는 꾸벅 인사를 하고는 다시 병실 밖으로 나갔다.

"저기, 별다른 일은 없어요? 제 사고 소식은······."

"없어. 니 사고를 바로 목격한 기자가 놀라서 내 매니저에게 전화했더라고. 초짜였나 봐. 꽤나 당황했더라고. 네 사고가 자기 때문이라며 울고불고 난리도 아니었어. 그 사람이 조용히 앰뷸런스 부르고 정리했더라. 자기가 지은 죗값은 어느 정도 치르고 간 거지."

유상현이 생수를 꺼내 종이컵에 따르며 말했다. 끈질기게 날 쫓아왔던 그 기자가 유상현에게 연락하고 내 걱정까지 해줬다고? 나도 모르게 그에게 고마움을 느꼈다. 아직 우리나라 파파라치들에게는 양심이 자리하고 있나 보다. 사고 현장에서 '기삿거리를 찾았다'는 들뜬 마음으로 정신없이 사진을 찍기보다는 우선 나의 안위를 걱정했다니. 어쩌면 유상현 말대로 초짜여서 기자로서의 사명감보다는 인간으로서의 양심이 더 먼저였는지도 모르겠지만. 어쨌거나 나는 유상현이 건넨 물을 마시며 조금이나마 마음의 안정을 찾았다.

"강윤지, 변태지라……."

유상현이 나지막이 중얼거렸고, 나는 물 마시는 것을 잠시 멈춘 채 그를 쳐다봤다.

"난 변태지가 더 싫은데, 넌?"

그가 살짝 눈을 찌푸리며 성난 듯 중얼거렸다.

"네?"

"그 자식 여러 가지로 마음에 안 들어. 분명 둘이 거래한 게 있을 텐데. 나를 만만히 본 거지. 변태지 디자이너 생활 오 년. 강윤지 기자 생활 삼 년. 둘이 합해도 나보다 안 되는 것들이. 나와 매스컴을 너무 쉽게 봤어."

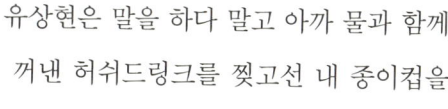

유상현은 말을 하다 말고 아까 물과 함께 꺼낸 허쉬드링크를 찢고선 내 종이컵을 빼앗아 그곳에 따랐다. 그러고는 벌컥벌컥 들이켰다. 쓰윽, 입을 닦은 그는 마치 예전의 환이 보였던 작은 악마 같은 웃음을 지으며 "걱정 마. 곧, 상황 역전 될 거야"라고 말했다.

"…… 어떻게요?"

"매스컴을 이용하려는 자들이 완벽히 치밀하지 않은 이상 매스컴에게 역으로 당하게 되거든. 왜 지은서가 이번엔 그걸 간과했는지 모르겠지만."

'그만큼 간절했던 게 아닐까요?'라는 말이 목구멍까지 넘쳤지만 입 밖에 내지는 않았다. 어울리지도 않는 착한 아이 콤플렉스 따위를 실천하고 싶지는 않았다. 지금에서야 더 확실히 느낀 건 나도 그녀만큼이나 그가 간절했다. 아니 어찌 보면 사랑에는 더 사랑하고 덜 사랑하는 그런 비교 따위는 존재하지 않는다. 그녀에게 유상현이 최상인 것처럼 나에게도 유상현은 최상이다.

"뭐 먹을래? 너 단 거 좋아하지? 이거? 아님 이거?"

나는 대답 대신 유상현에게 다가갔다. 그리고 그의 입에 입을 맞추었다. 달콤 쌉쌀한 초코 향을 아득히 느끼며 내가 무사함에, 그의 마음이 떠나지 않았음에 감사했다. 그리고 이제 그를 배우 유상현이 아닌, 단지 한 남자 유상현으로 사랑하겠다고 마음먹었다. 남녀가 사랑하는 데는 신분이나 사회적 위치 따위는 필요치 않다. 사랑을 하는 남녀는 동등하며, 오로지 몸과 마음만이 필요하다. 상대를 나보다 우월한 누군가로 받아들인다면, 나보다 낮은 무엇으로 받아들인다면 그 사랑은 언젠가 끝나고 만다. 아마 다이애나와 찰스 황태자가 이별을 하게 된 결정적인 이유도 그런 것 때문이지 않을까?

신기하게도 유상현의 예상은 정확히 적중했다. 그들의 언론 플레이에 반응을 보이지 않으며 애써 조용히 쥐죽은 듯 지내기 시작한

지 이 주 후, 유상현과 나의 비난으로 뒤덮였던 인터넷에 우리에 대한 옹호 글들이 하나둘씩 올라오기 시작했다.

'근데, 좀 이상하지 않나? 어쨌거나 아이를 버린 건 지은서도 마찬가지잖아. 소문엔 유상현이 그 아이랑 같이 산다고도 하던데. 지은서가 20년 가까이 있다가 갑자기 이러는 것도 이해 안 감. 여튼 애만 불쌍. 쯧쯧. ㅡ.ㅡ;;;'

'사실, 유상현이 티비에 나와서 막 가식 떨고 그러는 스타일은 아니잖아? 그리고 아직 유상현이 공식적인 입장 발표를 하지도 않았는데, 우리끼리 왈가왈부 유상현만 아들을 버린 파렴치한으로 몰아세우는 건 성급한 것 같다는 생각이 듦. @.@'

'아, 다 필요 없고 유상현 이번 영화 대박이드라. 어차피 난 배우 유상현을 좋아하는 거임.^^*'

게다가 어디서 구했는지 사진의 주인공인 나조차 출처를 전혀 가늠할 수 없는, 차마 두 눈 뜨고 보기 민망할 정도로 허술한 모습의 내 사진들을 첨부시킨 누군가는 이렇게 말했다.

'이런 빈틈투성이인 여자가 그렇게 치밀하게 계획을 세울 리 없음. NEVER~~~ ㅋㅋㅋ'

'정작 당사자들은 괜찮다는데 다들 왜 이럼? 나는 솔까 지은서가

더 수상함).('

이렇게 시작된 게시물에는, 유상현과 내가 함께 있는 장면이 찍힌 사진도 있었다. 실시간으로 엄청난 수의 댓글이 달렸고 빠르게 스크랩 수가 올라갔다. 상황 역전의 정점을 찍은 건 '유상현의 조카'라고 알려진 자신이 유상현의 아들이며, 자신은 전혀 불행하지 않았다. 유상현은 자신에게 최고의 삼촌이었고 앞으로 최고의 아버지가 될 거다'라고 한 웹 사이트에 올린 환의 글과, 그날 가드레일을 들이받은 사고를 현장에서 목격하고 유상현에게 연락을 해준 기자가 올린 지은서와 강윤지에 대한 기사였다.

'유상현 스캔들 제1호 기사의 주인공 강윤지, 지은서와 수상쩍은 만남?'이라는 제목의 기사에는 그녀들이 청담동의 한 와인 바에서 이야기를 나누는 장면을 미묘한 각도로 찍은 사진 몇 장이 첨부되어 있었다. 그 기사는 곧 일파만파 퍼졌고 실시간으로 그와 유사한 내용을 다룬 기사들이 앞다퉈 올라왔다. 다음 날 '지은서, 일본 한 재벌과 비밀 만남을 가지다 얼마 전 이별'이란 내용의 기사까지 떴다. 지은서가 일본 재벌에게 버림받은 후 의도적으로 한국에 돌아왔고, 이미 떠나간 유상현과 그 아들을 노렸다는 그럴듯한 기사가 뒷받침되면서, 그 순간부터 유상현과 나에게 쏟아지던 비난의 화살은 지은서와 강윤지에게로 살짝 방향을 틀기 시작했다.

'치밀한 건 백이현이 아니라 지은서와 강윤지다', '지은서는 일본으로 돌아가고, 강 기자는 기자 타이틀을 버려라. 기자가 넘쳐나는 세상이다. 제발 낚시질이나 거짓과 과장으로 우리를 우롱하지 말아라', '악플, 악성 루머를 단 네티즌도 잘못이지만 잠잠한 호수에 돌을 던진 건 강 기자 너다. 혹시 백이현이 부러웠냐?'라는 식의 여론도 일기 시작했다. 그와 동시에, 환과 유상현이 삼촌과 조카로 지낼 때 다정했던 모습, 그리고 최근에도 별로 달라진 바 없는 사진들이 올라왔고, 나와 환, 유상현이 다정하게 있는 파파라치 사진까지 뜨면서 상황은 천하의 지은서라 해도 역전시키기 불가능한 상태로 굳어져가기 시작했다. 유상현의 예측대로 말이다. 그리고 어느 정도 여론이 우리 편으로 돌아섰다는 판단이 섰을 때, 유상현은 소속사와 합의 하에 기자회견을 했다.

그는 수많은 기자들이 앉아 있는 널따란 회견장에 들어와 의자에 앉기 전 허리를 90도로 숙인 채 정중히 사과의 인사를 했다. 그리고 짧고 간결하게 말했다.

"물의를 일으킨 점은 진심으로 사과드립니다. 하지만 저로서는 그때 제가 할 수 있는 최선의 방법을 생각했고 그렇게 행동했습니다. 모범을 보여야 하는 공인이라는 점은 항시 잊지 않고 살지만, 그 전에 저도 그리고 지은서도 불완전한 한 인간일 뿐입니다. 여러분을 실망시켜드린 점은 깊이 사과드립니다. 앞으로는 더 신중하고 성숙된 공인의 모습으로, 또 더 좋은 작품에서 열심히 연기하는 모습으로 이번 일을 사과드리겠습니다. 그리고 질문은 따로 받지 않겠습니다. 전 분명히 제 의사를 밝혔고, 이 이상의 억측성 기사나 루머는 법적으로 강경히 대응하겠습니다."

그 말을 마치자마자 다시 한 번 인사를 한 그는 기자회견장을 빠져나왔다. 짧은 그의 말에 몇 시간 동안 진을 치고 기다린 게 허무해져 멍해진 기자들이 수많은 질문을 쏟아댔지만 그는 인터뷰를 거절하며 꿋꿋이 걸어 나갔다. 기자들은 내 이야기도 쉴 새 없이 물어댔다. 묵묵히 걸어가던 그가 잠시 얼굴을 찌푸리고는 곰곰이 뭔가를 생각하더니 멈춰 섰다. 그리고 뒤를 돌아, 가장 가까이 있는 기자가 들고 있던 마이크를 빼앗아 들고는 나지막이 입을 열었다.

"여러분이 아시다시피 전 지금 한 여자와 사랑을 하고 있습니다. 그 사랑을 지키려고 노력하겠지만, 죽을 때까지 사랑을 한다는 맹세를 할 수는 없습니다. 사람이 연애를 하며 느끼는 감정은 누구나 다 비슷하다고 생각합니다. 저희도 스타와 일반인의 사랑이 아니라, 사람과 사람의 연애를 하고 있습니다. 만약 그 사랑이 끝나더라도 그녀가 우리의 사랑이 아닌 다른 이유로 상처받기를 원하지 않습니다. 제가 사랑하는 두 사람, 아들과 그 여자의 이름 앞에 유상현이란 수식어가 붙어다니는 건 원치 않습니다. 부탁드립니다."

그렇게 꿋꿋하고 도도하며 저 잘난 유상현이 눈가에 살짝 눈물마저 고인 채 진심으로 꾸벅 고개를 숙여 부탁했고, 그의 연예인 생활을 오랫동안 지켜봐왔던 베테랑 기자들과 카메라로부터 마이크를 힘없이 떨어뜨리며 씁쓸하게 웃었다. 처음 보는 유상현의 모습. 베테랑 기자가 아니라 할지라도 그것이 그의 진심임을 알아차리는 건 그리 어려운 일이 아니었다.

그가 전한 간결하지만 진실했던 진심이 통하면서 네티즌들은 조금씩 그의 편으로 돌아서기 시작했다. 처음부터 자신은 유상현과 백이현의 편이었다는 사람부터 '비양심적이고 악의적인 지은서를 심판해야 한다', '강윤지의 얼굴을 밝혀라'라는 글까지 심심찮게 올라왔다. 지은서를 비판하는 네티즌들과 옹호하던 네티즌들의 다툼이 한동안 지속됐지만 공교롭게도 며칠 후 터진, 다른 톱스타의 열애설과 섹스 스캔들, 그리고 일본 톱스타의 마약 스캔들로 인해 그 사건은 점차 사그라졌다.

역시나 영원한 가십은 없나 보다. 게다가 가십은 가변적인 성향을 지니고 있는 게 틀림없었다. 하긴, 한 가십이 그리 오래 지속된다면 셀러브리티들의 수도 한정될 것이다. 돌고 도는 가십. 그로 인해 셀러브리티들도 숨을 쉬고 여유를 찾는 게 아닐까? 어쩌면 그들은 서로 돌아가며 가십거리를 만들면서 상대에게 휴식을 줄 수도 있겠다는 헛헛한 생각마저 들었다. 나라가 어수선할 때 스크린, 스포츠, 섹스 또는 스피드 등을 통해 우민(愚民) 정책을 겨냥한 기삿거리를 많이 만드는 맥락처럼 말이다. 어쨌거나 우리는 공격의 상대만을 계속해서 바꾸며 가십 문화, 네티즌 문화에 참여하고 있다.

사건이 거의 끝나갈 무렵 유상현이 "이제 그들에게 네가 복수를 할 차례야. 어떤 피의 복수를 원해?"라고 장난스럽게 웃으면서 고생했다는 듯 내 머리를 쓰윽 쓰다듬으며 물었다. 복수라……. 하지만 강윤지는 이미 네티즌 수사대들에게 커다란 곤욕을 치렀을 거고, 변태지는 언제 자신에게 화살이 돌아올지 모르는 조마조마함에 하루하루를 가시방석 위에서 살고 있을 게 분명했다. 그리고 지은서는 정말 유상현의 말대로 자신이 이용한 언론에 자신이 그대로 재공격 당했다. 이미 마음이 만신창이가 됐을 그들에게 내가 무엇을 할 수 있을까? 이렇게 생각하니, 넘쳐났던 분노 게이지가 급하게 하락했다. 하지만 그렇다고 '이미, 지난 일이니까'라고 여기며 바보처럼 넘어갈 수는 없는 노릇이었다. 일단 그들을 한 번쯤 만나볼 필요는 분명 있었다.

"미안. 진짜 미안. 하…… 하지만! 네가 먼저 내 비밀을 말했잖아?"

유상현의 도움으로 화보 촬영 현장에서 만나게 된 변태지가 나를 보자마자 귀신이라도 본 것마냥 화들짝 놀란 후, 억울한 듯 꺼낸 말이다.

"뭐? 그게 무슨 말이야? 내가 니 비밀을 아는 게 뭐…… 혹시 커밍……."

변태지가 두 눈을 동그랗게 뜨더니 한달음에 바로 앞으로 달려와서는 오른손으로 내 입을 틀어막고, 어디론가 질질 끌고 갔다. 빈 대기실에 들어오자마자 그는 금방이라도 울음을 터뜨릴 것 같은 표정을 짓더니 억울한 듯 말했다.

"그걸 알린 사람은 정~말 극소수였어. 믿을 만한! 근데 강윤지가 니가 그 사실을 떠벌리고 다녔다고 했어. 그리고 '한국의 게이 디자이너들'이란 기사를 준비하고 있다고. 만약 자기를 돕지 않으면 날 아웃팅*시키겠다고 협박까지 했다고!"

"뭐? 그게 무슨 말이야?"

"알고 있는 걸 말해주지 않는다면 즉시 아웃팅시키겠다고 했다고. 그리고 이런 일을 아무한테나 떠벌리고 다니고, 기사까지 쓰겠다는 백이현이 얄밉지 않냐고. 사실 나도 유상현을 마음에 두고 있었기 때문에, 한편으론 니가 부럽기도 하고 해서."

"자, 잠깐. 내가 니 비밀을 퍼뜨리고 다녔다고? 미쳤어? 내가 사랑했던, 한때 내 연인이었던 남자가 커밍아웃을 했다는 기가 막히다 못해 기절할 것 같은 일을 내가 내 입으로 퍼뜨린다고?"

흥분해 쏘아붙이던 내 말을 의아한 표정으로 듣던 변태지는 벙찐 얼굴로 "아, 아니야?"라고 되물었다.

"당연하지. 넌 강윤지한테 넘어간 거야."

변태지는 그제야 자신이 오해했다는 사실을 깨닫고, 어쩔 줄 몰

---

*자신의 동성애 사실을 자의가 아닌 타인의 고의에 의하여 밝히게 되는 것.

라 하며 갖가지 사과 퍼레이드를 펼쳤다. 그런 그에게 더 이상 윽박을 지를 수가 없었다. 그도 강윤지한테 당한 것이니. 나는 변태지에게, 당장 강윤지한테 전화해서 근처 커피숍으로 불러낼 것을 명령조로 부탁했다. 그리고 그는 쭈뼛거리며 내 부탁을 곧바로 실행했다.

강윤지는 약 한 시간 후에 커피숍에 도착했다. 두리번거리며 변태지를 찾던 그녀는 변태지가 아닌 나를 발견하더니 화들짝 놀랐다. 그리고는 급하게 등을 돌려 발걸음을 옮겼다. 그 순간 나도 모르게 그녀를 따라가 그녀의 팔목을 힘차게 잡으며 말했다.

"왜 가요? 우리 할 이야기 있지 않아요?"

"…… 난 없는데?"

쓰윽 고개를 돌려 나를 보며 말하는 그녀의 입가가 미세하게 떨리고 있었다.

"그럼 듣기만 할래요? 또 한 건 터뜨릴 내용이 있을지도 모르잖아요?"

나는 분노로 인해 떨리는 마음을 애써 짓누르며 또박또박 말했다. 그녀는 선 채로 짜증스러운 한숨을 내쉬더니 어쩔 수 없다는 표정으로 자리에 앉았다. 다행히, 녹음기나 메모할 수첩을 꺼내놓지는 않았다.

팽팽한 긴장 속에 잠시 침묵이 흘렀다. 그녀는 일 분에 한 번꼴로 물 컵을 들더니 입을 축였다. 겨우 꺼낸 '대체 왜 그런 거예요?'라는 나의 질문에도 그녀는 한동안 고집스럽게 입을 꾹 다물고 있었다. 한참의 기싸움이 끝나고 그녀가 나지막이 한숨을 내쉬며 천천히 입을 열었다.

"바보처럼 정보를 흘리고 다닌 그쪽이 나쁜 거야. 회식하던 날 유상현과 하얏트에서 만나기로 통화하는 거 들었거든. 그게 시작이었어."

내 기억으로 그날 난 충분히, 아니 오히려 오버스러울 정도로 조심했다. 의도적으로 접근한 누군가에게 통화 내용을 들킨 것도 내 잘못이란 말인가. 나는 그런 그녀의 말에 어이가 없어 마땅한 대꾸의 말을 찾지 못한 채 그녀를 노려봤다. 그런 나를 본체만체하며 그녀는 말을 이었다.

"어쨌든 이현 씨는 지금 원하는 거 다 가졌잖아. 그런데 뭐가 불만이야?"

"강윤지 씨 태도요. 최소한 내 이야기를 그렇게 팔아먹었으면 내게 사과해야 하는 거 아닌가요?"

"그럼 이현 씨도 날마다 사과해야겠네. 린제이 로한, 패리스 힐튼, 안젤리나 졸리, 그리고 이현 씨가 늘 쓰고 있는 그 기사의 주인공들한테. 그게 우리 직업이잖아? 남의 이야기를 팔아먹고 그걸로 먹고사는. 기자라면 어쩔 수 없는 거 아니야?"

말문이 턱 막혀버렸다. 딱히 뭐라고 대꾸할 말이 떠오르지 않는 내 머리가 원망스러웠다. 그녀의 말투가 재수 없긴 했지만 그녀의 말 자체가 틀린 건 아니었다. 연예인처럼 공인인 사람의 이야기를 늘 쓰고, 그 이야기로 먹고사는 게 연예부 기자였다. 기자는 사람의 직업이면서 사람이 아니어야 했다. 양심보다는 특종이 우선이었고, 진실성보다는 스피드가 더 중요했다. 내가 이 일에 문외한이었다면 지금 그녀를 잡고 양심이나 진실을 운운하며 따질 수 있었을지도 모르겠다. 하지만 나는 이쪽 업계에 대해 너무나도 잘 알고 있었다. 잠시 나를 바라보던 그녀가 자리에서 일어났고, 나는 더 이상 그녀를 붙잡지 않았다. 아니 못 했다. 일어나 한숨을 쉬던 그녀가 천천히 입을 열었다.

"이현 씨는, 어울리지 않아."

나는 고개를 들어 그녀를 쳐다봤다. 그녀는 몇 번 눈썹을 씰룩거리더니, 몇 번이나 말을 삼킨 후 머리를 쓸어 넘기며 말했다.

"기자 말이야, 특히나 이런 연예부 기자는……. 자신의 감정을 전혀 숨기지 못하는 사람이 어떻게 남의 감정을 읽어. 그리고 미안하단 이야기는 안 해도 되지? …… 그냥, 직업 정신이 너무 투철했던 기자가, 아니 왕자를 남몰래 사랑하고 동경하지만 절대 가질 수 없는 시녀가 저지를 수밖에 없었던 일이라고 생각해. 그래도 화가 풀리지 않으면 고소하든가. 얼마든지 받아줄 테니까."

한동안 멍하니 그녀가 한 말의 의미를 되새겨봤다. 왕자를 남몰래 사랑하고 동경하지만 절대 가질 수 없는 시녀라. 변태지가 왕……자 일리는 없고. 혹시 그도 유상현을 좋아했던 건가? 그러고 보니 입사한 후 그녀와 처음 대면했던 날, 회식자리에서 '왜 기자가 됐어요?'라는 내 질문에 '어린 시절 열병을 앓을 만큼 좋아했던 연예인이 있었어요. 뭐, 그와 연애를 한다든가 하는 이런 허무맹랑한 꿈은 이미 접은 지 오래고……. 그래도 좀더 가까운 곳에서 접할 수 있을까 해서 기자가 됐는데…… 웬걸요? 이게 딱 내 적성이더라고요'라고 대답했던 것 같다. 그게 만일 유상현이라면, 가질 수 없다고 판단하고 애초에 포기했던 자신의 왕자님을 자기보다 더 허술하고 빈틈투성이인 내가 가졌으니 그녀의 분노와 질투는 내가 감히 상상할 수 없는 정도였을지도 모르겠다. 가질 수 없다면 부숴버리고 싶고, 부숴버린 다음에는 그 조각이라도 갖고 싶은 마음으로 그녀는 지은서에게 힘을 실어주지 않았을까. 자기가 인정할 수 없는 나보다야 자기가 인정할 수 있는 공주였던 지은서의 시녀가 돼서라도 말이다.

그녀에 대해 이런저런 생각을 해보며 이해할 수는 있었지만, 결코 그녀의 행동 전부를 납득할 수는 없었다. 아니, 그러고 싶지도 않았다. 같은 기자로서, 그리고 같은 여자로서 그녀를 이해하는 것과 내가 직접 겪었던 일들에 비춰 그녀를 용서하는 건 별개의 문제였으니까.

"그럼 난 가도 되지?"

남은 물을 마저 비운 강유지가 여전히 내 눈을 바라보지 않고 말하며 자리에서 일어났다. 그때였다. 커피숍 문이 열리고 익숙한 누군가의 모습이 점점 우리에게 다가왔다. 유상현이었다. 우리가 앉은 자리에서 걸음을 멈춰 선 유상현은 놀란 내게 성의 없이 눈인사를 한 후 고개를 쓰윽 돌려 강윤지를 바라봤다. 생각지 못한 그의 등장에 필요 이상으로 당황한 강윤지는 잠시 입을 벌린 채 유상현을 바라보더니 곧 그의 시선을 피했다. 그리고 곧, 딸꾹질을 하기 시작했다. 유상현은 빈 의자에 앉더니 다리를 꼬며 내 앞에 놓여 있던 물컵을 오른손으로 만지작거리다가 얼어 있는 강윤지에게 다시 시선을 옮겼다. 그리곤 헛헛한 미소를 지으며 나지막한 목소리로 차분히, 하지만 차갑게 말했다.

"난 꼭 기자가 남의 꽃밭을 망치는 일만 한다고는 생각지 않았는데……. 강윤지 기자님은 그게 전문이더군요?"

예상치 못한 그의 발언에 나와 강윤지는 두 눈을 동그랗게 뜨고 동시에 유상현을 바라봤다.

"한 번쯤은 인심 써서 남의 꽃밭에 물도 주고, 햇볕도 좀 쬐어주고 해봐요. 그렇지 않으면……."

그의 목소리와 표정이 한층 더 냉정해지며 최고조에 달했다.

"다른 누군가가 당신 꽃밭을 망가뜨릴 수도 있으니까. 내 마지막 경고예요."

그렇게 말을 마친 유상현은 거짓말처럼 다시 온화한 표정을 지으며 웨이터를 불러 커피를 주문했다. 강윤지는 붉으락푸르락하는 표정을 숨기지 못한 채 낚아채듯 가방을 들고 커피숍을 나가버렸다. 나는 곧바로 유상현을 바라보며 "여긴 어떻게?"라고 물었고, 유상현은 어깨를 으쓱하며 피식 웃었다.

그날 밤, 편집장에게 전화를 했다. 그녀에게서 열 통 가까이 온 전화를 외면하고 있었던 것이다. 그리고 바로 다음 날이 다이애나 비 기사를 넘겨야 하는 원고 마감일인 걸 그제야 깨달았다. 나는 다이애나 비에 대한 기사를 쓰며 이 기사를 마지막으로 〈플러스 텐〉을 그만두기로 마음먹었다. 딱히 새로 할 일을 정한 건 아니었다. 그러나 더 이상 나와 맞지 않는 옷을 입은 채 살 수는 없다는 생각만은 분명했다.

기사를 거의 마무리 지을 무렵, 초인종이 울렸다. 서둘러 문을 열어보니 양손에 피자와 콜라를 하나씩 들고 있는 환이 사랑스럽게 눈을 찡긋거렸고, 나는 반사적으로 환한 웃음을 지었다. 온종일 분노와 떨림, 긴장으로 두근거렸던 심장이 환을 본 그 순간 마법처럼 고요해졌다.

"나 내일 떠나요."

피자를 오물거리던 환이 툭 던지듯 말했고 나는 오랜만에 탄산이 가득한 콜라를 마시며 "응?"이라고 대수롭지 않게 물었다.

"유학 가려고."

그래 유학도 좋지, 라며 별 생각 없이 고개를 끄덕이던 나는 순간 그 말의 의미를 곱씹어보고는 화들짝 놀라 그제야 머그컵을 내려놓은 채 환을 쳐다봤다. 유학이라니. 전혀 예상치 못한 발언이었다. 단순히 며칠 쉬고 돌아오는 여행이 아니라 아예 유학이라니. 이건 아무리 생각해도 너무 갑작스러운 통보였다. 나는 얼떨떨한 얼굴로 환을 바라봤다.

"뭘 그리 놀라? 친구 중에 유학 간 사람 없어?"

"아니, 그런 건 아니고 너무 갑작스러워서."

"원래 인생은 갑작스러운 거야."

환이 피자의 끝부분을 남긴 채 내려놓고, 새로운 피자 한 조각을 뜯으며 중얼거렸다. 만약 이 말을 다른 누군가가 했다면, 피식 웃음을 흘리며 '인생 다 살았어?'라고 핀잔을 줬을 것이다. 환이 자기 또래의 여느 아이들과 비슷한 환경에서 자라왔다면 말이다. 하지만 환에게는 애틋한 마음과 미안한 마음이 동시에 들며 어떤 말도 쉽게 꺼낼 수가 없었다. 환의 부모가 누구인지 아는 상황에서, 얼마나 외롭고 쓸쓸하게 자랐는지, 또 최근에는 자기를 끝까지 이용하려 했던, 자신을 낳아준 지은서 때문에 받은 상처가 얼마나 클지 감히 상상조차 할 수 없었기에 난 마땅한 말을 찾지 못하고 입술만 깨물었다.

"누나 나한테 갚아야 할 거 있는 거 알죠?"

단번에는 아니었지만 약 몇 초 후 그가 말한 의미를 깨달았다. 나는 고개를 끄덕이면서, 그가 들고 있던 피자를 빼앗아 한 입 가득 베어 먹으며 장난스럽게 웃었고, 환은 "치사해. 치즈가 제일 많이 든 건데"라며 다시 빼앗아 한입에 집어넣었다. 곧, 그는 목이 메어 죽을 것 같다는 제스처를 취하며 콜라를 페트병 째로 들이부었다. 한동안 우리는 진이 빠지도록 깔깔댔고 배와 목이 동시에 아파와 헥헥 거리며 겨우 웃음을 진정시켰다. 우리는 여전히 실실 삐져나오는 실없는 웃음을 지으며 카펫 위로 발라당 나자빠졌다. 그제야 뱃속 가득한 포만감이 밀려왔다.

"신기하죠?"

환이 물었고 난 "응"이라고 대답했다.

"뭐가요?"

"넌 뭐가 신기한데?"

"다요."

"나도 다."

한동안 우리에게는 이런 대화가 오갔다. 그러고 보니 그랬다. 모든 일이 다 신기했다. 내가 만일 〈플러스 텐〉이라는 잡지사 기자가 아니었다면, 그래서 '린제이 로한' 특집 기사 따위는 쓸 일이 없었다면, 그랬다면 유상현의 차를 박았을까? 유상현의 차를 박지 않았다면 내 명함이 유상현의 차에 놓일 리도 없었고, 또 그랬다면 환을 만날 일도 없었을 것이다. 하나의 우연이 또 하나의 우연을 낳고, 그 우연이 또 다른 우연을 낳고. 그 우연 중에는 운명도 있었을 것이고, 그저 가벼운 우연으로 끝나버릴 일들도 있었을 것이다. 그리고 우연인지 운명인지 모를 그 일들 사이에서 나는 유상현과 환이라는 소중한 사람들을 얻었다.

"이 집에서 처음 밥 먹은 게 엊그제 같은데 벌써 다섯 달이 흘렀어요."

멍하니 지난 일을 회상하고 있을 때, 천장에서 환의 목소리가 들려왔다. 나는 그 목소리에 슬쩍 고개를 돌려 환을 쳐다봤다. 환은 여전히 천장을 올려다보고 있었고 나 역시 다시 천장을 쳐다봤다. 하긴 한 달에 한 번씩 쓰는 셀러브리티 기사를 이제 다섯번째 썼으니 만 오 개월이 지났을 거다.

"아참, 나 지은서 만났어요."

그녀의 이름을 듣는 순간 알 수 없는 긴장감에 사로잡혔지만 최대한 덤덤하게, 아무렇지 않은 듯 "아…… 그랬구나. 어땠어?"라고 물었다. 어쨌거나 환에게는 세상에 하나밖에 없는 엄마였다.

"뭐, 가족에 관해서는 그냥 주어진 상황에서 노력할 수밖에 없다는 걸 깨달았어요. 내가 인정 안 한다고 해서 변하는 사실은 없으니까. 그래서 그 여자도 유상현도 일단은 용서하기로 했어요."

"그래, 잘했어."

"하지만 이해는 안 할래요. 누나 그거 알아요?"

"뭘?"

"오드리 헵번이 아들들과 시간을 보내고 싶어 일을 중단한 거요. 〈어두워질 때까지〉라는 영화 촬영 중에 아들이 너무 보고 싶었다나? 그때 그녀는 자신의 삶을 변화시켜야 한다고 생각했대요. 둘째 아들을 낳은 후 오드리는 '인생은 너무 짧아'라고 말하더니, 십 년이 넘도록 영화에 출연하지 않았대요. 그리고 그녀는 결코 그것을 후회하지 않았다고 해요."

아마 환이 마지막에 덧붙이고 싶은 말은 '그런데 왜 지은서는 일이 먼저였을까요?'나 '모든 사람이 다 오드리 같을 수는 없겠지만요' 둘 중 하나였을 것이다. 뭔가 씁쓸해하는 듯한 모습이 안타까워 나는 화제를 바꾸려 그에게 물었다.

"뭐, 갖고 싶은 거 없어? 유학 갈 때 필요하거나 뭐 그런 거."

내가 물었고, 환은 잠시 뭔가를 골똘히 생각하더니 천장을 보던 몸을 뒤집어 양손에 턱을 괴고 엎드렸다. 눈을 살짝 올려 뜨자 환과 시선이 마주쳤다. 환이 살짝 고개를 기울였고 점점 더 내게 다가왔다. 그의 입술이 바로 내 입술 앞까지 다가와 모른 척 고개를 돌리려는 찰나 환이 다시 몸을 뒤집어 천장을 향해 누웠다.

"뭐 그런 건 없고. 나한테 갚아야 할 거나 갚아요."

"그게 뭔데?"

"나 유학 갔다 올 때까지 내 맘이 변하지 않는다면, 그땐 유상현이랑 헤어져요. 그런데 아마 불가능하겠죠? 사방에 금발의 쭉쭉빵빵 바비인형들이 넘쳐나는데, 누나 정도는 뉴욕에 도착하자마자 금세 까먹을 거야. 그치? 누나도 참 안됐다. 이런 영계를 내비두고 애딸린 유상현을 택하다니."

나는 혀를 끌끌 차며 오버스럽게 말하는 환이 너무나도 귀엽고 사랑스러워 보였다.

환이 돌아간 후 '다이애나 비' 기사를 찬찬히 마무리 지었다. 편집장에게 기사를 첨부한 메일을 보낸 후, 홀가분한 마음으로 침대에 엎드려 누워 인터넷을 하다 문득 환이 말한 '오드리 헵번'의 이야기가 떠올랐다. 무의식적으로 검색창에 '오드리 헵번'을 쳤다. 사실 내게 '오드리 헵번' 하면 떠오르는 것은 〈로마의 휴일〉과 '아이스크림'이었다. 하지만 다른 사람들은 그녀에 대해 더 많은 걸 기억하는 듯했다. 오드리 헵번을 사랑한다는 어느 누군가는 자신의 블로그 상단에 그녀가 한 말 중 자신이 가장 좋아하는 문구라며 "바랄 수 있는 최상의 삶은 행복한 일과 행복한 인생의 조합이다"라는 글을 적어놓았다. 그 말을 입 밖으로 내며 중얼거리는데, 과연 난 지금 행복한 일을 하고 있는 것일까? 라는 생각이 들었다.

누군가가 주부, 작가, 의사, 정육점 주인, 요리사 등의 직업 중 어떤 직업을 선택했다 하더라도 그 일을 선택해서 하게 된 이유는 이 둘 중 하나일 것이다. 그 일이 좋아서나, 아니면 돈 때문에. 나 같은 경우는 후자 쪽이다. 그래. 내가 원했던 패션 잡지사 인턴을 그만두고 〈플러스 텐〉에 온 이유도 돈 때문이었다. 다른 여자들처럼 미래의 주거지를 위해 청약통장을 마련하고 결혼을 위한 적금도 들 수 있는, 가끔은 큰마음 먹고 몇 개월 할부로 명품 신상 백을 질러도 신용불량자가 되지 않을 만큼의 월급이 꼬박꼬박 나오는 그런 안정된 직장을 원했던 것이다.

사실 〈플러스 텐〉에서 기사를 쓰면서 단 한 번도 성취감이나 뿌듯함, 행복을 느낀 적이 없었던 듯했다. 그나마 방금 마침표를 찍은 '다이애나 비' 특집 기사가 가장 진지하게, 열정적으로, 성의 있게 쓴 듯했다. 그날 밤, 어디서 구입했는지 확실히 기억나지는 않지만 사고 나서 꽤나 뿌듯해했던 '세계명작영화100선' DVD를 꺼내 그중에서 오드리 헵번이 주연한 영화 〈로마의 휴일〉과 〈티파니에서의 아침을〉을 골라 봤다. 해가 뜰 때까지 새삼 그녀의 사랑스러움에 매료되어 있는데 문자가 도착했다. 편집장이었다.

'다이애나 기사 너무 밋밋해. 그녀의 사생활을 폭로하는 방향으로 좀더 자극적으로 갔으면 좋겠음.'

그 문자를 읽으며 텔레비전 화면에서 너무나 사랑스럽게 활짝 웃고 있는 그녀가 했다는 "바랄 수 있는 최상의 삶은 행복한 일과 행복한 인생의 조합이다"라는 말을 다시 한 번 떠올렸다. 세상의 많은 사람들이 자신이 원하는 행복한 일을 하고 있지는 않겠지만, 한 번쯤 그렇게 하기 위한 시도를 해보는 것은 나쁘지 않다는 생각이 들었다. 난 오드리 헵번을 보며 마치 그녀에게 말을 걸듯 중얼거렸다.

'당신은 행복한 일을 갖고, 행복한 인생을 살았나요?'

그러자 그녀는 상냥한 미소를 지으며 고개를 위아래로 천천히 끄덕였다.

6.epilogue
Wanna be Audrey, Wanna be happy!

오드리 햅번(Audrey Hepburn)
귀여움, 우아함, 고상함, 지혜, 매력을 온몸에 조화롭게 배어놓은 사랑스러움의 대명사 오드리 햅번은 영국의 배우이자 모델이다. 아카데미 상, 토니 상, 에미 상, 그래미 상 등을 받은 그녀는 1999년에 <아메리칸 필름 인스티튜트>에서 선정한 '지난 백 년간 가장 위대한 백 명의 스타'의 여배우 목록에서 3위를 차지했다. 햅번은 유니세프 홍보대사로 활동하기도 했다. 주요 작품으로 <티파니에서 아침을>, <로마의 휴일> 등이 있다.

〈플러스 텐〉에 과감히 사표를 낸 후 '내가 행복을 느끼며 할 수 있는 일이 무엇일까'를 고민하다가 며칠이 지났다. 환은 미국으로 떠났다. 유상현은 촬영이라는 핑계로 환을 배웅하지 못했고(아마도 환이 부담 갖지 않도록 일부러 그런 듯싶었다) 나는 환의 만류에도 불구하고 '심심해. 어차피 할 일도 없는데?'라는 이유로 고집을 부리며 그를 공항까지 데려다줬다.

그와 함께 햄버거를 먹으면서 시시콜콜한 이야기들로 시간을 보낸 후, 그를 출국장 안으로 보내려는데 나도 모르게 눈시울이 붉어졌다. 그것을 눈치 챈 환이 그의 최고 무기인 미소를 지으며 오른손

오드리 헵번에 관련된 이야기들은 웅진윙스에서 출간된 『워너비 오드리 : 사랑받는 여자의 10가지 자기관리법』(2009)을 참고했다.

바닥으로 내 정수리를 몇 번 톡톡 치며 말했다.

"이래 놓고 무슨 나이 타령?"

내 머리 위에서 계속해서 꼼지락거리는 환의 손을 잡아 내려놓으며 눈을 흘기자 그가 뜬금없이 "거울 있어요?"라고 물었다. 생뚱맞은 그의 질문에 고개를 끄덕이며 백에서 콤팩트를 꺼내 열어 거울이 보이게끔 그에게 건네줬다. 그는 콤팩트를 받더니 거울이 있는 방향을 내 얼굴로 향하게끔 돌렸다.

"보여요?"

나는 그의 질문에 나를 비추고 있는 거울을 봤고 그와 동시에 내 머리 위에서 반짝이는 무언가를 발견했다. 큐빅이 박혀 반짝거리는 작은 핀이었다. 티아라 모양을 한.

"뭐야?"

"뭐긴요. 내가 주는 선물이예요. 공주가 뭐 별거 있어요? 왕인 부모님, 근사한 왕자님, 예쁜 티아라만 있음 돼지. 누나는 그중 두 개는 일단 가졌으니까 공주에 가깝다고 할 수 있어요. 그러니까 좀더 자신감을 가져요."

그 말을 마친 환은 장난스레 경례하는 포즈를 취하더니 뒤돌아 섰다. 한 발짝씩 그가 멀어져갔고, 그만큼 나는 그가 그리워졌다. 환과 함께 밤새 군것질하며 DVD를 보거나, 치열히 경쟁하며 게임을 하거나, 술 마시며 멜랑콜리한 상태로 유상현의 흉을 본다거나 하는 일을 더 이상 할 수 없어서만은 아니었다. 어쩌면 내가 생각하는 것보다 훨씬 더 환에게 의지하고, 좋아했는지도 모른다.

환이 여권을 내밀면서 슬쩍 고개를 돌려 나를 바라봤다. 그와 눈이 마주치자 나는 애써 미소를 지어 보였다. 그러자 그가 건넸던 여권을 다시 가져오더니 내 쪽으로 발걸음을 돌렸다. 나는 그를 보며 '어째서?'라는 표정을 지었고 그는 빠른 속도로 뛰어서 금세 내 앞으로 다가왔다. 그리고 거친 숨소리와 함께 나지막한 목소리로 말했다.

"조금만 기다려줘요. 유상현보다 딱 백 배는 멋진 남자가 돼서 돌아올 거니까. 누나의 해피엔드는 내가 만들어줄게요. 그럼 나 진짜 가요."

환은 올 때보다 더 빠른 속도로 뛰어갔고 출국 게이트 앞에서 양손을 번쩍 위로 올려 크게 몇 번 흔들어대더니 출국 게이트 안으로 사라졌다. 그가 사라진 게이트를 보며 한참을 먹먹히 서 있다 씁쓸한 미소를 지으며 뒤를 도는데, 생각지도 못한 사람을 발견했다. 지은서였다. 나는 차 한잔하자는 그녀의 제의에 응했고, 대신 차를 마시는 장소는 내가 정했다.

우리는 갑작스레 추워진 날씨를 이유로 따뜻한 카푸치노를 두 잔 주문했다. 그녀의 도발을 기다리며 긴장과 견제를 늦추지 않은 채 꼿꼿이 허리를 펴고 있는데 주문한 카푸치노가 나왔다. 머그잔에 두 손을 포개는데 그녀가 새하얀 거품을 입술로 살짝 훑더니 조심스레 말했다.

"이현 씨가 이겼네요."

그 순간 카푸치노의 따스함 때문인지 그녀의 발언 때문인지 긴장이 사르르 녹아버렸다. 하지만 그녀는 금세 "하지만 긴장 늦추지 마요. 언제 다시 빼앗아갈지 모르니까. 영원한 해피엔드란 없는 거 알죠?"라고 도전장을 내밀며 쿨하게 웃었다. 나도 그녀에게 웃음을 건네며 답했다.

"네. 그런 상황이 오면 저도 다시 빼앗으면 되겠죠. 영원한 해피엔드는 없는 거라니까."

혼자 운전을 하며 집으로 돌아오는 길에 이런저런 생각에 잠겼다. 여자라면 누구나 아름답고 싶고, 우아하고 싶고, 매력적이고 싶다. 그래서 사랑하는 사람에게 사랑받으며 그 사람과 영원히 해피엔드를 맞이하고 싶다. 아마도 그래서일 거다. 여자들이 동화 속 공주님과 드라마 속 여주인공을 '워너 비' 하는 이유 말이다. 하지만 우리는 인생이 꼭 해피엔드로만 끝나지는 않는다는 잔인한 사실을 시간이 흐를수록 깨닫는다. 아마 나도 그녀도 그 사실을 어느 정도 깨달았나 보다.

그렇다. 세상에 영원한 것은 없다. 근사한 남자가 돼서 돌아와 내 해피엔드를 책임지겠다고 다짐했던 환의 맹세도 언젠가는 사라질 것이다. 하지만 그렇다고 해서 그 맹세가 거짓은 아니다. 그 맹세를 할 때 그 순간만큼은 절실하고, 진실했을 테니까. 사람이란 시시때때로, 시시각각 그렇게 변하는 존재다. 그래서 '사랑이 어떻게 변하니?'라는 서글픈 질문이 생기고 '사랑은 움직이는 거야'라는 차가운 대답이 생겨난 거다.

집에 도착해 문을 열고 집 안으로 들어갔다. 내 소파 위에 편하게 기대앉아 DVD를 보고 있던 유상현이 나를 보더니 "왔어?"라고 물었다. 아마 유상현도 마찬가지일 것이다. 그의 사랑의 화살이 언제나 나를 향해 있을 거라고는 생각하지 않는다.

"환은 잘 갔어?"

그가 소파 옆자리를 톡톡 쳤다. 그리고 난 크게 고개를 끄덕이며 그의 옆자리에 가서 앉았다.

"일찍 끝났으면 오지 그랬어요."

"그 자식 내가 가면 불편했을 거야."

그는 머리를 긁적이며 말하더니 내 어깨에 살며시 팔을 두르며 물었다.

"영화나 볼까 했는데, 마침 이 DVD가 들어 있더라고. 오드리 헵번 좋아해?"

나는 어깨를 으쓱한 채 되물었다.

"그쪽은요?"

"음, 좋아하기도 하고 존경하기도 해. 아마 여자들이 가장 좋아하는, 어머니와 딸이 함께 좋아하는 영화배우를 한 사람 꼽으라고 하면 그녀이지 않을까. 그녀의 스타일을 교과서처럼 받드는 셀러브리티들이 줄을 섰잖아. 그녀는 셀러브리티들의 셀러브리티야."

셀러브리티들의 셀러브리티라. 문득, 귀여운 동시에 우아하고, 소녀와 성숙한 여인의 모습을 모두 보여주며 연기한 〈로마의 휴일〉의 그녀가 아닌, 육감적인 섹세미를 강조하지 않더라도 남자들의 사랑을 한 몸에 받을 수 있다는 것을 알려준 〈티파니에서의 아침을〉의 오드리 헵번이 아닌, 그냥 오드리가 궁금해졌다.

집에 있는 동안 '오드리 헵번'이 여주인공인 영화, 그녀를 주제로 쓰인 책들과 함께 보냈다. 그러다 보니 어느 순간 그녀가 마치 내 앞에서 생생히 살아 숨 쉬고 움직이는 친구처럼 느껴졌다. 그녀는 나를 향해 사랑스러운 미소를 지으며 은근하게 남자를 유혹하는 노하우, 자존심을 지키는 노하우를 지시해줬으며, 소문에 의연해지는 법, 아낌없이 사랑하는 법 등을 가르쳐줬다. 그리고 스타일리시한 여자가 되는 방법도 조언해줬다.

"내가 코를 풀면 그 사실이 전 세계에 보도되었다. 하지만 사람들이 보는 내 이미지는 모두 외모에 관한 것들뿐이다. 오직 나만이 진실을 알고 있다."

"기회는 자주 오지 않는다. 그렇기 때문에 기회가 왔을 때 놓치지 말고 잡아야 한다."

"절대로 누구와 누가 다르다는 생각을 하면서 자라서는 안 된다. 우리는 모두가 평등한 사람이다."

"자기 자신을 객관적으로 봐야 한다. 당신 자신을 마치 기계처럼 분석해봐라. 스스로에 대해 완벽하게 솔직해져야 한다. 당신의 약점을 직면하고 숨기려 들지 마라. 그 대신 다른 장점을 개발하라."

"어릴 때는 누구나 닮고 싶은 사람을 선택한다. 나는 엘리자베스 테일러와 잉그리드 버그만의 장점만 닮은 존재가 되고 싶었다. 하지만 그렇게 되지 못했다."

그녀에 대해 알면 알수록 나는 그녀의 매력과 사랑스러움에 흠뻑 빠져들었다. 하지만 우리는 오드리를 배우로 사랑스럽다고 생각하는 것을 넘어서 한 인간으로서 그녀를 존경한다. 그녀는 1989년부터 세계아동기구 친선 대사로 활약하면서 에티오피아와 소말리아 등에서 기아와 죽음, 깊은 절망에 빠진 어린이들의 구호에 앞장섰다. 아마 자신의 인생 후반부는 그런 아이들을 돌보는 데 모조리 바쳤을 것이다(어찌 보면 안젤리나 졸리의 자선 활동과 입양 활동의 모티브가 오드리인지도 모른다). 그리고 오드리는 성형 수술을 통해서 억지로 젊음을 되찾으려 하지 않으며 세월에 순응하는 아름다운 모습을 보여줬다. 그녀는 내면과 외면이 아름답게 나이 드는 것을 몸소 전 세계에 보여주는 여성이었다. 물론 그녀도 세월이 흐르면서 수많은 실망과 좌절을 겪었다. 하지만 그녀는 '어떤 고난이 닥치건 결국 그에 대한 보답을 받는다'는 신념을 고수하며 자신의 빛을 잃지 않았다. 그렇게 그녀는 '우아하고 사랑스러운 인생'을 완성했다.

그녀를 알아가며 '해피엔드'는 스스로 만들어가는 것이라는 걸 배웠다. 그리고 인생의 마지막 시점을 어디로 잡느냐에 따라 베드엔드 혹은 새드엔드, 해피엔드로 나뉘진다는 것을 깨달았다.

만일 내 이야기 중 변태지에게 '커밍아웃'을 선언받았던 그 순간을 마지막으로 잡는다면 그것은 '베드엔드'일 것이고, 환과 공항에서 이별하는 그 순간을 마지막으로 잡는다면 그것은 분명 '새드엔드'일 것이다. 그리고 지금 유상현과 알콩달콩한 사랑을 나누며 내가 행복해할 수 있는 일을 찾고 있는 이 시점을 마지막으로 잡는다면 그것은 내가 원하던 '해피엔드'일 것이다. 하지만 아직 일어나지 않은 그 후의 어떠한 시점을 마지막으로 잡는다면 아무것도 알 수 없다. 그렇게 생각한다면 우리는 매 순간 각기 다른 '엔드(END)' 속에서 살아가는 것이다.

동화나 드라마가 해피엔드로 끝나는 것은 분명 그 행복한 한때를 마지막으로 잡았기 때문일 것이다. 그렇다면 나는 더 이상 그녀들을 부러워할 이유가 없다. 내 인생에도 그녀들과 같은 해피엔드가 분명 수없이 많이 존재할 테니 말이다.

6개월 후……

"잘 갔다 와."

"정말 같이 안 갈 거예요?"

"출국 한 시간 전인데? 아무리 나라도 그게 가능할까?"

유상현이 피식 웃으며 내 머리를 쓰다듬었다. 그러고는 자신이 끌고 있던 캐리어를 내 앞으로 건넸다. 나는 지금 오랜만에 미국에 계신 부모님을 뵈러 미국에 간다. 그리고 그 김에 뉴욕에 있는 환과도 만날 것이다. 유상현에게 함께 가자고 제안했지만 이번에도 그는 '촬영'을 핑계로 거절했다. 하지만 나는 그가 꼬박꼬박 환의 블로그에 들어가 환의 일상을 훔쳐보며, 가끔 이메일을 쓴다는 사실을 알고 있다. 그리고 환도 인터넷에서 유상현에 관한 안 좋은 기삿거리가 뜰 때마다 메신저에서 내게 말을 걸며 은근슬쩍 유상현의 안부를 묻는다. 둘은 조금씩 서로를 이해하고 있는 게 분명했다. 일본으로 돌아간 지은서는 당분간 일을 쉬고 휴식을 취할 거라는 공식적인 기사를 냈으며, 변태지의 '커밍아웃'은 결국 한 기자에 의해 밝혀졌다. 인터넷 연예부 기자로 자리매김한 강윤지는 여전히 클릭 순위 1위를 자주 차지했다. 그리고 〈플러스 텐〉은 여전히 스타들의 가십거리로 잡지사를 운영해가고 있다.

그리고 나는 이미지 컨설턴트라는 직업을 가지기 위해 패션, 미용, 화술, 상황에 맞는 예절, 표정 관리 등을 열심히 공부 중이다. 오랜 시간을 고민한 후 그 직업을 택하게 된 이유는 여러 가지였다. 셀러브리티에 대한 기사를 쓰고 연구하면서 사람은 누구나 나름대로의 매력을 가지고 있다는 생각을 했고, 내가 그 각각의 매력을 끄집어내 극대화시킬 수 있을지도 모른다는 생각을 했다. 그리고 타인의 '이미지 컨설팅'을 해가며 나도 미처 몰랐던 내 이미지를 찾아낼 수 있을 거라는 생각도 들었다.

"근데 퍼스트 석은 처음 타봐요. 그냥 일반석 타도 되는데."

"안 돼. 넌 그래도 일단 한류 스타 유상현의 애인이잖아. 일반석에서 침 흘리고 잠드는 거 사진이라도 찍힘 어떻게 해."

나는 그를 흘깃 째려보며 캐리어를 잡았다. 그리고 '갔다 올게요'라고 말하며 오른손을 흔들었다. 그러자 그가 살짝 허리를 숙여 내 이마에 가볍게 키스를 했다. 순간, 아까부터 우리들을 바라보며 쑥덕대던 사람들이 각각 디카나 핸드폰을 꺼내 몰래 사진을 찍어댔다. 하지만 그와 나는 전혀 상관하지 않았다. '오드리 헵번'의 말대로 그들이 내 사진을 찍어대고 그것을 보며 씹어댄다 한들, 그건 그 안에 보이는 나의 단순한 이미지일 뿐이다. 그들은 나를 경험하거나, 겪어보지 않고서는 절대 나에 대해 알 수 없다. 다른 사람들의 생각이나 기준에 맞추어 근심 걱정하는 것은 분명 어리석은 일이었다.

유상현과 아쉬운 작별을 하고 비행기에 올라탔다. 처음 타보는 퍼스트 석에 휘둥그레진 눈으로 주위를 두리번거리며 스튜어디스가 안내해준 자리에 앉았다. 핸드폰을 끄고, 가방 안에서 책 한 권을 꺼내 읽기 시작하는데 내 옆자리에 선글라스를 쓴 누군가가 탔다. 자리에 앉자마자 얌전히 선글라스를 벗는 그녀의 모습을 바라봤다. 그녀는 홍콩의 셀러브리티 '장츠이'였다. 얼마 전 방한했다고 하던데, 미국으로 가는 모양이었다. 그녀는 무척이나 아름다웠다. 그녀가 방금 내려놓은 선글라스, 그녀가 들고 있는 백, 모든 것이 근사해 보였다. 하지만 예전처럼 그녀가 미치도록 부럽지는 않았다. 지금 내 눈에 비친 그녀도 나와 같이 해피엔드, 새드엔드, 베드엔드를 번갈아 경험하며 살아가는, 그러면서도 결국에는 해피엔드만을 원하는 한 사람일 뿐이니까.

그리고 지금 여기서 내 이야기를 마친다면 내 이야기는 일단은 "왕자님과 그 후로도 행복하게 오래오래 살았습니다"로 끝나는 '해피엔드'일 것이다. 물론 앞으로 더 많은 날들이 내게는 남겨져 있고 그 날들을 어떻게 잘 보내느냐 하는 것이 남은 과제겠지만, 누군가에게, 이미 정해져 있는 것들에게, 나를 억지로 맞추려 하지는 않을 것이다.

오드리 헵번은 "여성이 아름답게, 그리고 재미있는 방식으로 나이 드는 일이 가능할까요?"라는 질문에 이렇게 답했다고 한다.

"그럴 수 있다고 믿어야죠! 그렇지 않다면 어떻게 하겠어요? 스스로에게 총이라도 쏴야 할까요?"

여자는 언젠가는 주름을 만들고, 날카로운 턱선을 부드럽게 만드는 세월에 순응해야 한다. 그리고 내가 잃은 것들을 소유한 채 젊음의 빛을 발하는 누군가에게 질투도 느끼게 된다. 그러니 영원히 빛을 발하는 천진난만한 공주일 수 없으며, 영원히 한 왕자님의 사랑을 묶어둘 수도 없다. 하지만 우리는 그 꿈을 버리지 않는다. 아마 그래서 자신이 동경할 수 있는 '셀러브리티'들이 존재하고, 비슷한 스토리의 드라마나 소설, 영화가 끊임없이 생겨나는 걸지도 모른다.

나는 내 인생의 셀러브리티는 나라고 믿을 것이다. '워너 비 해피'를 외치며 지금보다 조금 더 아름다워지길, 조금 더 사랑스러워지길, 사랑하는 사람에게 사랑받길 끊임없이 바라며 나는 나답게, 가장 백이현다운 셀러브리티로, 해피엔드로 갈 수 있는 길을 찾으면 그것으로 좋은 게 아닐까.